ANNE TYLE

La brújula de No

Nacida en Minneapolis en 1941, Anne Tyler es autora de dieciocho novelas, entre las que destacan *Ejercicios respiratorios*, *El turista accidental*, *Reunión en el restaurante Nostalgia* y *El matrimonio amateur*, elegida por *The New York Times* como uno de los libros destacados del año. Además, es la ganadora del premio Pulitzer y el National Book Critics Circle Award. Desde hace años, vive con su familia en Baltimore, donde se ambientan casi todas sus novelas.

La brújula de Noé

La brújula de Noé

ANNE TYLER

Traducción de Gemma Rovira

Vintage Español
Una división de Random House, Inc.
Nueva York

PRIMERA EDICIÓN VINTAGE ESPAÑOL, ENERO 2011

Información de catalogación de publicaciones disponible en la Biblioteca del Congreso de los Estados Unidos.

Vintage ISBN: 978-0-307-74170-7

www.grupodelectura.com

Impreso en los Estados Unidos de América

10 9 8 7 6 5 4 3 2 1

1

A punto de cumplir sesenta y un años, Liam Pennywell se quedó sin trabajo. Tampoco era un trabajo del otro mundo. Era profesor de quinto curso de una escuela privada mediocre para chicos. Él no había estudiado para ser profesor de quinto curso. Es más, no había estudiado para ser profesor de nada. Había hecho la carrera de filosofía. Ya, cosas que pasan. Su vida había dado un giro hacia abajo mucho tiempo atrás, y quizá fuera una suerte que Liam hubiera dicho adiós a los pasillos gastados y polvorientos de Saint Dyfrig, a tantas reuniones interminables fuera del horario lectivo y a tantas horas de engorroso papeleo.

De hecho, quizá aquello fuera una señal. Quizá fuera el empujoncito que necesitaba para pasar a la siguiente etapa, la etapa final, la etapa de recapitulación. La etapa en que se sentaría por fin en su mecedora y reflexionaría sobre el porqué de las cosas.

Tenía una cuenta de ahorros decente y la promesa de una pensión, así que su situación económica no era absolutamente desesperada. Sin embargo, iba a tener que ahorrar. La perspectiva de ahorrar le interesaba. Se lanzó a ello con un entusiasmo que no sentía desde hacía años: en cuestión de una semana, dejó su apartamento, grande y anticuado, y alquiló otro más pequeño, de un solo dormitorio con despacho en un complejo moderno de las afueras, por la carretera de circunvalación de Baltimore. Eso, como es lógico, significaba reducir sus pertenencias, pero mejor así. ¡Simplificar, simplificar!

Sin saber cómo, había acumulado demasiados trastos. Tiró montañas de revistas viejas, sobres de papel manila llenos de cartas y tres cajas de zapatos con fichas para la tesis doctoral que nunca había llegado a escribir. Intentó endilgarles los muebles que le sobraban a sus hijas, dos de las cuales ya eran mujeres adultas y vivían en su propia casa; pero ellas los encontraron demasiado cutres. Tuvo que donarlos a Goodwill. Hasta Goodwill rechazó su sofá, y Liam acabó pagando a 1-800-GOT-JUNK para que vinieran a buscárselo y se lo llevaran. El resto cupo en la furgoneta de U-Haul –uno de los modelos más pequeños– que alquiló para la mudanza.

Una mañana de sábado, ventosa y despejada, del mes de junio, su amigo Bundy, el novio de su hija menor y él sacaron todas las cajas de su antiguo apartamento y las colocaron a lo largo del bordillo. (Bundy había decretado que tenían que pensar una estrategia antes de empezar a cargarlas en la furgoneta.) Liam se acordó de una serie de fotografías que había visto en una de esas revistas que acababa de tirar. ¿El *National Geographic*? ¿*Life*? Diferentes personas de diferentes lugares del mundo posaban entre sus pertenencias en diversos escenarios, siempre al aire libre. Había una progresión que iba desde el contenido de la cabaña del miembro de una tribu de lo más primitivo (un cazo y una manta, en África o algo parecido) hasta la colección de una familia acomodada norteamericana, que ocupaba todo un campo de fútbol: muebles y automóviles, múltiples televisores y equipos de música, percheros con ruedas, vajillas para el día a día y vajillas para ocasiones especiales, etcétera, etcétera. En la acera, la recopilación de Liam, que le había parecido escasa en las habitaciones cada vez más vacías de su apartamento, ocupaba una cantidad de espacio que le producía bochorno. Liam estaba ansioso por apartar sus cosas de las miradas de la gente. Agarró rápidamente la caja que tenía más cerca antes de que Bundy les diera la luz verde.

Bundy enseñaba educación física en Saint Dyfrig. Era un hombre esquelético, negro como el carbón, alto como una jirafa, de aspecto frágil, pero capaz de levantar pesos asombrosos. Y a Damian –un chaval de diecisiete años, mustio y lánguido– iba a pagarle por ayudarlo. Así que Liam dejó que ellos dos cargaran con lo más pesado mientras él, bajo, fornido y deformado, se encargaba de las lámparas, los cacharros de cocina y otros objetos ligeros. Había metido sus libros en cajas de cartón pequeñas, y esas también las llevó él; las amontonó con cariño y minuciosidad contra la pared interna izquierda de la furgoneta, mientras Bundy cargaba él solito con un escritorio y Damian se tambaleaba con una silla Windsor por sombrero. Damian tenía la postura de un tísico: la espalda estrecha y curvada y las rodillas dobladas. Parecía una coma ambulante.

El apartamento nuevo estaba a unos ocho kilómetros del viejo; el trayecto era una breve excursión por North Charles Street. En cuanto hubieron cargado la furgoneta, Liam se puso delante con su coche. Había dado por hecho que Damian, que todavía no tenía edad para conducir vehículos de alquiler, iría de pasajero en la furgoneta con Bundy, pero el muchacho se metió en el coche de Liam y permaneció en silencio, nervioso, mordiéndose la uña de un pulgar, escondido detrás de una melena lacia y negra. A Liam no se le ocurría nada que decirle. Cuando pararon en el semáforo de Wyndhurst, estuvo a punto de preguntarle cómo estaba Kitty, pero decidió que quizá sonara raro que le preguntara por su propia hija. No abrieron la boca hasta que se desviaron de Charles, y entonces fue Damian quien dijo:

–Chulo, el adhesivo.

Como no tenían ningún coche delante, Liam comprendió que Damian debía de referirse al adhesivo del parachoques de su coche. («ADHESIVO», rezaba; hasta entonces, nadie había apreciado la agudeza.)

–Gracias –dijo Liam. Y entonces se animó a añadir–: También tengo una camiseta en la que pone «CAMISETA». –Damian dejó de morderse la uña y lo miró boquiabierto–. Je, je –dijo Liam con intención de ayudar, pero le pareció que Damian no lo captaba.

El complejo al que se mudaba Liam estaba enfrente de un pequeño centro comercial. Consistía en varios edificios de dos plantas, con la fachada plana, de color beige, anodinos, colocados en ángulo unos con otros bajo unos pinos altos y enclenques. A Liam le preocupaba no tener suficiente intimidad, porque había una red de senderos entre los edificios, provistos de grandes ventanas; pero durante todo el proceso de descarga no vieron ni a un solo vecino. La alfombra de hojas de pino secas amortiguaba sus voces, y el viento que soplaba entre las ramas de los árboles producía un susurro continuo e inquietante. «Guay», dijo Damian, presuntamente refiriéndose a ese sonido, pues lo dijo mirando hacia arriba. Volvía a cargar con la silla Windsor, que se balanceaba sobre su cabeza como un sombrero desproporcionado.

El apartamento de Liam estaba en la planta baja. Por desgracia, la entrada era compartida: una puerta de acero pesada, de color marrón, daba a un vestíbulo de bloques de hormigón que olía a humedad; la puerta del apartamento de Liam estaba a la izquierda, y justo enfrente había un tramo de escalera empinada, de cemento. Los apartamentos del primer piso eran más baratos, pero a Liam le habría deprimido subir esa escalera todos los días.

No se le había ocurrido pensar dónde iba a colocar sus muebles. Bundy fue dejando las cosas donde le parecía, pero Damian resultó ser muy maniático: empujó la cama de Liam primero hacia un lado y luego hacia otro, buscando la mejor vista. «Tienes que poder mirar por la ventana nada más abrir los ojos –explicó–, porque, si no, ¿cómo vas a saber qué tiempo hace?» La cama estaba dejando marcas en la moqueta, y Liam solo quería que el chico parara de moverla. ¿Qué más le daba a él el tiempo que hiciera? Cuando Damian empezó a hacer lo mismo con el escritorio –había que orientarlo de modo que la luz del sol no se reflejara en la pantalla del ordenador–, Liam le dijo:

–Mira, como no tengo ordenador, no importa cómo pongamos el escritorio. Creo que ya hemos terminado.

–¡No tienes ordenador! –exclamó Damian.

–Voy a pagarte y ya te puedes ir.

–Pero, entonces, ¿cómo te comunicas con el mundo exterior?

Liam estuvo a punto de contestar que se comunicaba mediante pluma estilográfica, pero Bundy, riendo, dijo:

–No se comunica. –Le dio una palmada en el hombro a Liam y añadió–: Bueno, Liam, buena suerte, tío.

No era la intención de Liam despachar a Bundy junto con Damian. Contaba con compartir con él la cerveza y la pizza tradicionales de un día de mudanza. Pero Bundy tenía que acompañar a Damian, claro. (Bundy se había ofrecido para ir a recoger la furgoneta, y ahora tenía que devolverla.) Así que Liam dijo:

–Gracias, Bundy. Ya quedaremos otro día, cuando me haya instalado.

Le dio ciento veinte dólares a Damian. Había veinte de propina, pero, como Damian se guardó los billetes en el bolsillo sin contarlos, Liam tuvo la impresión de que el detalle era un desperdicio.

–Nos vemos –se limitó a decir el chico. Y Bundy y él se marcharon. La puerta del apartamento se cerró con suavidad, pero la de fuera, la puerta marrón de acero, hizo temblar todo el edificio al cerrarse; después se produjo un momento de acusado silencio que, de algún modo, enfatizaba la repentina soledad de Liam.

Bueno. Ya estaba allí.

Se dio un paseo, aunque no había gran cosa que ver. Un salón de tamaño mediano, con sus dos butacas y la mecedora orientadas al azar y que no llegaban a ocupar suficiente espacio. Un comedor al final del salón (la mesa con tablero de formica de su primer matrimonio y tres sillas plegables), con una cocina americana. El despacho y el cuarto de baño daban al pasillo que conducía al dormitorio. Todos los suelos estaban enmoquetados con la misma tela sintética de color beige, todas las paredes eran de color blanco nevera, y no había ningún tipo de moldura, ni zócalos, ni marcos de ventana, ni marcos de puerta; ninguna gradación como las que suavizaban los ángulos de su antiguo apartamento. Se conformó con ello. ¡Bueno, su vida se estaba volviendo más pura! Se asomó al diminuto despacho (diván, escritorio, silla Windsor) y admiró las estanterías empotradas. Esas estanterías habían sido uno de los mayores atractivos cuando buscaba apartamento: dos estanterías altas, blancas, a ambos lados de la puerta que daba al patio. Por fin podría librarse de esas monstruosidades de madera de nogal con puertas de cristal que había heredado de su madre. Esas estanterías no eran tan espaciosas, cierto. Había tenido que seleccionar un poco, descartando las obras de ficción y las biografías y algunos de sus diccionarios más viejos. Pero había conservado a sus queridos filósofos, y estaba deseando ordenarlos. Se inclinó sobre una caja y abrió las tapas. Epicteto. Arrio. Decidió que pondría los volúmenes más grandes en los estantes más bajos, aunque no hiciera falta, pues todos los estantes tenían la misma altura exacta, matemática. En realidad, era una cuestión de estética, de efecto visual. Se puso a tararear de forma poco melodiosa mientras iba y venía entre las estanterías y las cajas. El sol, que entraba a raudales por la puerta de cristal, hizo aparecer una película de sudor sobre su labio superior, pero Liam no se arremangó la camisa porque estaba demasiado concentrado en su tarea.

Después del despacho le tocaba a la cocina; era menos interesante, pero aun así necesaria, así que Liam abrió las cajas que contenían los alimentos y los utensilios. Se trataba de una cocina muy básica, con una sola hilera de armarios, pero con eso bastaba; él nunca había sido un gran cocinero. De hecho, ya era media tarde y acababa de darse cuenta de que todavía no había comido. Se preparó un bocadillo de jalea y se lo comió mientras trabajaba, bebiendo leche del cartón para acompañarlo. Al ver en la nevera el pack de seis latas de cerveza que había llevado el día anterior junto con los productos perecederos, sintió una punzada de remordimiento que tardó un momento en explicarse. Ah, sí: Bundy. Tenía que acordarse de llamar a Bundy al día siguiente y darle las gracias como es debido. Invitarlo a cenar, incluso. Tenía que averiguar qué establecimientos de comida para llevar había en su nuevo barrio.

Fue al salón y se esmeró por colocar las butacas en una posición que resultara acogedora. Puso una mesita entre las dos butacas y la mesa de café enfrente; la otra mesita la puso junto a la mecedora, que era donde se imaginaba sentándose a leer al final de cada jornada. O todo el día, qué más daba. Si no, ¿en qué iba a ocupar las horas?

Estaba acostumbrado a trabajar incluso en verano. Los alumnos de Saint Dyfrig siempre necesitaban todo tipo de cursos de recuperación. Se había tomado muy pocas vacaciones: solo una semana a principios de junio y dos en agosto.

Bueno, tómatelo como si fuera una de esas semanas. Avanza paso a paso, y ya está.

Sonó el teléfono, que estaba colgado en la pared de la cocina. Liam tenía un número de teléfono nuevo, pero había mantenido su antiguo plan, que incluía el servicio de identificación de llamada (uno de los pocos inventos modernos que aprobaba); leyó la pantalla antes de descolgar el auricular. «ROYALL J. S.». Su hermana.

–¿Diga?

–¿Qué tal, Liam?

–Muy bien. Creo que ya estoy más o menos instalado.

–¿Ya has hecho la cama?

–Pues no.

–Hazla. Ahora mismo. Eso es lo primero que hay que hacer. Dentro de nada verás que estás agotado, y entonces no tendrás ganas de ponerte a buscar las sábanas.

–Vale –dijo él.

Julia era cuatro años mayor que él. Liam estaba acostumbrado a que le diera órdenes.

–Quizá pase a verte un día de esta semana. Te llevaré una fiambrera de estofado de buey –dijo Julia.

–Muchas gracias, Julia –replicó Liam.

Hacía unos treinta años que no probaba la carne roja, pero no habría servido de nada recordárselo a su hermana.

Después de colgar el auricular, Liam, obediente, hizo la cama, lo cual le resultó fácil porque Damian la había colocado de modo que quedaba espacio para pasar a ambos lados. A continuación se ocupó del armario, donde había dejado la ropa de cualquier manera. Colgó la bolsa de los zapatos en la puerta del armario y puso en ella sus zapatos; colgó las corbatas en el corbatero que encontró ya instalado. Nunca había tenido un corbatero. Luego, como ya había sacado el martillo, decidió continuar y colgar los cuadros. ¡Vaya, sí que iba adelantado! Colgar los cuadros era el toque final, algo que a la mayoría de la gente le llevaba días. Pero se sintió capaz de terminar.

Sus cuadros no tenían nada de extraordinario: reproducciones de Van Gogh, pósters de bistrós franceses, cosas que había escogido al azar hacía muchos años solo para que sus paredes no estuvieran del todo vacías. Aun así, tardó un rato en encontrar el lugar apropiado para cada uno y centrarlos bien. Cuando hubo terminado eran más de las ocho y había tenido que encender las luces. Comprobó que el globo del techo del salón tenía la bombilla fundida. Bueno, no importaba: se ocuparía de eso al día siguiente. Ya había avanzado mucho.

No tenía ni pizca de hambre, pero se calentó un cuenco de sopa de verduras en el microondas en miniatura y se sentó a la mesa a tomársela. Primero se sentó de cara a la cocina, de espaldas al salón. Pero la vista no era muy inspiradora, así que se sentó en la silla que estaba orientada hacia la ventana. Tampoco desde allí había mucho que ver –solo un reflejo borroso y transparente de su entrecana cabeza sobre un fondo negro y lustroso–, pero de día debía de resultar más agradable. Supuso que a partir de entonces se sentaría automáticamente en esa silla. Le gustaba la rutina.

Cuando se levantó para llevar el cuenco vacío a la cocina, lo asaltaron unos repentinos dolores en varias partes del cuerpo. Le dolían los hombros, los riñones, las pantorrillas y las plantas de los pies. Pese a que era temprano, cerró la puerta con llave, apagó las luces y se fue al dormitorio. Le reconfortó encontrar la cama recién hecha. Julia sabía lo que decía, como siempre.

No se duchó. Gastó la poca energía que le quedaba en ponerse el pijama y lavarse los dientes. Cuando se metió en la cama, apenas tuvo fuerzas para estirar un brazo y apagar la lámpara, pero se obligó a hacerlo. Entonces se tumbó boca arriba y dio un largo, hondo y quejumbroso suspiro.

El colchón era cómodo, duro, y la sábana encimera estaba bien remetida a ambos lados, como a él le gustaba. La almohada tenía el volumen perfecto. La ventana, a escasos palmos de la cama, estaba entreabierta para dejar pasar la brisa, y ofrecía la vista de un pálido cielo nocturno con unas pocas estrellas –unos puntitos de luz dispersos– más allá de las poco espesas ramas de los pinos. Se alegró de que Damian se hubiera tomado tantas molestias para situar la cama en el sitio idóneo.

Seguramente, reflexionó, esa sería la última morada de su vida. ¿Qué razón podía tener para volver a mudarse? No era probable que surgieran nuevas perspectivas. Ya había realizado todas las tareas convencionales –madurar, buscar trabajo, casarse, tener hijos–, y se le estaba acabando la cuerda.

Se acabó, pensó. El final del camino. Y sintió un leve cosquilleo de curiosidad.

Despertó en una habitación de hospital con un casco de gasa en la cabeza.

2

Supo que era una habitación de hospital por el material médico que rodeaba su cama –el gotero, los tubos y el monitor con sus pitidos y sus luces parpadeantes– y por la propia cama, reclinable y con el inconfundible colchón de hospital: incómodo, duro y resbaladizo. El techo solo podía ser un techo de hospital, con sus baldosas acústicas blancas, con agujeritos y cráteres lunares, y en ningún otro sitio encontrarías esos muebles metálicos estériles de color marrón topo.

Supo que tenía la cabeza vendada antes incluso de levantar un brazo y tocársela, porque la venda le tapaba las orejas y convertía las señales del monitor en lejanos pitidos. Pero hasta que no levantó el brazo no se percató de que también tenía una mano vendada. Una tira ancha de esparadrapo le envolvía la palma de la mano izquierda, y de hecho, ahora que se fijaba, sentía un intenso dolor en esa mano, bajo la gasa. Sin embargo, no era capaz de discernir dónde tenía la herida de la cabeza. Notaba un dolor uniforme en toda la cabeza, un dolor sordo y continuo que parecía conectado a su visión, porque empeoraba si miraba las luces parpadeantes del monitor.

Supo por el rectángulo de cielo blanco nacarado, enmarcado por el cristal cilindrado de la ventana, que debía de ser de día. Pero ¿qué día? Y ¿qué hora del día?

A cada segundo se le ocurría una explicación. Tenía que haber alguna. Se había caído por una escalera o había tenido un accidente de tráfico. Pero cuando registró su mente en busca del último recuerdo disponible (lo cual le llevó un rato preocupantemente largo), lo único que encontró fue el momento de acostarse en su nuevo apartamento. La dirección de su nuevo apartamento era Windy Pines Court 102C; sintió un gran alivio al rescatar ese dato. Su nuevo número de teléfono era... Cielos. No se acordaba.

Pero eso era comprensible, ¿no? Solo hacía una semana que le habían asignado ese número.

El prefijo era 882. O quizá 822. No, 828.

Dejó de buscar su número de teléfono y volvió al momento antes de quedarse dormido. Trató de inventar una secuencia posterior. Por ejemplo: a la mañana siguiente se había despertado. Quizá se preguntara brevemente dónde se hallaba, pero enseguida se habría orientado, se habría levantado de la cama, habría ido a su nuevo cuarto de baño...

No funcionaba. No conseguía nada. Lo único que recordaba era que estaba tumbado boca arriba en la oscuridad, apreciando el tacto de las sábanas.

Entró una enfermera, o quizá una auxiliar; hoy día costaba distinguirlas. Era joven, llenita y con pecas, y llevaba unos pantalones azul cielo y una camisa blanca con estampado de ositos. Pulsó un botón del monitor, y este dejó de emitir pitidos. Entonces se inclinó sobre la cara de Liam, acercándose mucho.

–¡Oh! –exclamó–. Está despierto.

–¿Qué me ha pasado? –preguntó Liam.

–Voy a avisar a la enfermería –dijo ella.

Y salió de la habitación.

Entonces Liam vio que había un tubo que iba desde el gotero hasta su brazo derecho. También notó que llevaba puesta una sonda. Estaba atado como Gulliver, sujeto con cuerdas y cables. Se agobió y empezó a notar palpitaciones, pero logró dominar el pánico mirando fijamente más allá de la puerta abierta, donde un pasamanos de madera clara discurría por la pared del pasillo de un modo predecible y tranquilizador.

Una operación. Quizá le hubieran operado. La anestesia podía hacerte eso: borrar la sensación de que había pasado el tiempo mientras estabas inconsciente. Lo recordaba de cuando lo operaron de amígdalas, unos quince años atrás. Pero había despertado de la operación de amígdalas con un claro recuerdo del momento en que se había dormido y de las horas anteriores a ese momento. No tenía nada que ver con la situación actual.

Otra enfermera, o algo parecido, entró en la habitación tan aprisa que produjo una corriente de aire. Era una mujer mayor que la anterior, pero su bata era igual de ambigua, con estampado de caras sonrientes.

–¡Buenas tardes! –exclamó.

Liam comprobó que el ruido le lastimaba la cabeza tanto como la luz. La enfermera sacó una cosa de su bolsillo, una especie de linterna pequeña, y la utilizó para examinarle los ojos. Liam se obligó a no cerrarlos, pese al dolor que le producía la luz.

–¿Es por la tarde? –preguntó.

–Mmm...

–¿Qué me pasa?

–Conmoción cerebral –respondió la enfermera. Se guardó la linterna en el bolsillo y se volvió para comprobar el monitor–. Recibió un porrazo en la cocorota.

–No me acuerdo de nada –dijo él.

–Bueno, eso es normal. Suele pasar cuando uno tiene conmoción cerebral.

–Quiero decir que no recuerdo estar en una situación que pudiera provocarme una conmoción cerebral. Lo único que recuerdo es que me acosté.

–A lo mejor se cayó de la cama –sugirió ella.

–¿Caerme de la cama? ¿A mi edad?

–Bueno, no sé. Yo acabo de empezar mi guardia. Se lo preguntaremos a su hija.

–¿Tengo una hija aquí? ¿Cuál?

–Una con el cabello castaño, un poco rizado. Me parece que ha ido a la cafetería. Pero intentaré localizarla.

La enfermera comprobó algo que había al lado de la cama –la bolsa de la sonda, supuso Liam–, y se marchó.

Era absurdamente reconfortante saber que había allí una hija suya. La palabra misma resultaba reconfortante: hija. Alguien que lo conocía personalmente y que se preocupaba por algo más que su presión sanguínea y su producción de orina.

Aunque esa hija hubiera huido a la cafetería sin pensárselo dos veces.

Cerró los ojos y se precipitó por un abismo, sumiéndose en el sueño como si se ahogara en un mar de plumas.

Cuando despertó, un tipo barbudo le estaba levantando los párpados.

–Ya vuelve –dijo el hombre, como si Liam hubiera salido un momento de la habitación.

La hija mayor de Liam estaba plantada a los pies de la cama; su rostro, tan razonable y reconocible, casi alarmaba en ese entorno. Llevaba una blusa sin mangas que no debía de abrigarla lo suficiente en aquella atmósfera refrigerada, porque se abrazaba el torso con los sólidos y blancos brazos.

–Soy el doctor Wood –anunció el tipo de la barba–. El hospitalista.

¿Hospitalista?

–¿Sabe dónde está, señor Pennywell?

–No tengo ni idea de dónde estoy –contestó Liam.

–¿Sabe qué día es?

–No, tampoco lo sé –confesó Liam–. ¡Acabo de despertarme! Me está haciendo preguntas imposibles.

–Por favor, papá, coopera –terció Xanthe, pero el doctor Wood levantó la palma de una mano hacia ella (tranquila; él sabía manejar a esos vejetes) y, con tono condescendiente, dijo:

–Tiene usted toda la razón, señor Pennywell. Veamos –prosiguió–. El presidente. ¿Puede decirme cómo se llama nuestro presidente?

Liam compuso una mueca.

–No es mi presidente –dijo–. Me niego a reconocerlo.

–Papá...

–Mire, doctor Wood –dijo Liam–, debería ser yo quien hiciera las preguntas. ¡Estoy en la inopia! Anoche me acosté... bueno, anoche o no sé qué noche... ¡y me despierto en una habitación de hospital! ¿Qué me ha pasado?

El doctor Wood miró a Xanthe. Cabía la posibilidad de que él no supiera qué había pasado, o que ya lo hubiera olvidado, porque tenía muchos pacientes. El caso es que al final fue Xanthe quien contestó:

–Te agredió un intruso.

–¿Un intruso?

–Debió de entrar por la puerta del patio, que, por cierto, dejaste abierta para que pudiera entrar cualquiera como Pedro por su casa y hacer lo que se le antojara.

–¿Un intruso entró en mi dormitorio?

–Supongo que peleaste o gritaste o algo, porque los vecinos oyeron ruidos; pero, cuando llegó la policía, el tipo ya se había largado.

–¿Y yo me enteré? ¿Estaba consciente? ¿Me defendí de una agresión?

Notó un escalofrío en la nuca, y no fue por el aire acondicionado.

–Quieren que te quedes aquí en observación –explicó Xanthe–. Por eso te despiertan tan a menudo para hacerte preguntas.

Para Liam era una novedad que lo hubiera despertado a menudo, pero no quiso admitir un fallo más de su memoria.

–¿Han detenido a mi agresor? –preguntó a su hija.

–Todavía no.

–¿Sigue suelto por ahí?

Antes de que Xanthe pudiera contestar, el doctor Wood dijo:

–Incorpórese, por favor, señor Pennywell.

Y le hizo realizar una serie de ejercicios que hicieron que Liam se sintiera idiota. Levantar un brazo, levantar el otro brazo, tocarse la punta de la nariz, seguir el dedo del doctor Wood con la mirada. Xanthe se quedó de pie a un lado, vigilando de cerca, mientras el médico le rozaba las plantas de los pies a Liam con un objeto puntiagudo. Durante todo el proceso, el doctor Wood se mantuvo inexpresivo.

–¿Cómo estoy? –preguntó Liam al final. No pudo evitarlo.

El doctor Wood dijo:

–Tendrá que quedarse aquí una noche más, por si acaso. Pero, si todo va bien, lo soltaremos mañana.

–¿Mañana? –saltó Xanthe–. ¿Lo dice en serio? ¡Mírelo! ¡Está frágil como un gatito! ¡Tiene muy mala cara!

–No se preocupe, eso cambiará –dijo el médico con brusquedad. Se volvió hacia Liam y agregó–: Me temo que hoy solo podrá ingerir líquidos, por si de pronto tuviéramos que llevarlo al quirófano.

Dio una cabezada en dirección a Xanthe y salió de la habitación.

–Qué típico –masculló Xanthe–. Primero dice que te van a soltar y al cabo de un momento dice que quizá tengan que operarte el cerebro de urgencia.

Se dio la vuelta haciendo ondular la falda. Al principio Liam temió que ella también se marchara, pero Xanthe solo fue a un rincón de la habitación a buscar un sillón de vinilo verde. Lo arrastró hasta la cama y se dejó caer en él.

–Espero que estés satisfecho –le dijo a su padre.

–Pues no mucho, la verdad –repuso él con aspereza.

–Ya sabía yo que no debías mudarte a ese apartamento. ¿No te lo dije cuando firmaste el alquiler? ¡Un hombre de sesenta años en un apartamento cutre justo enfrente de un centro comercial! ¡Y vas y te dejas la puerta del patio abierta de par en par! ¿Qué esperabas?

Liam no había dejado la puerta abierta de par en par. Y no había dejado de echar el pestillo a propósito. Es más, no sabía que el pestillo no estaba echado. Pero su táctica era no discutir. (Una táctica que sacaba de quicio a sus hijas.) Discutir no conducía a nada. Liam alisó las sábanas con la mano buena, y sin querer tiró de la vía que iba de su brazo al gotero.

–Un hombre de sesenta años –continuó Xanthe– que todavía puede trasladar todas sus pertenencias en la furgoneta más pequeña de la empresa de mudanzas.

–La segunda más pequeña –puntualizó Liam.

–Y cuyo coche, por llamarlo así, es un Geo Prizm. Un Geo Prizm de segunda mano. Y que, cuando le golpean en la cabeza, nadie sabe dónde está su familia.

–¿Cómo se enteraron? –preguntó. Acababa de ocurrírsele–. ¿Quién te llamó?

–Me llamó la policía. Han dicho que vendrán más tarde a interrogarte. Encontraron mi número en tu agenda; era la única entrada con el mismo apellido que tú. ¡Me lo dijeron por teléfono! ¡A las dos de la madrugada! Me concederás que eso es toda una experiencia...

Liam estaba acostumbrado a las peroratas de Xanthe. Para ella eran como un hobby. Era curioso: Xanthe no se parecía nada a su madre, la primera mujer de Liam, una músico de aspecto desvalido, frágil, con un velo de cabello transparente. Millie había muerto de una sobredosis de pastillas cuando Xanthe todavía no había cumplido los dos años. Fue su segunda esposa quien crió a Xanthe, y era a su segunda esposa –morena, robusta y normal, agradablemente normal– a quien se parecía su hija. A veces Liam se preguntaba si los rasgos genéticos podían alterarse mediante osmosis.

–Y lo peor –continuó Xanthe– es que invitas a un drogadicto a tu casa y le permites entrar cuando quiera.

–¿Cómo dices?

Liam se sobresaltó. ¿Había otro episodio que la amnesia había borrado de su mente?

–Damian O'Donovan. ¿Cómo se te ocurre?

–¿Damian? ¿El novio de Kitty? ¿Ese Damian?

–El novio drogadicto de Kitty, ese vago en quien nadie confiamos. Mamá ni siquiera los deja estar solos en casa.

–Bueno, eso es lógico –dijo Liam–. Tienen diecisiete años. Pero Damian no es drogadicto.

–Papá. ¿Cómo puede ser que olvides estas cosas? El año pasado lo expulsaron por fumar marihuana entre bastidores en el auditorio del colegio.

–Eso no significa que sea drogadicto.

–¡Lo expulsaron una semana! Pero tú eres un inocente. Prefieres olvidarlo todo. Dices: «Ven, Damian, déjame enseñarte dónde vivo. Déjame enseñarte la birria de puerta del patio, que además pienso dejar abierta». Mira, no me extrañaría que Damian hubiera abierto esa puerta expresamente cuando estuvo en tu apartamento, para poder volver y atracarte.

–Por el amor de Dios –dijo Liam–. Damian es un chico totalmente inofensivo. Un poco... distraído, quizá; pero él jamás...

–No me gusta decir que te lo has buscado –dijo Xanthe–, pero escúchame bien, papá: «Quienes no recuerdan la historia están condenados a repetirla». Harry Truman.

–El pasado –dijo Liam de forma refleja.

–¿Qué?

–«Quienes no recuerdan el pasado están condenados a repetirlo.» Y es de George Santayana.

Xanthe lo miró con frialdad; sus ojos eran del mismo marrón oscuro y opaco que los de su madre.

–Voy a buscar un sitio donde funcione el móvil para contarles a los demás cómo estás –anunció.

Pese a que a veces Xanthe lo sacaba de quicio, Liam lamentó que se marchara.

Le dolía tanto la cabeza que producía un ruido dentro de sus oídos, parecido a pasos acercándose. También le dolía la mano, y notaba algo raro en el cuello, una especie de doloroso retorcimiento en el lado izquierdo.

¿Había peleado con alguien? ¿Físicamente?

Intentémoslo de nuevo: se había acostado en su nuevo dormitorio. Había agradecido el duro colchón, la elástica almohada, la sábana encimera, bien remetida. Había mirado por la ventana y había visto brillar las estrellas por encima de las ramas de los árboles.

Y luego ¿qué? Luego ¿qué? Luego ¿qué?

Su memoria perdida era como un objeto físico que no podía alcanzar por muy poco. Notaba la tensión en su cabeza. Y esa tensión hacía que se agudizara el dolor.

Vale, era mejor dejarlo. Ya le vendría a su tiempo.

Cerró los ojos y creyó que se dormiría, pero se quedó en duermevela. Una parte de él aguzaba el oído por si oía a Xanthe. ¿Qué les estaría diciendo a sus hermanas? Sería bonito que les estuviera diciendo: «Qué susto, casi se nos muere. Estaba preocupadísima». Pero era más probable que estuviera diciendo: «¡No os vais a creer lo que ha hecho esta vez!».

¡No ha sido culpa mía!, le habría gustado gritar. ¡Por una vez, no había sido culpa suya!

Sabía que sus hijas lo tenían por un desastre. Decían que no prestaba atención. Afirmaban que era obtuso. Se miraban unas a otras y ponían los ojos en blanco cuando él hacía algún comentario inocente. Lo llamaban Mr. Magoo.

Una vez, en Saint Dyfrig, cuando un profesor del departamento de Literatura lo invitó a leer un poema en el ordenador, Liam pulsó en «Cómo escuchar» y se llevó una decepción al encontrar meras instrucciones técnicas para poner en marcha la versión de audio. Lo que él esperaba encontrar eran consejos para escuchar poesía, y, por extensión, para escuchar en general, para escuchar de verdad, lo que se decía alrededor de él. Por lo visto le faltaba alguna habilidad básica para eso.

Era un desastre. Sus hijas tenían razón.

Buscó el sueño a tientas, como si fuera una manta bajo la que pudiera esconderse, y al final lo encontró.

Cuando abrió los ojos, había un policía de pie junto a su cama, un joven atlético, con el uniforme completo.

–¿Señor Pennywell? –le decía.

Ya tenía su placa de identificación en la mano, aunque no hacía ninguna falta. Nadie lo habría tomado por otra cosa que no fuera un poli. Su camisa, blanca, estaba tan impecable que dolía mirarla, y el peso de la pistola, la radio y el enorme cinturón de cuero negro lo habrían hundido si hubiera caído al agua, como si se hubiera atado un pedrusco.

–Me gustaría hacerle unas preguntas –dijo.

Liam se incorporó con esfuerzo, y algo parecido a un ladrillo le golpeó la sien izquierda. Dio un gruñido y se dejó caer de nuevo sobre la almohada.

El policía, ajeno a los problemas de Liam, estaba guardándose la placa. (Si había dicho cómo se llamaba, debía de haberlo hecho antes de que Liam despertara.) Se sacó un bloc del bolsillo superior de la chaqueta, junto con un bolígrafo, y dijo:

–Tengo entendido que se dejó la puerta trasera abierta.

–Eso me han dicho.

–¿Cómo dice?

–¡Digo que eso me han dicho!

Liam creía que hablaba en voz lo bastante alta, pero con tanta gasa en la cabeza era difícil estar seguro.

–Y ¿cuándo se jubiló? –preguntó el policía mientras anotaba algo en el bloc.

–Yo todavía no lo llamaría jubilación, exactamente.

–¿Cómo dice?

–¡Que yo todavía no lo llamaría jubilación, exactamente! Tendré que ver si puedo vivir con lo que cobro de pensión.

–¿A qué hora se acostó, señor Pennywell? La noche del incidente.

–Vaya. –Liam caviló durante un momento–. ¿Eso no fue anoche?

El policía consultó sus notas.

–Sí, anoche –confirmó–. El sábado diez de junio.

–Usted lo ha llamado «la noche del incidente».

–Exacto –repuso el policía, desconcertado.

–Su formulación de la pregunta me ha hecho dudar.

–¿Qué le ha hecho dudar, señor Pennywell?

–Lo que quiero decir…

Liam desistió.

–No sé qué hora era cuando me acosté –dijo–. Pero era temprano.

–Temprano. ¿Como a las ocho?

–¿A las ocho? –Liam estaba escandalizado.

El policía hizo otra anotación.

–A las ocho en punto. Y ¿cuánto rato calcula que tardó en dormirse? –inquirió.

–¡Yo nunca me acuesto a las ocho!

–Acaba de decir…

–He dicho «temprano», pero no quería decir tan temprano.

–Ah. Entonces, ¿a qué hora?

–A las nueve, quizá –respondió Liam–. O… no lo sé. ¿Qué quiere, que me lo invente? ¡No sé a qué hora me acosté! No sé nada, ¿no se da cuenta? ¡No me acuerdo de nada!

El policía tachó su última anotación. Cerró el bloc con mucha deliberación, haciendo alarde de su paciencia, y se lo guardó en el bolsillo.

–Mire, volveremos a hablar dentro de unos días. Muchas veces, la gente recuerda estas cosas poco a poco.

–Eso espero –repuso Liam.

–¿Cómo dice?

–¡Que espero recordarlo!

El policía hizo un gesto vago, entre un saludo informal y una venia, y se marchó.

Eso espero, Dios mío. Aunque fuera una escena violenta y terrible (bueno, claro que debía de ser violenta y terrible), necesitaba recuperarla.

Pensó en esas astracanadas en las que a un personaje le dan un mamporro en la cabeza y olvida su nombre; luego le dan otro mamporro y, por arte de magia, lo recuerda.

Pero solo de pensar en la posibilidad de recibir otro porrazo en la cabeza, Liam compuso una mueca de dolor.

Cayó en la cuenta, aunque demasiado tarde, de que debería haberle hecho también él unas preguntas al policía. ¿Habían robado algo de su apartamento? ¿Habían estropeado algo? ¿Cómo estaba el apartamento? Quizá Xanthe lo supiera. Con cuidado, se volvió hacia un lado hasta colocarse mirando hacia la puerta, para ver si volvía su hija. ¿Dónde se había metido? ¿Y sus hermanas? ¿Es que no pensaban ir a verlo? Lo habían dejado solo.

Pero los siguientes pasos que oyó fueron los de las suelas de goma de una auxiliar alta y delgada que llevaba una bandeja.

–Su cena –le dijo la chica.

–¿Qué hora es? –preguntó Liam. (Fuera todavía había luz.)

La auxiliar le echó un vistazo a un gigantesco reloj de pared en que Liam, curiosamente, no había reparado. Las cinco y veinticinco; la auxiliar no se molestó en decirlo en voz alta. Dejó la bandeja en una mesita con ruedas que acercó a la cama. Gelatina, un cazo de acero del que colgaba la etiqueta de una bolsita de té, y un vaso de plástico con zumo de manzana. Se marchó sin decir nada más. Liam se incorporó centímetro a centímetro y cogió el zumo. El vaso estaba sellado con una tapa de papel de aluminio que resultó demasiado para él. Retirarla por completo requería más fuerza de la que él podía reunir todavía, y, cuanto más lo intentaba, más desastroso era el resultado, porque tenía que apretar el vaso con la mano vendada y el plástico se hundía hacia dentro y el zumo se derramaba. Al final se recostó en la cama, exhausto. Al fin y al cabo, tampoco tenía hambre.

Lo que más angustiaba de perder la memoria, pensó, era que tenías la sensación de perder el control. Había pasado algo, algo importante, y él no sabía cómo se había comportado. No sabía si había conservado la calma, si se había asustado, si se había enfurecido. No sabía si había actuado como un cobarde o como un héroe.

¡Y pensar que siempre se había enorgullecido de su excelente memoria…! Podía citar pasajes enteros de los estoicos, en griego si era necesario. Sin embargo, suponía que recordar un suceso personal era diferente. Él no era muy dado a pensar demasiado en el pasado. Prefería mirar hacia delante. (Solía decir a sus hijas, cada vez que a ellas les daba uno de esos tediosos ataques de culpar a los padres, que los verdaderos adultos no se dedican a hacer refritos de su infancia.) Pero esa era la primera vez que experimentaba un lapsus real. Un agujero, más bien. Un agujero en su mente, lleno de aire corriente, vacío y azul.

Se había acostado en su nuevo dormitorio. Había agradecido la firmeza del colchón y la elasticidad de la almohada de gomaespuma. La sábana encimera bien remetida, la ventana abierta, las estrellas por encima de los pinos…

Por la mañana, su dolor de cabeza estaba más localizado: se concentraba en su sien izquierda. A Liam le pareció detectar un chichón en ese sitio; no porque percibiera su contorno, ya que el vendaje era muy grueso, sino porque cierto punto producía un dolor más intenso en contraste con la zona que lo rodeaba cuando él lo presionaba cautelosamente con los dedos.

Xanthe seguía sin aparecer. ¿Habría entrado y vuelto a salir mientras él dormía? En cambio, entraron otras personas en la habitación. Una mujer le tomó las constantes vitales; otra le llevó el desayuno. (Tostadas, huevos y cereales; por lo visto, Liam había pasado a los sólidos.) Otra mujer lo liberó de la vía intravenosa y de la sonda; entonces Liam fue tambaleándose, solo, hasta el cuarto de baño. Se miró en el espejo: parecía un vagabundo. El casco de gasa blanca hacía que su cutis pareciera amarillento, una barba rala y entrecana le cubría las mejillas y tenía unas ojeras muy marcadas.

La herida de la cabeza no podía vérsela, claro, pero en cuanto volvió a estar a salvo en la cama retiró el esparadrapo de la mano. Debajo encontró una gasa manchada de sangre. Y debajo de la gasa, una línea curvada de cinco centímetros de puntos de sutura, negros, que recorría la hinchada y descolorida palma. Se arrepintió de haber mirado. Volvió a poner el esparadrapo lo mejor que pudo, se tumbó y se quedó mirando el techo.

Si su agresor lo había golpeado mientras él dormía, el chichón de la cabeza habría sido su única lesión. Así pues, era evidente que debía de estar despierto cuando lo atacaron. O eso, o se había despertado al oír el ruido. Debió de levantar una mano para protegerse.

La mujer que le había llevado el desayuno entró a recoger la bandeja y chascó la lengua.

–¿Cómo quiere recuperar las fuerzas si come tan poco? –preguntó.

–Me he bebido el café.

–Ya. Menos mal.

Envalentonado, Liam dijo:

–¿Podría tener un teléfono en la habitación?

–¿No tiene teléfono?

–No, y necesito llamar a mi hija.

–Se lo diré a la enfermera.

Pero la mujer que entró a continuación llevaba una caja con compartimentos llena de material médico.

–Soy la doctora Rodríguez –anunció–. Voy a cambiarle los vendajes y luego podrá marcharse a su casa.

–Es que mi hija no está –dijo él.

–¿Su hija?

–¿Cómo voy a irme solo a mi casa?

–No va a irse solo. No se lo permitirían. Tiene que acompañarlo alguien. Y alguien tiene que vigilarlo las próximas cuarenta y ocho horas.

La doctora dejó el material en la mesa y eligió unas tijeras con envoltorio de celofán. Liam calculó que no debía de tener más de treinta años. En su cutis, reluciente y aceitunado, no había ni la más leve arruga, y tenía el cabello negro como el azabache. Quizá habría que ser mayor para comprender que no siempre resultaba fácil encontrar a alguien dispuesto a quedarse contigo cuarenta y ocho horas seguidas.

Cerró los ojos mientras ella le cortaba el vendaje de la cabeza con las tijeras, y, cuando por fin lo retiró, Liam sintió frescor y cierta ligereza.

–Mmm... –dijo la doctora.

Se acercó más para examinar la herida y frunció los labios.

–¿Qué pinta tiene? –preguntó Liam.

La doctora Rodríguez abrió un cajón de la mesita. Al principio, Liam pensó que no iba a contestar a su pregunta, pero resultó que quería que se viera él mismo la cabeza en un espejito de mano. Primero Liam tuvo una visión fugaz de su nuca (¡qué viejo!), y luego se vio el lado de la cabeza, donde le habían afeitado el pelo, corto y canoso, revelando una hinchazón morada en el cuero cabelludo y una V poco profunda de hilos negros, punteada de sangre seca.

–Los bordes están muy limpios –comentó la doctora doblando el espejito–. Muy bien. –Sacó una gasa rectangular de su envoltorio, la puso sobre la herida y la fijó con esparadrapo: se acabó el casco de gasa–. Los puntos se los quitará su médico de cabecera. Cuando se marche le daremos instrucciones por escrito. Ahora déjeme ver la mano.

Liam la levantó, y la doctora retiró el esparadrapo sin mucho interés y aplicó una tira nueva.

–También le recetaré analgésicos –dijo–, solo por si los necesita.

Tiró los vendajes viejos, los envoltorios de papel e incluso las tijeras a un cubo de plástico rojo. Las tijeras hicieron tanto ruido al caer que a Liam le dolió la cabeza. ¡Qué despilfarro! ¡Ni siquiera reciclaban! Pero tenía cosas más importantes de que hablar.

–¿No puedo irme a mi casa en taxi? –preguntó.

–De ninguna manera. Tiene que acompañarlo alguien. ¿No tiene a nadie? ¿Quiere que llame a la asistenta social?

Por un instante, Liam creyó que la doctora se refería a Xanthe, que casualmente era asistenta social. Cuando comprendió su error, se ruborizó y dijo:

–No, no. No hace falta.

–Pues buena suerte –dijo ella.

Cogió su caja de material médico y se marchó.

En cuanto se fue la doctora, Liam pulsó el botón de la barandilla de la cama para llamar a una enfermera.

–¿Sí? –dijo una voz desde algún lugar invisible.

–¿Podrían traerme un teléfono, por favor?

–Voy a preguntar.

Liam se recostó en la almohada y cerró los ojos.

¿Cómo podía haber acabado tan solo?

Dos matrimonios fracasados (porque tenía que considerar la muerte de Millie como un fracaso), tres hijas que llevaban su propia vida, y una hermana con la que hablaba poquísimo. Solo un puñado de amigos; en realidad, más bien conocidos. Una juventud prometedora que se había ido apagando en una serie de empleos mal pagados y muy por debajo de su título. Bah, en el último empleo solo había utilizado un diez por ciento de su cerebro.

Y debería haberse defendido cuando lo despidieron. Debería haber señalado que si de verdad necesitaban reducir las dos clases de quinto curso a una sola, él era el profesor a quien tendrían que haber conservado. Él era mucho más antiguo que Brian Medley. ¡Pero si a Brian solo hacía dos años que lo habían contratado! En lugar de eso, había tratado de restarle importancia. Había intentado que el señor Fairborn se sintiera menos culpable por deshacerse de él. «Desde luego –había dicho–. Lo entiendo perfectamente.» Y había recogido sus cosas de los cajones de su mesa cuando no había nadie, para que nadie se sintiera turbado. «¿Para qué montar un numerito?», había dicho cuando Bundy expresó su indignación. «No tiene sentido aferrarse a los resentimientos», había dicho.

Ni siquiera debía de tener ropa para irse a casa. Al menos, no ropa de calle; solo un pijama. Estaba desnudo, solo, indefenso y desamparado.

Bueno, eso era solo un estado de ánimo creado por las circunstancias del momento. Sabía que no duraría mucho.

Antes de que le hubieran llevado un teléfono –si realmente pensaban llevárselo– llegó su ex mujer. Alegre y decidida, con una bolsa de papel de la tienda de comestibles de la que asomaba la camisa azul preferida de Liam, irrumpió en la habitación diciendo:

–¡Dios mío, qué difícil es encontrar a alguien en este sitio! La operadora me ha dicho una habitación, la recepcionista, otra...

Liam sintió tal alivio que no supo qué decir. Se quedó mirando a su ex mujer desde la cama con los ojos muy abiertos, aferrándose a su imagen.

Era una mujer mediana en todos los sentidos. Cabello castaño, rizado, ni corto ni largo, con algunas canas; ni gorda ni delgada; solo se maquillaba los labios, como si no quisiera llamar mucho la atención. Su ropa siempre tenía un aspecto un poco descuidado –ese día, por ejemplo, el cinturón del vestido camisero le colgaba muy por debajo de la cintura–, pero habría pasado inadvertida en casi cualquier tipo de reunión. Durante su noviazgo, a Liam le costaba recordar su cara. Recordó que entonces eso le había parecido una ventaja. Estaba harto de esas mujeres encantadoras, poéticas y etéreas que invadían tus sueños.

–Me alegro de verte, Bárbara –dijo Liam al fin. Luego tuvo que aclararse la garganta.

–¿Cómo te encuentras?

–Bien.

–Qué experiencia tan desagradable –comentó ella con aire despreocupado–. No sé adónde vamos a ir a parar. –Se sentó en el sillón de vinilo verde y empezó a rebuscar en la bolsa de papel; primero sacó la camisa azul y luego un par de calcetines de seda negros, largos, que no eran los que él habría escogido para ponerse con los chinos que sacó a continuación–. Si uno ya no puede dormir tranquilo en su propia cama...

Liam volvió a carraspear y dijo:

–Pero no creo que fuera Damian.

–¿Damian?

–Xanthe cree que Damian fue quien me pegó.

Bárbara agitó una mano y se inclinó para dejar los zapatos negros de vestir de Liam en el suelo, junto a la cama.

–No puede ser que me haya dejado los calzoncillos –murmuró escudriñando el interior de la bolsa–. Ah, no. Están aquí. Bueno, ya conoces a Xanthe. Está convencida de que la marihuana es el primer paso hacia la perdición.

Liam recordó que Bárbara también había fumado un poco de marihuana en sus tiempos. A veces te sorprendía. Pese a su aspecto mediocre y su aburrido empleo de bibliotecaria de colegio, le gustaba la música rock, y solía bailar como una posesa, subiendo y bajando los blancos y suaves puños y haciendo salir disparadas en todas direcciones las horquillas que llevaba en el pelo. Eso era en la época en que todavía estaban juntos, antes de que ella se rindiera y pidiera el divorcio. Sin embargo, era curioso cómo esa imagen había aparecido de repente. Quizá fuera una consecuencia indirecta de la conmoción cerebral.

–¿Todavía te gusta Crack the Sky? –le preguntó Liam

–¿Qué? ¡Por favor! ¡Hace años que no escucho a Crack the Sky! Tengo sesenta y dos años. Vístete, ¿quieres? No sé cuándo piensan soltarte, pero más vale que estés preparado por si acaso.

Por cómo sostenía en alto los calzoncillos de Liam, estirando la cinturilla y con ambos meñiques levantados, parecía que pretendiera que se los pusiera allí mismo. Pero Liam los cogió, reunió el resto de la ropa y fue hasta el cuarto de baño, sujetándose el pijama de hospital por detrás con la mano que tenía libre.

–Cuando te hayamos instalado en tu casa –le dijo ella desde el sillón–, las niñas y yo seguiremos en contacto contigo por teléfono para ver si estás bien.

–¿Solo por teléfono? –preguntó él.

–Bueno, y Kitty se quedará a dormir contigo esta noche. Irá en cuanto salga del trabajo. Ha encontrado un trabajo de verano archivando documentos en el consultorio de nuestro dentista.

–¿Vuestro dentista trabaja los domingos?

–Hoy es lunes.

–Ah.

–Te llamaremos y te preguntaremos cómo te llamas, solo para asegurarnos de que estás *compos mentis*. O dónde vives, o qué día es… –De pronto se detuvo y añadió–: ¿Pensabas que hoy era domingo?

–¡Eso puede pasarle a cualquiera! Me he despistado, nada más.

Tuvo que sentarse en la tapa del inodoro para ponerse los calcetines; le fallaba un poco el equilibrio. Y al agacharse le dolió la cabeza.

–Nos han dicho que debes estar vigilado constantemente, pero no podemos hacer más –oyó Liam por la rendija de la puerta–. Xanthe tiene un horario espantoso, y Louise tiene a Jonás, claro.

Bárbara no explicó por qué no podía ella, con su privilegiado horario de verano, pero Liam no hizo ningún comentario. Salió del cuarto de baño arrastrando los pies, en calcetines, sujetándose los pantalones. (Al parecer, Bárbara se había olvidado del cinturón.)

–¿Me pasas los zapatos, por favor? –dijo, y se sentó en el borde de la cama.

–Nos han dicho cuarenta y ocho horas –dijo Bárbara. Se agachó para coger un zapato y, sin que Liam se lo pidiera, se lo puso en el pie, tiró de los cordones y se los ató. Liam se sintió bien atendido y sumiso, como un niño–. He llamado a tu hermana –añadió ella–. ¿Te ha llamado?

–En esta habitación no hay teléfono.

–Bueno, supongo que te llamará cuando estés en casa. Le he dicho que te daban el alta hoy. Quiere que instales una alarma antirrobo cuanto antes.

Liam asintió, sin molestarse en discutir, y levantó el otro pie.

Luego hubo un tiempo muerto mientras esperaban el papeleo del alta. Bárbara sacó un crucigrama de la bolsa de papel, y Liam se tumbó en la cama, con los zapatos puestos, y se quedó mirando el techo.

Recordaba que las otras veces que lo habían hospitalizado había estado impaciente por marcharse. No paraba de llamar a las enfermeras y enviaba a quienquiera que estuviera con él a la enfermería a preguntar a qué se debía el retraso. Pero ese día agradecía la demora. Al menos allí no estaba solo. Se sentía perezoso y satisfecho, y el sonido del lápiz de Bárbara rozando el papel casi le hizo quedarse dormido.

Imaginó que siempre había vivido en el hospital. Había nacido allí y nunca había salido. Las comidas, la ropa, las actividades... Ellos se ocupaban de todo. ¡No era de extrañar que hubiera olvidado cómo había llegado! Siempre había estado allí; ese era su mundo. No había nada más que recordar.

No obstante, al final apareció una enfermera con las recetas y las instrucciones. Se sentó en el borde de la cama –olía a elixir bucal– y repasó una a una las órdenes del médico.

–No puede quedarse solo hasta dentro de dos días, y no puede conducir hasta dentro de una semana –dijo.

–¿Una semana?

–O más, si presenta los mínimos síntomas de vértigo.

–Me parece una exageración –protestó Liam.

–Y es imprescindible que se tome los antibióticos que le han recetado. No hay nada en el mundo más séptico que una mordedura de ser humano.

–¿Una qué? –saltó Liam–. ¿Una mordedura?

–La mordedura que tiene en la mano.

–¿Me mordieron?

Notó una subida abrupta en el estómago, como si se hubiera descolgado un ascensor. Hasta Bárbara parecía impresionada.

–Bueno, quizá no lo mordieran a propósito –puntualizó la enfermera–. Pero, a juzgar por la forma de la herida, creen que usted debió de agitar los brazos y que su mano chocó con los dientes del agresor.

Le sonrió de una forma que seguramente debía de pretender resultar tranquilizadora.

–Por eso es muy importante que se tome las pastillas los diez días prescritos –insistió–. Ni nueve días, ni ocho días...

Liam se tumbó y se tapó los ojos con la mano buena. Tanto si había sido a propósito como si no, había algo muy... íntimo en que lo hubiera mordido un desconocido.

Después de eso vino la clásica espera interminable hasta que les llevaran una silla de ruedas, y Bárbara empleó ese tiempo en ir a la farmacia del hospital a buscar los medicamentos. Entretanto, Liam cogió su crucigrama y lo examinó. «Famoso campo de batalla de la Segunda Guerra Mundial», «Lugar de nacimiento de FDR», «Palindrómica señora Gardner»... Las sabía todas, como buena bibliotecaria, y Liam también, o al menos reconoció las respuestas de Bárbara como correctas cuando las vio. Pero ¿«Ocupación estresante»? le produjo un cosquilleo de ansiedad en lo más profundo del cráneo, como le pasaba con los acertijos cuando era niño. «Poeta», había contestado Bárbara, con tanta seguridad que el palo de la T se inclinaba claramente hacia arriba. Lo invadió el desánimo, y dejó el crucigrama encima de la cama.

Eran casi las once de la mañana –hacía un buen rato que Bárbara había vuelto de la farmacia y estaba enfrascada en una novela– cuando llegó un camillero con una silla de ruedas y pudieron marcharse. Al pasar de la cama a la silla de ruedas, Liam cayó en la cuenta de que no tenía su cartera. Echó de menos la presión de ese pequeño bulto en el bolsillo de atrás del pantalón cuando se sentó.

–¿Cómo me admitieron? –le preguntó a Bárbara.

–¿Qué quieres decir? –replicó ella.

Iba por el pasillo detrás de él, al mismo ritmo que el camillero.

–Pues sin la tarjeta del seguro y sin ningún documento de identidad.

–Ah, Xanthe les dio la información cuando llegó. Tu tarjeta del seguro la tengo en el bolso; que no se me olvide devolvértela.

Liam se imaginó la escena: su cuerpo flácido e inconsciente trasladado a una camilla, subido a una ambulancia, empujado hasta urgencias. Era una sensación muy desasosegante.

–Depende de la amabilidad de los desconocidos –dijo.

–¿Cómo dices?

–Nada.

Pero en cuanto se quedaron solos –en cuanto Bárbara llevó el coche a la puerta y el camillero lo ayudó a subir y sentarse–, Liam confesó:

–No soporto no acordarme de qué ha pasado. No lo soporto.

–Seguramente es mejor que así sea –opinó ella.

Estaba buscando algo en su billetera, y parecía distraída. Liam esperó a que Bárbara hubiera pagado en la caja del aparcamiento, y luego dijo:

–No, no es mejor que así sea. Me estoy perdiendo un fragmento de mi vida. Una noche me tumbo en la cama, me pongo a dormir y me despierto en una habitación de hospital. No te imaginas lo desagradable que es eso.

–¿No recuerdas absolutamente nada? No sé, haber oído un ruido sospechoso, por ejemplo. O haber visto a alguien en la puerta.

–Nada de nada.

–Quizá lo recuerdes esta noche cuando te acuestes.

–Ah –dijo él. Lo pensó un momento y agregó–: Sí, tienes razón.

–Ya sabes, a veces sueñas con alguien y te olvidas por completo del sueño; pero, cuando ves a esa persona, la imagen del sueño pasa fugazmente por tu cabeza...

–Sí, puede ser –concedió Liam.

Pararon en un semáforo, y de pronto Liam se puso impaciente por llegar a casa. Se tumbaría en la cama de inmediato para ver si el recuerdo salía flotando de su almohada, como solían hacer sus antiguos sueños. Seguramente no recordaría nada hasta que fuera de noche, pero no había nada malo en intentarlo antes.

–Pero a mí no me importaría no saberlo –dijo Bárbara.

–Eso lo dices ahora, pero seguro que no lo dirías si te hubiera pasado a ti.

–Y ¿no te pondrás nervioso? ¿Estás seguro de que podrás dormir bien en ese apartamento?

–Por supuesto –respondió él.

Bárbara le lanzó una mirada tan larga y desconfiada que el coche que tenían detrás tocó la bocina; el semáforo había cambiado a verde.

–Yo me moriría de miedo –confesó Bárbara al pisar el acelerador.

–Bueno, a partir de ahora cerraré bien la puerta del patio, claro. ¿Sabes cómo se cierran esas puertas correderas de cristal?

–Creo que tienen un chisme. Ahora lo miramos.

Eso significaba que Bárbara pensaba entrar en el apartamento con él, y Liam se alegró de oírlo. No porque temiera que volvieran a entrarle en casa, sino porque desconfiaba de sus facultades. Había perdido la confianza en sí mismo. Ya no estaba seguro de controlar la situación. Lo que menos lo preocupaban eran los intrusos.

Bárbara aparcó en la plaza correcta sin que Liam le indicara cuál era. Era evidente que no era la primera vez que iba a su apartamento. Y llevaba las llaves de Liam en el bolso: el llavero de piel de becerro de Liam, con sus llaves del coche y sus llaves del apartamento. Bárbara lo sacó mientras esperaba a que él saliera poco a poco del asiento del pasajero. (Si se levantaba demasiado deprisa le daba vueltas la cabeza.)

–¿Te ayudo? –le preguntó Bárbara, pero él contestó:

–No, gracias. Estoy bien.

Y estaba bien, después de esperar un momento a que las amebas desaparecieran de su visión.

Hacía sol, y las hojas de pino desprendían un agradable olor a tostado, pero el vestíbulo olía a cerrado y a sótano, como siempre. Bárbara abrió la puerta del apartamento y se apartó para dejar pasar a Liam.

–Bueno, las niñas y yo lo hemos limpiado un poco –dijo.

–¿Hacía falta?

–Bueno, no estaba de más.

Al entrar, Liam no entendió qué había querido decir, porque el salón estaba tal como él lo había dejado: más o menos ordenado, sin tener en cuenta unas cuantas cajas por abrir alineadas junto a una pared. Echó a andar por el pasillo delante de Bárbara y dejó atrás el despacho, y allí tampoco encontró nada cambiado. Pero cuando llegó al dormitorio encontró en el suelo un camino de papel de embalar marrón que conducía hasta la cama. Y también habían cambiado la ropa de cama: ahora había una manta de un azul claro anémico, con pelusa, y unas sábanas con estampado de flores. Liam evitaba las sábanas estampadas desde una vez que estuvo enfermo de niño, con mucha fiebre, y veía pulular los lunares de las sábanas de su cama como insectos.

–Alquilamos una de esas máquinas para limpiar moquetas en el supermercado –explicó Bárbara–. Pero la moqueta todavía no está del todo seca; de momento tendrás que pisar en el papel. Y las sábanas y la manta estaban... Bueno, lo siento. Las tiramos a la basura. No sabía dónde guardabas las de recambio.

–Ah –dijo él–. Ya.

Liam se quedó allí plantado, aturdido, y desvió lentamente la mirada de la cama hasta la ventana, y por último hasta el armario. Todo parecía inofensivo, normal y, en cierto modo, un tanto ajeno. Pero quizá eso se debiera a que verdaderamente no era del todo suyo, porque hacía muy poco que se había mudado allí.

–¿Me robaron algo? –preguntó.

–Nos parece que no, pero en realidad tú eres el único que puede saberlo con certeza. La policía volverá más adelante para interrogarte. Vimos que el cajón de la mesilla que hay entre las dos butacas estaba fuera de sitio, y dentro no había nada, pero no sabíamos si eso significaba que se habían llevado algo o que todavía no lo habías llenado.

–No, estaba vacío –dijo él.

Liam entró en la habitación arrastrando los pies por el papel de embalar, se sentó en el borde de la cama y siguió mirando alrededor. Bárbara lo observaba desde el umbral.

–¿Te encuentras bien? –preguntó.

–Sí, sí.

–Creo que la policía enredó más que el ladrón. Y los de la ambulancia.

–Bueno, os agradezco que vinierais a ordenar –repuso él.

Tenía los labios acartonados, como si tampoco fueran del todo suyos.

–Louise se encargó de alquilar la máquina de limpiar moquetas; Louise y Dougall. Deberías ofrecerte a devolverles el dinero; ya sabes que van muy justos.

–Sí, claro –dijo Liam.

–¿Seguro que te encuentras bien, Liam?

–Sí, sí, seguro.

–Me gustaría prepararte algo antes de irme.

¿Ya se iba?

–Una taza de café, o de té –dijo Bárbara–. O quizá un cuenco de sopa.

–No, gracias –dijo él.

Solo de pensar en la comida le daban ganas de vomitar.

–Vale. Te dejo la tarjeta del seguro encima de la cómoda. No te olvides de tomarte las pastillas.

–Me acordaré.

Bárbara vaciló un momento, y entonces añadió:

–Bueno, calculo que Kitty llegará sobre las seis. Y hasta que llegue ella, tienes mi número por si necesitas algo.

–Gracias, Bárbara.

Bárbara se marchó.

Liam se quedó quieto hasta que oyó cerrarse la puerta del apartamento, y entonces subió los pies a la cama y se tumbó. La funda de la almohada olía a un detergente que no conocía. Y la almohada que había dentro tampoco le resultaba familiar: tenía relleno de plumas o de plumón, y una vez que se hundía no recuperaba el volumen.

Liam sabía que debía estarle agradecido a Bárbara por ayudarlo. Ella ya no era responsable de él.

Pero ¿no había prometido ayudarle a averiguar cómo se cerraba la puerta del patio?

Al otro lado de la ventana, Liam vio ramas de pino, casi negras pese a ser de día, y un cielo tan azul como el cristal de botella. No había estrellas, claro. Nada relacionado con la noche de marras.

Tenía que levantarse. Tenía cosas que hacer. Se prepararía una buena comida y se obligaría a comérsela. Averiguaría en qué caja estaban sus sábanas y las dejaría en el diván del despacho para Kitty. Quizá hasta terminara de desembalar. Y rompería las últimas cajas para dejarlas en el contenedor del cartón.

Pero permaneció allí tumbado. Ya no miraba por la ventana, sino la puerta del dormitorio, y evocó la imagen de una figura corpulenta saliendo de la oscuridad. O una figura menuda, liviana, sigilosa. O quizá dos figuras, ¿por qué solo una?

No apareció nada. Su mente estaba en blanco. Había oído esa expresión un millar de veces: tener la mente en blanco; pero hasta ese momento nunca había entendido que la mente podía estar tan vacía, blanca y sin textura como una hoja de papel sin usar.

3

Kitty llegó con una bolsa de viaje casi más grande que ella. La llevaba colgada del hombro, y su peso la obligaba a inclinarse hacia un lado mientras esperaba plantada en el umbral. La chica, muy menuda, llevaba una camiseta sin espalda y unos shorts vaqueros minúsculos; tenía el cabello cortado a trasquilones, rubio rojizo, y una carita de expresión vivaz.

–¡Hola, papi! –exclamó. (Era la única hija que lo llamaba así)–. ¡Parece que te haya pasado un camión por encima!

Aun así, se descolgó la bolsa del hombro y se la puso en los brazos a su padre. Al recibirla, a Liam se le doblaron las rodillas.

–¿Qué llevas aquí dentro, el fregadero de la cocina? –preguntó, pero en el fondo se alegraba. Kitty debía de planear quedarse un tiempo.

Liam se quedó quieto hasta que su hija le dio un rápido beso en la mejilla; luego la siguió al salón, donde Kitty se dejó caer en una butaca.

–Estoy harta de ancianitas –declaró la chica–. En ese consultorio no hay ni una sola paciente que no tenga menos de noventa años, te lo juro.

–Ah, ¿sí? Oye, y ¿así es como te vistes para ir a trabajar? –preguntó Liam.

–¿Qué? Ah, no. Me ha cambiado antes de salir. No te imaginas el uniforme que llevo. ¡Es de poliéster! ¡Y rosa!

Liam dejó la bolsa en el suelo, junto a la butaca. (Tal como estaba, no se sentía capaz de cargar con ella hasta el despacho.) Entonces se sentó en la otra butaca.

–¿Qué te parece mi apartamento? –preguntó.

–En el otro había chimenea.

–Ya, pero nunca la usaba.

–Y en el otro no había maníacos homicidas que entraban por la ventana.

–Por la puerta –la corrigió su padre. Juntó las palmas de las manos y las puso entre las rodillas–. Pero supongo que eso no pasará todos los días.

Kitty no parecía muy convencida.

–Bueno –dijo–. A ver, ¿qué tengo que preguntarte? ¿Sabes en qué año estamos? ¿Puedes decirme tu apellido?

–Sí, sí...

–Y ¿no estás mareado ni tienes sueño?

–No –contestó Liam.

De hecho, había dormido casi toda la tarde; solo lo habían despertado las llamadas de control de Louise, otra vez Louise y su hermana. Lo habían asaltado sueños extraños y muy vívidos, y una especie de alucinación olfativa –un olor a vinagre–, pero había contestado todas las preguntas con voz clara.

–¡Sí, gracias, estoy bien! ¡Gracias por llamar!

Louise se había quedado tranquila, pero la hermana de Liam, que lo conocía mejor, no se dejó engañar tan fácilmente.

–¿Seguro que te encuentras bien? –había preguntado–. ¿Quieres que vaya a verte?

–Sería una pérdida de tiempo. Me encuentro bien. Y Kitty debe de estar a punto de llegar –había dicho él.

–Bueno. Vale.

Liam se dio cuenta de que su hermana se alegraba de librarse de la obligación de ir a verlo. (Él también la conocía muy bien.) La verdad es que no se veían más que una o dos veces al año.

Kitty estaba examinando la mesita que había junto a su butaca. Abrió el cajón y miró dentro.

–¿Qué había aquí? –preguntó a su padre–. ¿Algo de valor?

–Nada.

–¿Nada de nada?

–Normalmente pongo lápices, bolígrafos y blocs, pero todavía no los había sacado de las cajas. De hecho, que yo sepa, no falta nada. Hasta estaba mi cartera encima de la cómoda, que es el primer sitio donde buscaría un ladrón, ¿no? Supongo que no le dio tiempo.

–Qué suerte –dijo Kitty.

–Sí, qué suerte. Pero...

Kitty se había agachado para rebuscar en el bolsillo exterior de su bolsa. Sacó un ordenador plano, plateado, de esos que Liam creía que se llamaban «notebook», un bonito iPod de color rosa y, por último, un teléfono móvil del tamaño de una chocolatina de muestra. (¡Cuántos aparatos necesitaban los jóvenes de hoy día!) Kitty abrió el móvil, se lo acercó a la oreja y dijo:

–¿Diga? –Luego, después de una pausa, añadió–: ¡Lo siento! Lo tenía en silencio. Sí, claro que estoy aquí. ¿Dónde quieres que esté? Sí, se encuentra bien. ¿Quieres hablar con él?

Liam se inclinó hacia delante, expectante, pero Kitty dijo:

–Ah, vale. Adiós. –Cerró el teléfono y le dijo a Liam–: Era mamá.

–¿No quería hablar conmigo?

–No. Se pasa la vida controlándome. Creía que estaba con Damian.

–Ah.

–Ese rollo de que me quede contigo... Solo es una excusa. En realidad lo que quiere es asegurarse de que estoy vigilada en todo momento. Ahora que tiene novio está demasiado ocupada para hacerlo ella personalmente, y por eso me envía aquí.

–¿Tu madre tiene novio? –preguntó Liam.

–Bueno, o algo parecido.

–No lo sabía.

Pero Kitty ya estaba pulsando las teclas del teléfono.

–Hola –dijo–. ¿Qué hay?

Liam se serenó con cierto esfuerzo y se levantó para encargarse de la cena.

El olor a vinagre persistía. Parecía emanar de su propia piel. Mientras cenaban (sopa de espárragos en conserva y galletas saladas) se lo preguntó a Kitty.

–¿No huelo raro?

–¿Qué?

–Tengo la sensación de que huelo a vinagre.

Kitty lo miró con recelo y dijo:

–¿Sabes en qué año estamos?

–¡No me lo preguntes más!

–Mamá me ha dicho que te lo pregunte. No ha sido idea mía.

–Normalmente tampoco sé en qué año estamos –dijo Liam–, a menos que me pare a pensarlo un minuto. Los años han empezado a pasar tan deprisa que ya no puedo seguirlos. Cuando seas mayor, a ti te pasará lo mismo.

Pero Kitty parecía haber perdido el interés por ese asunto. Estaba rompiendo las galletas en la sopa con la parte exterior de la cuchara. Tenía unos dedos largos y flexibles, terminados en pequeños muñones con las uñas mordidas: dedos de lémur, pensó Liam. No estaba seguro de que su hija se hubiera tomado ni una cucharada de sopa todavía. Cuando Kitty notó que su padre la estaba mirando, levantó la cabeza.

–Tendré que dormir en la habitación por la que entró, ¿verdad? –le preguntó.

–¿Cómo dices?

–La habitación por la que entró el ladrón. ¡He visto esa puerta! Por ahí es por donde entró, ¿no?

–Sí, pero entonces no estaba echado el pestillo. Y ahora sí –dijo Liam. Lo había comprobado él mismo hacía un rato. La puerta tenía una palanquita, un dispositivo muy sencillo–. Pero, si lo prefieres –agregó–, puedo dormir yo allí.

Acababa de truncarse su plan de intentar recuperar la memoria en la oscuridad. Pero ya había empezado a admitir que no era probable que eso sucediera.

–Me parece que a ti también te da miedo –dijo Kitty–. ¡Yo en tu lugar estaría cagada si tuviera que vivir en la casa donde me habían atacado!

–Sí, pero como ya me han atacado, en cierto modo tengo la impresión de que no volverán a atacarme –repuso él–. Como si hubiera cubierto un cupo, por así decirlo. Ya sé que no tiene lógica.

–Claro que no tiene lógica. El tipo entra, ve el botín, no tiene tiempo de cogerlo... Lo más lógico es que decida volver a buscarlo otro rato.

–¿Qué botín? –preguntó Liam–. Yo no tengo joyas, ni plata, ni aparatos electrónicos. ¿Qué quieres que venga a buscar, salvo esa cartera con siete dólares dentro?

–Él no sabe que dentro solo hay siete dólares.

–Bueno, no creo que...

–¿Solo tienes siete dólares?

–¿Qué?

–¿Ese es el único dinero que tienes?

Liam se echó a reír.

–Supongo que habrás oído hablar de los bancos –dijo.

–¿Cuánto tienes en el banco?

–¡Oye, Kitty!

–Mamá dice que eres pobre.

–Tu madre no lo sabe todo –replicó Liam. Y añadió–: ¿Quién es ese novio suyo?

Kitty eludió la pregunta con un rápido ademán.

–Le preocupa que acabes en la calle. Ahora que te han despedido y eso.

–No me han despedido, me han... aplicado la reducción de plantilla. Y tengo una cuenta de ahorro muy decente. Ya se lo puedes decir a tu madre. Además –continuó–, en enero cumplí sesenta años. –Hizo una elocuente pausa.

La pausa era para que Kitty se diera cuenta de que se le había olvidado felicitarlo por su cumpleaños. Se le había olvidado a toda la familia, excepto a su hermana, que todos los años le enviaba una tarjeta de Hallmark. Pero Kitty se limitó a decir:

–Y eso, ¿qué tiene que ver?

–Pues que después de los cincuenta y nueve años y medio estoy autorizado a cobrar una pensión.

–Ya. Y eso es una fortuna, claro.

–Bueno, tampoco es que necesite mucho para vivir. Nunca he sido un gran consumidor.

Kitty metió otra galleta en la sopa y dijo:

–Eso es verdad. Cuando entré en el despacho pensé: ¡Oh, cielos! ¡El ladrón se ha llevado el televisor! Luego me acordé de que no tienes televisor. Ya lo sabía, pero no se me había ocurrido pensar qué significaba. ¡Me voy a perder todos mis programas favoritos mientras esté aquí! ¡En todo el apartamento no hay ni un solo televisor!

–No sé cómo vas a sobrevivir –ironizó Liam.

–Seguro que el ladrón miró alrededor y pensó: Vaya, se me han adelantado. Aquí ya lo han robado todo.

–Es curioso que la gente siempre dé por hecho que un ladrón tiene que ser un hombre –comentó Liam–. ¿Acaso no existen las ladronas? No sé por qué, pero nunca se oye hablar de ellas.

Kitty vertió parte de su vaso de leche en la sopa. Luego, pensativa, empezó a remover la mezcla.

–Trato de ponerle cara a ese tipo. O a esa tipa –prosiguió Liam–. Estoy convencido de que su rostro debe de estar en algún rincón de mi subconsciente, ¿no te parece? No te imaginas lo desagradable que es saber que has tenido una experiencia tan catastrófica y que en tu mente no quede ni rastro de ella. Casi preferiría que no hubierais borrado todas las huellas. No es que no os lo agradezca; no me refiero a eso. Pero es como si me hubieran excluido de mi propia experiencia. Otras personas saben más que yo acerca de ella. Por ejemplo, ¿cómo encontrasteis las sábanas? ¿Estaban empapadas de sangre, completamente teñidas de rojo? ¿O solo un poco salpicadas?

–Por favor, papá –dijo Kitty.

–Ya, perdona, pero…

Se oyó un ruido áspero, parecido al que hacen las ranas y los sapos. Kitty se levantó al instante de la silla y cogió su teléfono móvil, que estaba en la mesa de centro.

–¿Diga? –dijo. Y luego–: Hola.

Liam suspiró y dejó la cuchara. No había hecho muchos progresos con la sopa, y el cuenco de Kitty estaba más lleno que cuando había empezado a cenar: una repugnante papilla de galletas saladas, sopa y leche. Quizá fuera conveniente que al día siguiente fueran a cenar a algún sitio.

–Bueno... –iba diciendo Kitty–. Ajá... Bueno, ya sabes... –Era evidente que estaba contestando en clave.

Liam tenía las manos apergaminadas –que él supiera, nunca las había tenido así–, y cuando las levantaba, le temblaban ligeramente los dedos. Además, seguía molestándolo aquel olor a vinagre. No tenía ninguna duda de que los demás también lo notaban.

Le habría gustado decir que ese no era él. Ese no era su verdadero yo. Su verdadero yo se había separado de él, había vivido una experiencia crucial sin él y después no había conseguido volver.

Sabía que le estaba dando demasiada importancia.

Liam había tenido un alumno llamado Buddy Morrow que tenía diversos problemas de aprendizaje. Eso fue en la época en que Liam enseñaba historia antigua, y le pagaban un dineral por ir a casa de Buddy dos veces por semana y supervisar sus lecturas sobre los espartanos y los macedonios. Habría podido hacerlo cualquiera, desde luego; no era una tarea que requiriera ninguna preparación especial. Pero los padres del niño vivían bien, y les gustaba contratar a expertos. El padre era neurólogo. Un neurólogo muy famoso. Una autoridad mundial en insultos cerebrales.

A Liam le gustaba la expresión «insultos cerebrales». De hecho, quizá esa no fuera la expresión que habría empleado el doctor Morrow; quizá él los habría llamado «daños cerebrales». Fuera como fuese, a Liam no le había hablado de ninguna de las dos cosas. En las pocas ocasiones en que habían hablado, solo habían comentado los progresos de Buddy.

Con todo, el martes por la mañana, a las 8.25, Liam llamó por teléfono al consultorio del doctor Morrow. Eligió esa hora deliberadamente, tras pensarlo un buen rato en plena noche, cuando le vino al pensamiento el nombre del doctor Morrow. Pensó que era muy probable que hubiera un horario para recibir llamadas de pacientes, y que seguramente ese horario sería antes de las nueve de la mañana o a mediodía. Él apostaba por la franja de ocho a nueve. Pero tenía que esperar a que Kitty se hubiera marchado a trabajar, porque no quería que ella escuchara la conversación. Kitty se marchó a las 8.23: fue a pie hasta la parada de autobús que había junto al centro comercial. Dos minutos más tarde, Liam estaba al teléfono.

Le dijo la verdad a la recepcionista: era el ex profesor particular del hijo del doctor Morrow, no un paciente oficial, pero confiaba en que el doctor pudiera contestarle un par de preguntas relacionadas con las secuelas de un golpe que había recibido en la cabeza. La recepcionista –cuya voz evocaba más a una camarera de mediana edad que a una jovencita fría e idiota como Liam esperaba– chascó la lengua y dijo:

–Un momento, caballero. Voy a ver si el doctor puede atenderlo.

La siguiente voz que oyó Liam fue la del doctor Morrow, cansada y sorprendentemente avejentada.

–Dígame. Soy el doctor Morrow.

–Soy Liam Pennywell, doctor Morrow. No sé si se acordará de mí.

–¡Ah, sí! El filósofo.

Liam se sintió halagado, pese a que le pareció detectar un deje de ironía en la voz de su interlocutor. Dijo:

–Perdone que le llame así, tan de repente, pero es que hace poco me dieron un golpe en la cabeza y perdí el conocimiento, y después he experimentado unos síntomas preocupantes.

–¿Qué clase de síntomas? –preguntó el doctor.

–Pues pérdida de memoria.

–¿Memoria a corto plazo?

–No exactamente. Pero tampoco a largo plazo. Más bien… intermedia.

–¿Memoria intermedia?

–No recuerdo que me golpearan.

–Ah, sucede con mucha frecuencia –dijo el doctor Morrow–. Entra dentro de lo que cabe esperar. ¿Está recibiendo atención médica?

–Sí, pero… La recibí en el hospital, pero… Doctor Morrow, no me gusta abusar, pero ¿podría ir a su consulta y hablar con usted?

–Hablar –dijo el doctor, pensativo.

–Solo un par de minutos. Bueno, tengo seguro. Tengo seguro médico. Es decir, se trataría de una consulta estrictamente profesional.

–¿Tiene algo que hacer? –le preguntó el doctor.

–¿Ahora?

–¿Cree que podría estar aquí antes de las nueve y cuarto?

–Por supuesto –respondió Liam.

No tenía ni idea de si podría llegar a esa hora; en el listín telefónico aparecía una dirección del centro, y él estaba muy al norte, cerca… ¡Maldición! ¿Por qué se había mudado? ¡Estaba muy al norte, cerca de la carretera de circunvalación! Pero dijo:

–Estaré ahí en menos de un segundo. Muchas gracias, doctor Morrow. No sabe cómo se lo agradezco.

–Medio segundo, ¿eh? –dijo el doctor, y Liam volvió a apreciar el deje de ironía en su voz.

Liam llevaba un atuendo más informal del que normalmente se ponía para salir a la calle: un polo sin planchar y unos chinos que tenían una presilla del cinturón rota. Pero no tenía tiempo para cambiarse. Lo único que hizo fue quitarse las pantuflas y ponerse unas zapatillas de deporte. Cuando se agachó para atarse los cordones, le dolió la cabeza, y lo agradeció. Si iba a presentarle su caso a un médico, cuantos más síntomas presentara, mucho mejor.

En el aparcamiento, el dolor de cabeza era lo bastante molesto para que Liam intentara meterse en el coche sin doblar la espalda, flexionando solo las rodillas. Acababa de sentarse al volante cuando oyó gritar a una mujer:

–¿Se puede saber qué haces?

Giró la cabeza y vio un viejo sedán azul parado a su lado. Su hija mediana lo miraba con los ojos como platos por la ventanilla abierta; el nieto de Liam iba sentado en el asiento trasero.

–Hola, Louise –dijo Liam–. Me alegro de verte. Lo siento, pero tengo un poco de...

–¡Sabes perfectamente que no puedes conducir!

–Ah.

–¡Te lo dijeron en el hospital! He venido por si necesitabas que te hiciera algún recado.

–Te lo agradezco mucho –repuso Liam–. ¿Podrías acompañarme a la consulta del neurólogo?

–¿Dónde está?

–En Saint Paul –contestó Liam. Estaba saliendo de su coche y trataba, una vez más, de no agachar la cabeza ni un milímetro. Era una suerte que hubiera aparecido Louise; Liam no se había dado cuenta de lo atontado que estaba. Despacio, rodeó el coche de su hija por la parte delantera hasta la puerta del lado del pasajero y entró.

–Cuando te quiten ese apósito te van a dar un tirón de miedo –comentó Louise escudriñándole la cabeza.

Louise tenía la tez y el color de cabello de Bárbara, pero no su suavidad; siempre parecía nerviosa, sobre todo cuando miraba con los ojos entornados, como en ese momento. Liam, intimidado por esa mirada, dijo:

–Bueno, sí. –Empezó a rebuscar en sus bolsillos–. A ver, dónde demonios... –masculló–. Aquí. –Sacó un trozo de un menú chino–. La dirección del doctor Morrow.

Louise le echó un vistazo y puso el coche en marcha. Liam se volvió para mirar a su nieto.

–¡Hola, Jonás! –dijo–. ¿Qué tal?

–Hola.

–¿Qué me cuentas?

–Nada.

En opinión de Liam, al niño le faltaba brío. Tenía… ¿cuántos años? ¿Tres? No, cuatro; cuatro y medio, pero todavía iba sentado en uno de esos asientos para niños, dócil como un cachorrito rubio, abrazado a su oso de peluche. Liam se planteó cambiar de tema, pero no parecía que valiera la pena, así que volvió a colocarse mirando hacia delante.

–Pensé que quizá necesitaras algo de comida, o alguna receta –dijo Louise–. Nadie me comentó que tuvieras hora en el médico.

–Es que esto ha surgido ahora –explicó Liam.

–¿Te ha pasado algo?

–No, no..

Louise dio la vuelta y se dirigió hacia la salida ignorando diversas flechas que apuntaban en la dirección opuesta. Liam se agarró al salpicadero, pero no intentó corregir a su hija.

–Es solo que… Bueno, me falla un poco la memoria –dijo por fin.

Confiaba en que se pondrían a hablar de ello, pero Louise dijo:

–Supongo que debió de ser horrible pasar la noche en ese apartamento.

–No, qué va –replicó él–. Pero Kitty estaba un poco nerviosa. Tuve que cederle el dormitorio.

Eso le recordó lo de la moqueta, y añadió:

–Creo que te debo el alquiler de la máquina con que limpiasteis la moqueta.

–No te preocupes –dijo Louise.

–No, no. Insisto –dijo él–. ¿Cuánto te costó?

–Ya me lo devolverás cuando encuentres trabajo.

–Trabajo. Bueno…

–¿Has presentado ya alguna solicitud?

–Es que no sé si quiero presentarla. A lo mejor me jubilo.

–¿Jubilarte? ¡Pero si tienes sesenta años!

–Exacto.

–¿Qué piensas hacer si te jubilas?

–Pues podría hacer muchas cosas –contestó Liam–. Podría leer, pensar... No soy una persona sin recursos.

–¿Vas a pasarte el día sentado leyendo?

–También podría... ¡Tengo posibilidades! De hecho, tengo un montón de posibilidades –dijo de manera espontánea–. Podría hacerme *zayda*.

–¿Hacerte qué?

–Hay una plaza en un jardín de infancia de Reisterstown Road –explicó Liam. Se sintió orgulloso de sí mismo por habérsele ocurrido mencionarlo; hacía semanas que no pensaba en ello–. Un padre de Saint Dyfrig mencionó que había una vacante. Ponen a personas de la tercera edad para sustituir a la figura de los abuelos, por así decirlo, en las clases de los más pequeños. *Zayda* significa «abuelo» en yiddish.

–Pero tú no eres judío.

–No, pero el jardín de infancia sí.

–Y tampoco eres una persona de la tercera edad. Además, suena a trabajo voluntario. ¿Estás seguro de que no es un trabajo voluntario?

–No, no. Me pagarían.

–¿Cuánto?

–Pues... –dijo Liam, y entonces preguntó–: Pero ¿qué os pasa? De repente os creéis con derecho a entrometeros en mis finanzas.

–Y con razón –repuso Louise. Redujo la velocidad al llegar a un semáforo, y dijo–: Por no hablar de lo irónico del asunto.

–¿A qué te refieres?

–¡Abuelo! –dijo Louise–. ¡Tú, precisamente!

Liam arqueó las cejas.

–¿Acaso te gustan los niños pequeños?

–¡Claro que me gustan!

–¡Ja! –repuso ella.

Liam se volvió otra vez para mirar a Jonás. El niño le devolvió una mirada azul deslavazada que no revelaba lo que estaba pensando.

Llegaron al centro y recorrieron el antiguo barrio de Liam: edificios antiguos, señoriales, agrupados alrededor del campus de Hopkins. Liam sintió una punzada de nostalgia. Con firmeza, dirigió sus pensamientos hacia su nueva morada: su pureza, su sencilla angulosidad. Louise (que sabía leer el pensamiento, como sus otras hermanas), dijo:

–Siempre puedes volver a tu antiguo apartamento.

–¿A mi antiguo apartamento? ¿Por qué iba a volver?

–Dudo mucho que ya lo hayan alquilado.

–Estoy muy contento con el nuevo –dijo Liam–. Ahora tengo una nevera con dispensador de agua en la puerta.

Louise se limitó a poner el intermitente. En el asiento de atrás, Jonás empezó a cantar el abecedario con una voz débil, monótona y poco melodiosa. Liam giró la cabeza para dedicarle a su nieto una sonrisa de admiración, pero Jonás iba mirando por la ventanilla y no lo vio.

Mira que ponerle Jonás a un niño. Seguro que había sido idea de Dougall, el marido de Louise. Dougall era cristiano fundamentalista. Louise y él habían empezado a salir juntos en el instituto y se habían casado nada más graduarse, pese a las objeciones de todos; luego Dougall se puso a trabajar en el negocio de fontanería de su familia, y Louise, una alumna de sobresaliente, descartó ir a la universidad y poco después tuvo a Jonás.

–¿Por qué Jonás? –había preguntado Liam–. ¿Qué vendrá después? ¿Judas? ¿Herodes? ¿Caín? –Louise lo había mirado con cara de desconcierto–. No sé, la historia de Jonás no es muy agradable, ¿no?

–Pues yo conozco a un tipo que se llama Caín –se limitó a decir Louise.

–¿Y tiene un hermano? –preguntó Liam.

–Que yo sepa, no.

–O ya no –apostilló Liam.

–¿Cómo?

Por lo visto, entrar en el templo del Libro de la Vida no había mejorado su sentido del humor.

La consulta del doctor Morrow resultó estar justo debajo de Fender Street, en un ornamentado edificio apretujado entre una tintorería y una casa de empeños. Era imposible aparcar, por supuesto. Louise dijo:

–Salta tú y yo iré a buscar aparcamiento.

Liam no discutió. Según su reloj, eran las nueve y diez. Se preguntó si el doctor Morrow le dedicaría solo cinco minutos.

El vestíbulo tenía el techo alto y esculpido, y el suelo de mármol con las juntas reforzadas con bronce. El ascensor lo manejaba un empleado, un anciano de color vestido de uniforme; estaba sentado en un taburete de madera y cerró la puerta de acordeón con una mano enguantada. Liam estaba estupefacto. Cuando la otra pasajera, una mujer ataviada con un vestido de seda, dijo «Tres, por favor», Liam se sintió transportado a su infancia, a uno de los viejos grandes almacenes del centro donde su madre podía pasar horas acariciando rollos de tela.

–¿Señor? –dijo el ascensorista.

–Ah, sí. Cuatro, por favor –contestó Liam.

La cuarta planta, al contrario de lo que cabía esperar, era muy moderna. El suelo estaba cubierto de una moqueta muy seria, gris, y en el techo había baldosas acústicas. Para Liam fue un desengaño, pero también un alivio. (No convenía que tu neurólogo fuera demasiado anticuado.)

En la puerta de cristal cilindrado de la suite 401 había toda una columna de nombres de médicos, bajo unas letras más grandes que rezaban «GABINETE DE NEUROLOGÍA SAINT PAUL». Pese a lo temprano que era, ya había muchos pacientes en la sala de espera. Estaban sentados en unas sillas de plástico moldeado, bajo la hilera de ventanillas de las recepcionistas, una ventanilla para cada médico. La recepcionista del doctor Morrow tenía el cabello negro, teñido, y eso le hacía parecer menos simpática de lo que su voz sugería por teléfono. En cuanto Liam le dijo su nombre, ella le entregó una tablilla con un sujetapapeles con un cuestionario que debía rellenar.

–También tengo que hacer una fotocopia de su tarjeta del seguro y de su carnet de conducir –dijo la recepcionista.

Liam había sido sincero cuando le había dicho al doctor Morrow que pensaba pagar la visita, pero aun así le sorprendió el burdo comercialismo de la mujer.

Los otros pacientes estaban fatal. ¡Dios mío, la especialidad de neurología era angustiante! Había un hombre que temblaba tanto que se le caía todo el rato el bastón al suelo. Una mujer tenía en brazos a un niño más grande de lo normal que parecía no tener huesos. Otra mujer le secaba continuamente la boca a su inexpresivo marido con un pañuelo de papel. Oh, Liam no debería estar allí. No tenía derecho a desperdiciar el tiempo del médico con algo tan trivial. Pero, aun así, siguió escribiendo su nueva dirección con letras mayúsculas, grandes y claras.

Cuando llegaron, Louise y Jonás se sentaron enfrente de Liam, aunque había asientos libres a sus dos lados. Nadie habría adivinado que tuvieran alguna relación con él. Ni siquiera lo miraron, y Louise enseguida empezó a buscar entre las revistas que había en la mesita que tenía a su izquierda. Al final encontró una revista para niños.

–¡Mira! –le dijo a Jonás–. ¡Conejitos! ¡A ti te encantan los conejitos!

Jonás agarró con fuerza su osito de peluche y siguió con la mirada el dedo de su madre.

La verdad, pensó Liam, era que los Pennywell eran una familia bastante fea. (Incluido él.) Louise llevaba el cabello demasiado corto y tenía un rostro demasiado anguloso. Llevaba unos pantalones rojos piratas, rectos, un tipo de pantalón que no favorecía a nadie, y unas chanclas que dejaban a la vista sus pies blancos, largos y huesudos. Jonás respiraba por la boca y miraba la revista con expresión de perplejidad.

En voz baja, pero clara, a solo unos centímetros de la oreja derecha de Liam, una voz de mujer dijo:

–Verity.

Liam se sobresaltó y dio un respingo.

Se trataba de una joven rellenita y con rizos que llevaba una amplia falda con estampado indio y unas sandalias bastas que parecían hechas a mano. Con una mano sujetaba por el brazo a un anciano con traje y corbata.

–¿Cómo dice? –preguntó Liam.

Pero la mujer ya había pasado de largo. El anciano –¿su padre?– y ella se estaban acercando a la recepcionista del doctor Morrow. Cuando llegaron a la ventanilla, la joven le soltó el brazo al anciano y se retiró un poco. El anciano le dijo a la recepcionista:

–¡Hola, Verity! ¡Buenos días! ¡Qué guapa está hoy!

–Gracias, señor Cope –replicó la recepcionista–, y se llevó una mano al cabello, teñido–. Siéntese. El doctor Morrow lo atenderá enseguida.

Cuando la pareja se apartó de la ventanilla, Liam bajó la mirada para que no se notara que los había estado observando. La mujer y el anciano se sentaron en las dos sillas que había al lado de Jonás. Louise iba diciendo: «Y entonces, un león enorme salió de detrás del árbol», y ni ella ni Jonás miraron a los recién llegados.

–¿Señor Pennywell? –dijo una enfermera desde el fondo de la habitación.

Liam se levantó y fue hacia ella.

–¿Cómo está usted? –preguntó la enfermera.

–Muy bien, gracias –contestó Liam–. Bueno, más o menos…

Pero ella ya se había dado la vuelta para guiarlo por un pasillo.

Al final del pasillo, en un despacho diminuto, el doctor Morrow escribía algo sentado a un enorme escritorio. Liam no lo habría reconocido. El médico había envejecido muchísimo: su cabello pelirrojo tenía un color rosado y sin brillo, y las abundantes pecas se fundían en grandes manchas de color beige por toda su cara. No llevaba bata blanca, sino una chaqueta de sport, y lo único que tenía alguna relación con su profesión era el modelo de yeso de un cerebro que había en un estante que tenía detrás.

–Ah –dijo dejando el bolígrafo–. Señor Pennywell.

Hizo ademán de levantarse –rígido, chirriando– para estrecharle la mano a Liam.

–Le agradezco que me haya hecho un hueco –dijo Liam.

–No se preocupe, no se preocupe. Sí, ya veo que se ha hecho una herida.

Liam giró la cabeza para mostrarle el lado lastimado al médico, por si quería examinárselo más de cerca, pero el doctor Morrow volvió a sentarse y entrelazó los dedos apoyando las manos en el pecho.

–Veamos: ¿cuánto tiempo ha pasado? –le preguntó–. ¿Fue en el ochenta o en el ochenta y uno?

–En el ochenta y dos –respondió Liam. Estaba seguro porque había sido su último año en el colegio Fremont.

–¡Veintitantos años! ¡Veinticuatro! Dios mío. ¿Y sigue usted dando clases?

–Sí, sí –contestó Liam. (No tenía sentido desviarse del tema con explicaciones que no venían al caso.)

–Sigue intentando meterles un poco de historia en la cabeza a esos granujas de Fremont –dijo el doctor Morrow riendo con su risa de anciano.

–Bueno, no. Ahora trabajo en Saint Dyfrig –confesó Liam.

–Ah, ¿sí? –dijo el doctor Morrow frunciendo el entrecejo.

–Sí, con alumnos de quinto.

–¡Quinto curso!

–En fin –se apresuró a decir Liam–. ¿Qué tal le van las cosas a Buddy?

–Bueno, ahora lo llamamos Haddon, por supuesto.

–¿Cómo es eso?

–Se llama así. Haddon.

–Ah.

–Sí, Haddon ya es todo un hombre. Cumplió cuarenta años en abril, ¿se imagina? Tiene su propia empresa de transportes. Cubre todo el estado. Todo un éxito, teniendo en cuenta…

–Me alegro de oírlo.

–Se portó usted muy bien con mi hijo –continuó el doctor Morrow, y de pronto su voz sonó diferente, menos campechana y pomposa–. No he olvidado la paciencia que tuvo con él.

–Bueno... –dijo Liam rebulléndose en el asiento.

–Recuerdo que su asignatura fue la única por la que consiguió interesarse. ¡Séneca! ¿No hizo el trabajo sobre Séneca? Sí, nos hablaba mucho de Séneca en la mesa. ¡Del suicidio de Séneca! Una gran noticia, como si hubiera pasado ayer.

Liam soltó una risita que, curiosamente, se pareció mucho a la risa del doctor Morrow.

–Tengo que decirle que lo he visto –añadió el doctor Morrow–. A Haddon le hará mucha ilusión. Pero basta de cháchara. Cuénteme qué le pasa.

–Ah, sí –dijo Liam, como si no lo tuviera presente por encima de todo–. Bueno, como verá, me dieron un golpe en la cabeza y perdí el conocimiento.

–¡Vaya! ¿Fue alguien que usted conozca?

–No, no –contestó Liam.

–Dios mío, no sé adónde iremos a parar –dijo el doctor Morrow–. ¿Han detenido a su atacante?

–No. Que yo sepa, no.

La palabra «atacante» lo desbarató un poco. Era una de esas palabras que solo veías escritas, como «atavío». O «deceso». O... ¿cuál era esa otra palabra en que se había fijado?

–Y dicen que trabajan para que esta ciudad sea más segura –comentó el doctor Morrow.

–De hecho vivo en las afueras –puntualizó Liam.

–Ah, ¿sí?

«Exclamar.» Esa era otra palabra que solo veías por escrito.

–Bueno –prosiguió Liam–, el caso es que me golpearon y perdí el conocimiento. Y que no recuerdo nada más, hasta que desperté en una cama de hospital.

–Supongo que le habrán hecho un TAC cerebral.

–Sí, eso me han dicho.

–Y no encontraron señales de hemorragia intracraneal.

–No, pero…

Bárbara siempre le decía que no se expresaba con suficiente claridad cuando iba a visitar a su médico. Le preguntaba: «¿Le has explicado lo de la espalda? ¿Le has dicho que te morías de dolor?», y Liam decía: «Bueno, he mencionado que tenía ciertas molestias». Bárbara ponía los ojos en blanco. Así que Liam se inclinó hacia delante y dijo:

–Estoy muy, pero que muy preocupado. Necesito hablar de esto con alguien. Tengo la impresión de que me estoy volviendo loco.

–¿Loco? Usted me habló de pérdida de memoria.

–Sí, de eso se trata: me estoy volviendo loco por culpa de mi pérdida de memoria.

–¿Qué es exactamente lo que no recuerda?

–No recuerdo absolutamente nada relacionado con el ataque –contestó Liam–. Lo único que sé es que me fui a la cama, me metí bajo las sábanas, miré por la ventana y… ¡paf! Aparezco en una habitación de hospital. Se ha esfumado todo un período de tiempo. Alguien entró en mi apartamento y debí de despertarme, porque dicen que esta herida de la mano me la hice peleando con el… atacante. Entonces un vecino llamó al servicio de emergencias, y vinieron la policía y la ambulancia. Pero todo eso ha desaparecido de mi mente.

–Sin embargo, recuerda otras cosas –replicó el doctor Morrow–. El momento antes de acostarse. Y el momento después de despertar en el hospital.

–Sí, todo eso sí. Lo que no recuerdo es el ataque.

–Me atrevería a decir que eso no lo recordará nunca. La gente suele confiar en que llegará un momento en que lo recordará todo, como sucede en las telenovelas. Pero, en la mayoría de los casos, los recuerdos relacionados con un trauma en la cabeza desaparecen para siempre. De hecho, es poco habitual que recuerde tantas cosas. Algunas víctimas olvidan hasta los días anteriores al momento del trauma, y solo tienen recuerdos inconexos de los días posteriores. Puede considerarse afortunado.

–Afortunado –repitió Liam haciendo una mueca.

–Y ¿por qué le interesa tanto recordar esa experiencia?

–Usted no lo entiende –dijo Liam.

Liam sabía que había agotado su tiempo. Se apreciaba cierta tensión en la atmósfera de la habitación, y el médico se había enderezado un poco en su sillón. Pero era importante. Liam se agarró las rodillas.

–Tengo la sensación de haberlo perdido todo –dijo–. Me han robado una parte de mi vida. Y quiero recuperarla. ¡Daría lo que fuera por recuperarla! Me gustaría tener a alguien como... la recordadora de la sala de espera.

–¿La qué? –preguntó el doctor Morrow.

–Esa joven que acompaña a su... no sé, su padre, supongo, a verlo a usted. Por lo visto, su paciente necesita que le recuerden nombres y cosas así, y ella lo acompaña y le da pistas.

–Ah, sí –dijo el doctor Morrow, y relajó la expresión–. A todos nos vendría bien una recordadora, como usted la llama, a partir de cierta edad. Y a todos nos gustaría tener el dinero que tiene el señor Cope para pagarla.

–Ah, pero ¿le paga?

–Creo que es una empleada a sueldo, sí –dijo el doctor. Pero entonces debió de pensar que había cometido una indiscreción, porque se levantó de repente y rodeó el escritorio–. Siento no poder ayudarlo más, señor Pennywell. Yo no puedo hacer nada, de verdad. Pero creo que, con el tiempo, comprobará que este asunto le parece menos importante. Sea realista: todos los días olvidamos cosas. ¡Usted se está perdiendo muchos pedazos de vida! Pero no piensa demasiado en ellos, ¿verdad que no?

Liam también se levantó, pero no podía desistir tan fácilmente. Dijo:

–¿No cree que quizá podrían hipnotizarme, por ejemplo, o algo parecido?

–No se lo recomiendo –replicó el médico.

–¿Y si tomara algún medicamento? Alguna pastilla, o un suero de la verdad.

El doctor Morrow sujetaba con firmeza a Liam por el brazo y lo conducía hacia la puerta.

–Confíe en mí: dentro de nada, esta preocupación habrá desaparecido –dijo, y su voz había adquirido el tono tranquilizador de quien habla con un pequeño incordio–. Pase por la caja y hable con Melanie al salir, por favor.

Liam dejó que lo echaran. Farfulló algo a modo de despedida: muchas gracias, perdone que le haya robado su tiempo, salude de mi parte a Buddy, o Haddon... Luego se dirigió a la ventanilla de caja y firmó un cheque por valor superior a lo que se gastaba en un mes en el supermercado.

En la sala de espera, Louise asentía con la cabeza y hacía pequeños chasquidos mientras escuchaba a una chica de rostro cetrino con un pantalón de peto; la chica había llegado hacía poco y había ocupado el asiento que Liam había dejado libre.

–Estaba regando las plantas perennes –iba diciendo la chica–. Trabajo en el vivero Happy Trowel, en York Road; ¿sabes dónde está? Y de pronto empecé a oír una canción a toda velocidad. Pero no parecía real. Sonaba a... algo metálico. Era un sonido metálico y muy acelerado. Y voy y le digo a Earl, que estaba recogiendo las petunias: «¿Oyes cantar a Pavement?» «¿Cómo dices?», dice Earl. Y yo le digo: «Me parece oír a Pavement cantando "Spit on a Stranger"». Earl me mira como si estuviera chiflada. Bueno, sobre todo porque resulta que él no tenía ni idea de que Pavement es un grupo musical. Creía que lo que le estaba diciendo era que oía cantar al «pavimento» de York Road.

–¿En qué planeta vive ese chico? –preguntó Louise–. Todo el mundo conoce a Pavement.

–Pero de todas formas habría pensado que estaba chiflada, porque no se oía ninguna música. Estaba todo en mi cerebro. Tenía una gran masa de vasos sanguíneos enredados en el cerebro.

Liam hizo sonar las monedas que llevaba en el bolsillo, pero Louise no levantó la cabeza.

–Eso debe de ser muy desagradable –comentó.

–El doctor Meecham cree que pueden eliminarlo con un rayo de no sé qué.

–Vaya. Pues rezaré por ti.

–Ya podemos marcharnos, Louise –dijo Liam.

–Ah, vale. Este es mi padre –le dijo Louise a la chica–. Un ladrón lo golpeó en la cabeza.

–¿En serio?

–Tiffany tiene una masa de vasos sanguíneos…

–Sí, ya lo he oído –la cortó Liam.

Pero no miraba a la chica; miraba al anciano que estaba sentado al lado de Jonás, el que iba acompañado de la recordadora a sueldo. De entrada no se notaba que tuviera ningún problema. Estaba leyendo un *New Yorker*; pasaba las páginas con esmero y leía las tiras cómicas. Su ayudante estaba sentada mirándose el regazo. Parecía fuera de lugar al lado del anciano, con su elegante traje y su cuello almidonado. Ella tenía la cara redonda y brillante, las gafas de montura de pasta con huellas de dedos, e iba vestida con poca gracia. Liam se preguntó cómo podía ser que la hubiera tomado por la hija del anciano.

Aunque lo mismo habría podido pensar alguien de su hija, que entonces se levantó y le cogió las manos a la chica del pantalón de peto.

–Recuerda el evangelio de san Marcos –le dijo–. «Hija, tu fe te ha salvado. Vete en paz y queda curada de tu enfermedad.»

–Te escucho, hermana –repuso la chica.

–¿Podemos irnos ya? –dijo Liam.

–Claro, papá. Vamos, Jonás.

Pasaron entre las dos hileras de pacientes, una frente a otra; Liam estaba convencido de que todos despedían ondas de ávida curiosidad, aunque nadie levantó la cabeza.

–¿Siempre tienes que hacer lo mismo? –le preguntó Liam a Louise en cuanto llegaron al vestíbulo.

–¿Mmm...? –dijo Louise, y llamó el ascensor.

–¿Tienes que hacer alarde de tu religión allá donde vas?

–No sé de qué me hablas –replicó ella. Se volvió hacia Jonás y dijo–: ¡Te has portado muy bien, Jonás! Quizá podamos comprarte un helado de camino a casa.

–¿De menta con trocitos de chocolate? –preguntó el niño.

–Sí, de menta con trocitos de chocolate. ¿Qué te ha dicho el médico? –le preguntó a Liam.

Pero él no se dejó distraer. Dijo:

–Imagínate que esa chica es atea. O budista.

Se abrió la puerta del ascensor, y Louise entró a paso rápido, rodeando a Jonás con un brazo. Le dijo al ascensorista:

–No pienso disculparme por mis creencias.

El ascensorista parpadeó. Los otros dos pasajeros –una pareja de ancianos– se mostraron igual de sorprendidos.

–«Brille así vuestra luz delante de los hombres, para que vean vuestras buenas obras y glorifiquen a vuestro Padre que está en los cielos.»

–Amén –dijo el ascensorista.

–Mateo cinco, dieciséis.

Liam se quedó mirando al frente, con la vista clavada en el indicador de latón que había encima de la puerta, mientras bajaban.

En cuanto salieron del ascensor, Louise dijo:

–No espero mucho de ti, papá. Eso lo he aprendido. Pero sí te pido que te abstengas de menospreciar mi religión.

–Yo no menosprecio tu...

–Eres desdeñoso, sarcástico y despectivo –afirmó Louise. (Por lo visto, la rabia ampliaba su vocabulario, un rasgo que Liam había observado también en la madre de Louise)–. Aprovechas cualquier oportunidad para señalar lo obcecados que estamos los verdaderos cristianos. ¡Cuando yo estoy intentando educar a un niño! ¿Cómo puedo esperar que mi hijo sea una persona honorable teniéndote a ti como ejemplo?

–¡Por el amor de Dios! ¡Bueno, por favor! –dijo Liam trotando tras ella por las puertas giratorias. Al llegar a la acera, la luz reavivó su dolor de cabeza–. ¡Yo soy una persona perfectamente honorable!

Louise se sorbió la nariz y abrazó más fuerte a Jonás, como si creyera que el niño necesitaba que lo protegieran.

Louise no volvió a decir nada hasta que llegaron al coche. Y una vez allí, siguió mostrándose muy maternal y ajetreada.

–Siéntate en tu asiento, Jonás. No te entretengas. Ven, deja que te abroche el cinturón.

Liam se sentó delante y dio un suspiro. Estaba haciendo un esfuerzo para no decir nada más, pese a que siempre le molestaba que la gente diera por hecho que tenías que tener una religión para cumplir cierto estándar de conducta.

Y de pronto, mientras Louise se sentaba al volante con un pequeño rebote de indignación, Liam recordó quién era el anciano de la sala de espera. Pues claro, el señor Cope. Ishmael Cope, de Proyectos Inmobiliarios Cope, el millonario cuyos edificios de oficinas, bloques de pisos de lujo y desproporcionados centros comerciales saqueaban toda la zona. Su fotografía aparecía en el periódico casi todas las semanas; su figura de garza siempre aparecía inclinada hacia delante para estrecharle la mano a algún cómplice de su último proyecto, ruinoso para el medio ambiente.

Era evidente que los millonarios podían comprarlo todo, incluso una memoria mejor. Liam se imaginó otra vez a la ayudante del señor Cope: sus gafas de sabihonda y su cara atenta y ligeramente sudada. ¡Qué ocurrencia: pagar a alguien para que experimentara tu vida por ti! Porque en realidad era para eso para lo que la habían contratado.

Liam notó otra punzada de dolor en la sien izquierda cuando Louise encendió el motor; cerró los ojos y apoyó la cabeza en el cristal de la ventanilla.

4

Después de la visita al doctor Morrow, Liam pensó a menudo en la recordadora a sueldo. No era exactamente que quisiera contratar a una para él. ¿De qué le habría servido eso? Él ya había vivido el único suceso que necesitaba que le recordaran. No, lo que lo intrigaba era solo el concepto. Se preguntaba cómo debía de funcionar. Se preguntaba si funcionaría.

El miércoles por la noche, le preguntó a Kitty si podía utilizar su ordenador. En ese momento lo estaba usando ella, sentada en el borde de la cama de Liam con el ordenador apoyado en las rodillas, y, en un gesto paranoide, tapó la pantalla con una mano cuando su padre entró en la habitación.

–¡No miro! –le dijo Liam–. Solo quería saber si puedo consultar una cosa cuando hayas terminado.

–¿Consultar? ¿Con mi ordenador?

–Sí.

–Sí, claro, supongo –dijo Kitty.

Pero no parecía convencida. Todo el mundo sabía que Liam odiaba los ordenadores. Muchos padres de Saint Dyfrig se habían quejado porque no podían comunicarse con él por correo electrónico.

Liam se retiró a la cocina, donde se estaba calentando una pizza para cenar. (Kitty había dicho que había quedado con Damian.) Unos minutos más tarde, oyó decir a Kitty: «Todo tuyo». Cuando Liam entró en el dormitorio, su hija se estaba calzando unas chanclas con ribetes de estrás.

—¿Sabes qué tienes que hacer para salir cuando hayas terminado? —le preguntó a su padre—. Bueno, ¿sabes cómo funciona?

—¡Pues claro que sé cómo funciona!

El ordenador de Kitty estaba en la mesita de noche, conectado a la línea telefónica. Liam dedujo que eso significaba que nadie podía llamar por teléfono, lo cual no le preocupaba excesivamente. Se sentó en el borde de la cama y se frotó las manos. Entonces miró a Kitty y le preguntó:

—¿Querías algo?

—No, no —contestó ella, e hizo un ademán de indiferencia—. Me voy.

—Vale.

Kitty no había mencionado cuándo iba a volver. ¿Tenía que ponerle una hora?

A mediodía ya se habían cumplido las cuarenta y ocho horas de su salida del hospital, pero Kitty no había dicho nada de volver a su casa. Bueno, eso no era asunto de Liam.

Esperó hasta que su hija hubo salido de la habitación, y entonces escribió «Ishmael Cope» en la ventanilla de búsqueda. Era verdad que sabía utilizar un ordenador —había hecho el cursillo obligatorio para profesores—, pero le costaba escribir con ese teclado tan pequeño, y tuvo que borrar varias veces.

Encontró unas 4.300 referencias a Ishmael Cope. Liam sabía por experiencia que muchas de esas entradas debían de ser pistas falsas —párrafos enteros donde casualmente aparecían las palabras «Ishmael» y «Cope» por separado, o incluso (muy sorprendente) otros Ishmael Cope de otras ciudades; pero, aun así, estaba impresionado.

Ishmael Cope estaba comprando tierras de labranza en Howard County. Ishmael Cope y su mujer habían asistido a una gala para la diabetes infantil. El proyecto de Ishmael Cope para construir un centro comercial en la costa Este estaba encontrando una firme oposición. Pasa, pasa. Ajá: una biografía aparecida en un periódico, fechada en el pasado abril. El señor Cope había nacido en Eutaw Street en 1930, o sea que tenía… setenta y seis años. Era más joven que el padre de Liam, aunque a Liam le había parecido mucho mayor. Solo tenía el bachillerato; había empezado su vida laboral ayudando en la panadería de sus padres. Su primer millón lo había ganado con la invención de una «grapa comestible» para sujetar las pastas rellenas y las crepes. (Liam se sonrió.) Sin embargo, en el resto de su carrera no había nada muy destacado: el primer millón se convirtió en dos millones, y estos, en cuatro millones, hasta llegar al millar de billones cuando consiguió su propio tablero de Monopoly. Casado, divorciado, casado otra vez; dos hijos que trabajaban con él…

Nada sobre problemas de memoria.

La siguiente entrada hablaba de un asunto de tratamiento de aguas residuales para un club de golf que el señor Cope quería construir cerca de la frontera con Pensilvania. En la siguiente no era más que un nombre en una lista de donantes de la Gilman School. Liam salió y apagó el ordenador. Podría haber supuesto que no encontraría nada. Al fin y al cabo, si había contratado a una recordadora debía de ser precisamente para ocultar el hecho de que la necesitaba.

Y además, ¿qué esperaba conseguir Liam aunque hubiera encontrado lo que andaba buscando?

El jueves por la mañana, recibió otra visita de la policía. Esa vez eran dos: un hombre y una mujer. La mujer fue la que hizo todas las preguntas. Quería saber si Liam recordaba alguna conversación reciente en la que hubiera mencionado en público algún objeto de valor.

–No, porque no tengo ningún objeto de valor –dijo Liam.

–Bueno, quizá no según su criterio –repuso la agente–, pero… ¿un televisor de alta definición, por ejemplo? Para mucha gente, eso es un objeto de valor.

–Yo ni siquiera tengo televisor de baja definición –replicó Liam.

A la agente no le gustó su respuesta. Era una joven atractiva, chiquita y rubia, pero una pequeña W de arrugas entre las cejas estropeaba la impresión general. Dijo:

–Solo tratamos de averiguar por qué consideraron su apartamento un buen objetivo, y precisamente la primera noche que pasaba usted aquí.

–Bueno, no fue Damian, si es eso lo que están pensando.

–¿Damian?

Liam lamentó haberle ofrecido el nombre del chico. Dijo:

–No fueron los chicos que me ayudaron a hacer la mudanza.

–No, claro. Tengo entendido que eran amigos suyos.

–Así es.

–¿Y la voz de ese hombre? ¿Le oyó hablar?

Liam sintió una oleada de desesperación.

–¿No les han dicho que no lo recuerdo? –dijo–. ¡No recuerdo nada!

–Solo quería comprobarlo.

–¿Cómo? ¿Cree que hará que me equivoque?

–No hay ninguna necesidad de que se ponga nervioso, señor.

Liam se obligó a respirar hondo. Ninguna necesidad, tenía razón; pero en cierto modo se sintió acusado. A esa mujer debía de parecerle distraído, dejado y descuidado. Decidió pasar a la ofensiva.

–Y ¿qué piensan hacer a continuación? –le preguntó.

–Bueno, ya tenemos el caso en nuestros archivos.

–¿Y nada más?

La agente lo miró fijamente.

–¿Y las huellas dactilares? ¿Encontraron huellas dactilares? –preguntó Liam.

–Ah, las huellas dactilares. Las huellas dactilares están sobrevaloradas.

Entonces la agente le dijo «Cuídese» (una expresión que Liam odiaba; cuídese, ¿de qué?) y su compañero y ella se marcharon.

En su primer matrimonio, en la época en que todos los amigos de Liam y Millie tenían bebés, conocieron a una mujer que tuvo una grave complicación durante el parto y que después se quedó en coma varias semanas. Poco a poco recobró el conocimiento, pero durante mucho tiempo no tuvo ningún recuerdo del año anterior. Ni siquiera recordaba haber estado embarazada. Allí estaba aquel recién nacido, tan dulce y tan mono, pero ¿qué tenía que ver con ella? Y de pronto un día una vecina subió los escalones del porche de la mujer y canturreó: «¡Yuju!». Evidentemente, ese era el saludo característico de la vecina; lo pronunciaba con una voz aguda y aflautada, y con acento sureño. La mujer se levantó despacio de la silla. Abrió mucho los ojos y separó los labios. Como lo describiría más tarde, fue como si el «¡Yuju!» de la vecina le hubiera ofrecido una cuerda a la que sujetarse, y cuando la mujer tiró de la cuerda, fueron apareciendo otros recuerdos: no solo los anteriores «yuju», sino también que su vecina solía llevarles pasteles caseros a los vecinos en cualquier momento, y que siempre etiquetaba las latas de los pasteles con su nombre en un trozo de cinta adhesiva, y que hasta había llevado un pastel a la última reunión del grupo de mujeres de las clases de preparto a las que ambas asistían. ¡Parto! Y poco a poco, durante los días siguientes, fue recordando más y más cosas, hasta que la mujer lo recordó todo.

¿No sería maravilloso que Liam encontrara una cuerda parecida?

–Buenas tardes, consultorio del doctor Morrow –dijo la voz al teléfono.

–Buenas tardes. ¿Verity? –dijo Liam–. Llamo de parte de Ishmael Cope. El señor Cope ha perdido la tarjeta donde tenía anotada su próxima cita, y me ha pedido que le pregunte qué día tiene hora.

–Cope –dijo la recepcionista. Se la oyó teclear–. Cope. Cope. Ishmael Cope. Pues no tiene concertada ninguna cita.

–Ah, ¿no?

–¿Dijo que la tenía?

–Pues… Sí, por lo visto creía que sí.

–Pero si acaba de estar aquí –se extrañó la recepcionista.

–Ah, ¿sí? Ah, entonces es que se ha equivocado. No importa.

–Normalmente llama para pedir hora más adelante, porque viene cada tres meses, pero si prefiere que le reservemos hora ya…

–Se lo preguntaré y volveré a llamar. Gracias.

Liam colgó el auricular.

Esa noche, su hermana se presentó en su apartamento con un cazo de hierro colado.

–Estofado –anunció; apartó a Liam, entró en el apartamento, se paró en seco y miró alrededor–. Santo cielo –dijo. Liam no lo entendió. Ya había vaciado todas sus cajas y le parecía que el apartamento ofrecía un aspecto bastante decente. Pero–: Mira, Liam –dijo ella–, que vivas solo no significa que tengas que vivir miserablemente.

–¡Yo no vivo miserablemente!

Ella se volvió y lo desolló con una mirada.

–Y no pienses que no me doy cuenta de lo que te propones –dijo–. Pretendes pasar hasta sin ropa.

–¿Pasar hasta sin…?

–Crees que, si juegas bien tus cartas, podrás pasar con la ropa que tienes hasta que te mueras.

–Te equivocas. Yo no me he planteado nada parecido –dijo Liam. Pero era verdad que esa idea había pasado por su mente una o dos veces, solo como una posibilidad teórica–. ¿Qué pasa con la ropa que llevo? –le preguntó a su hermana.

–Los pantalones tienen una presilla suelta, y esa camisa es tan vieja que transparenta.

Liam creía que nadie lo notaría.

Julia iba impecable, como siempre. Llevaba la ropa que debía de haberse puesto ese día para ir a trabajar: un traje de chaqueta azul marino y zapatos de salón a juego. Saltaba a la vista que Liam y ella eran parientes –Julia tenía el pelo muy liso y canoso y los ojos castaños, como Liam; era bajita, como él, aunque tenía los huesos más pequeños, claro–, pero ella jamás se había permitido engordar ni un kilo de más, y conservaba un rostro muy bien definido, mientras que el de Liam se había puesto un poco rechoncho. Además, Julia hablaba con un tono mucho más terminante. (Eso quizá se debiera a su profesión. Era abogada.) Dijo, por ejemplo:

–Me quedo a cenar contigo. Espero que no tuvieras otros planes.

Y, por como lo dijo, Liam supuso que, si tenía otros planes, lógicamente tendría que cancelarlos.

Julia entró con decisión en la cocina, puso una olla en el fuego y se descolgó la bolsa de lona de la tienda de comestibles del hombro.

–¿Dónde tienes los cubiertos? –preguntó.

–Pues...

Entonces Kitty salió del dormitorio, atraída por el sonido de sus voces.

–¡Tía Julia! –exclamó.

–Hola, Kitty. Le he traído un poco de estofado a tu padre.

–Pero si no come carne roja.

–Pues que la separe y se coma las verduras –dijo Julia con brío. Estaba abriendo cajones; en el tercero encontró los cubiertos–. ¿Cenas con nosotros?

–Sí, claro –dijo Kitty, aunque hacía un rato le había dicho a Liam que no contara con ella para la cena.

(A sus tres hijas parecía gustarles la compañía de Julia, quizá porque ella no se dejaba ver mucho.)

Kitty llevaba una de esas camisetas que le dejaban el abdomen al descubierto, y en el ombligo tenía un espejito redondo del tamaño de una moneda. Desde donde estaba Liam, parecía que tuviera un agujero en la barriga. Producía un efecto muy extraño. Liam no paraba de mirarlo y parpadear, pero Julia ni se inmutó.

–Toma –le dijo, y le dio a Kitty un montón de cubiertos–. Pon la mesa, ¿quieres? –Seguro que veía todo tipo de indumentarias en el tribunal de familias. Puso una baguette en una tabla de cortar y se puso otra vez a abrir cajones, sin duda en busca de un cuchillo de pan, aunque Liam habría podido decirle que no iba a encontrar ninguno. Julia se conformó con un cuchillo de fruta, de sierra–. Bueno, supongo que habrás empezado a mirar alarmas antirrobo –le dijo a su hermano.

–No, todavía no –confesó Liam.

–Esto es importante, Liam. Si te empeñas en vivir en un barrio inseguro, al menos deberías tomar medidas para protegerte.

–Verás, es que yo no creo que este sea un barrio inseguro –replicó Liam–. Creo que lo que pasó solo fue una casualidad. Si no hubiera dejado la puerta del patio abierta, y si ese drogata no hubiera estado buscando a tientas un sitio donde colarse... Pero al menos, por lo visto, tengo vecinos que pueden llamar a la policía, no lo olvides.

Liam había conocido a los vecinos esa mañana: una pareja de mediana edad, ambos corpulentos, que iban hacia su coche cuando Liam estaba tirando la basura.

–¿Qué tal la cabeza? –le preguntó el marido–. Somos los Hunstler. Los que llamamos al 911.

–¡Oh! Mucho gusto –dijo Liam. Tuvo que hacer un esfuerzo para cumplir todos los pasos (agradecerles su ayuda, hacerles un resumen de sus heridas) antes de preguntar–: ¿Por qué llamaron, exactamente? Es decir, ¿qué fue lo que oyeron? ¿Me oyeron decir algo?

–Bueno, decir... no –respondió el marido–. Fue más bien un grito. Como «¡Aaah!», o «¡Aaau!». «¿Qué ha sido eso?», me preguntó Deb; miré por la ventana de nuestro dormitorio y vi a un tipo que corría. Una silueta oscura en la oscuridad, eso fue lo único que distinguí. Si tuviera que testificar en un juicio, no creo que fuera de gran ayuda.

–Ya –dijo Liam.

–Pero era un tipo de estatura mediana, eso sí lo vi. Un individuo de estatura mediana.

–Mmm... –dijo Liam sin prestar mucha atención, porque ¿qué le importaba a él la estatura de su agresor?

Lo que le interesaba era saber qué había dicho él. ¿Qué había dicho? ¿«¡Aaah!» y «¡Aaau!»? Seguro que había dicho algo más. De pronto los Hunstler lo exasperaron.

Como dijo Julia mientras ponía la bandejita del pan en la mesa:

–No te puedes fiar de los vecinos.

–Quizá tengas razón –concedió Liam–. Me pensaré lo de la alarma.

Pero Liam sabía que no lo haría.

–¿Sabes si han detenido a alguien? –preguntó su hermana cuando ya se habían sentado.

–No. Que yo sepa, no.

–¿Tienen alguna pista, al menos?

–Nadie me ha dicho nada.

–¿Sabes qué pienso? –dijo Julia–. Que fue alguien de este complejo.

–¿Un vecino?

–Salta a la vista que esto es un barrio de marginados. Apartamentos de alquiler de construcción barata, enfrente de un centro comercial... Imagínate la clase de gente que debe de vivir aquí.

–Yo, por ejemplo –dijo Liam. Empezó a untar un trozo de pan con mantequilla–. Y los Hunstler.

–¿Quiénes son los Hunstler?

–No has entendido lo más importante, Julia –dijo Liam.

–¿Qué es lo más importante? Supongo que querrás que se haga justicia.

–Lo más importante es por qué no me acuerdo de lo que pasó.

–Y ¿para qué quieres acordarte?

–¡Todos me preguntáis lo mismo! No lo entendéis.

–No, es evidente que no –admitió Julia.

Se volvió hacia Kitty y, cambiando el tono de voz para dejar bien claro que cambiaba de tema, empezó a interrogarla sobre sus planes respecto a la universidad.

Pero la verdad es que tampoco tuvo mucho éxito.

–No tengo ningún plan –dijo Kitty–. Acabo de terminar primero de secundaria.

–Creía que habías terminado segundo.

–No.

–¿No debería haber terminado segundo? –le preguntó Julia a Liam.

–No.

Julia volvió a dirigirse a Kitty:

–Bueno, pero debes de haber visitado algunos campus, ¿no?

–Todavía no. Quizá no vaya a la universidad. A lo mejor decido viajar un poco.

–Ah, ¿sí? ¿Adónde quieres ir?

–Me han dicho que Buenos Aires mola.

Julia se quedó mirándola un momento sin comprender. Luego sacudió la cabeza y le dijo a Liam:

–Creía que estaba en segundo.

–Ya lo ves –dijo Liam con tono jovial–. Eso es lo que pasa cuando te desconectas de la familia.

–¡Yo no me desconecto!

Liam arqueó las cejas.

–¡Te llamé por teléfono el sábado pasado, cuando estabas haciendo la mudanza!

–Sí –admitió Liam.

–¡Y te he traído este delicioso estofado, que tú ni siquiera has probado!

–Lo siento –dijo Liam

Era verdad: lo único que tenía en el plato era una rebanada de pan. Se sirvió un poco de estofado. Entre la carne había zanahorias, patatas y trozos de apio, suficiente para una comida, si les quitaba la salsa.

–Tu padre siempre ha sido muy maniático con la comida –le explicó Julia a Kitty.

–No es que sea maniático, sino que ya no como carne –dijo Liam–. Si ahora volviera a comer carne, dudo que tuviera las enzimas necesarias para digerirla.

–¿Ves a qué me refiero? –le dijo Julia a Kitty–. Cuando era pequeño, hubo una época en que le dio por comer solo alimentos blancos. Fideos, puré de patatas y arroz. Nuestra madre tenía que prepararle una comida especial.

–No lo recuerdo –dijo Liam.

–Porque eras muy pequeño. Y hubo otra época en que solo comías con palillos. Durante todo un año, te empeñaste en comerlo todo, hasta la sopa, con unos palillos chinos de marfil que nos enviaron con los objetos personales de tío Leonard cuando murió en la guerra.

–¿Palillos chinos?

–Y todas las noches, antes de acostarte, tenían que ponerte un viejo disco, «It's Been a Long, Long Time», de Kitty Kallen. ¿Qué fue de Kitty Kallen? «Kiss me once, and kiss me twice», canturreó Julia con una voz de soprano inesperadamente bonita–. Así fue cómo nuestra madre te enseñó a darnos el beso de buenas noches. Lanzabas besos siguiendo el tempo de la música. Un beso a la derecha, un beso a la izquierda... Unos besotes sonoros, con una amplia sonrisa en la cara. Con ese pijama con pies y con la trampilla en el trasero.

–¿Por qué te acuerdas de muchas más cosas que yo? –preguntó Liam.

–Porque tú solo tenías dos años.

–Ya, pero recuerdas muchos detalles. Y algunos son de cuando yo tenía diez o doce años, cuando presuntamente tenía plena conciencia. Y sin embargo, esos detalles siempre son nuevos para mí.

Sin embargo, Liam se había fijado en que tener tan buena memoria también tenía sus inconvenientes. Su hermana podía guardarte rencor eternamente. Coleccionaba y mimaba sus resentimientos como si fuera una especie de hobby. Llevaba más de medio siglo sin hablar con su padre. (Él los había abandonado para casarse con una mujer más joven cuando ellos eran pequeños.) Incluso cuando su padre sufrió un infarto, hacía unos años, Julia se negó a ir a visitarlo. Que la palme, había dicho; si la palma, mejor. Y utilizaba el apellido de soltera de su madre, pese a que su madre había conservado el apellido Pennywell hasta su muerte. Quizá fuera por esa vena amarga por lo que Julia seguía soltera. Que Liam supiera, nunca había salido en serio con nadie.

–Te veo como si fuera ayer –dijo Julia–. Tus mejillitas coloradas, tus ojos centelleantes. Tus deditos regordetes lanzando besos. No me digas que no sabías perfectamente la gracia que nos hacías.

Su voz tenía un deje mordaz, pero, aun así, Liam la envidió por la claridad con que recordaba la escena, que se sostenía en el aire, sobre la mesa.

Según el listín telefónico, las oficinas de Proyectos Inmobiliarios Cope estaban en Bunker Street, cerca de la estación del ferrocarril. Se supone que Ishmael Cope habría podido aspirar a una dirección mejor; algo por el puerto, por ejemplo. Pero a veces los ricos hacían esas cosas. Quizá por eso fueran ricos.

El viernes, poco después de mediodía, desafiando las órdenes de los médicos, Liam fue en coche a Bunker Street. Cuando llegó a Proyectos Inmobiliarios Cope, paró junto al bordillo y apagó el motor. Se había imaginado que habría un pequeño parque, o al menos una franja de césped con un banco en el que podría sentarse, pero era evidente que ese no era de esa clase de barrios. Todos los edificios estaban apretujados, y las puertas de madera tenían un aspecto gastado: la pintura de los bordes estaba opaca y descamada, y los ladrillos se desmenuzaban como galletas. En el edificio que Proyectos

Inmobiliarios Cope tenía a la derecha vendían material de fontanería; el de la izquierda era una misión para indigentes. (Eso era lo que rezaba el letrero de la ventana. ¿Sabían los indigentes qué significaba la palabra «indigente»?) Aparte de una anciana jorobada que tiraba de una bolsa de la compra con ruedas, no había ni un solo peatón. El plan original de Liam –mezclarse con la multitud en la acera y seguir sin ser visto a Ishmael Cope y a su ayudante mientras iban paseando hasta una cafetería cercana– empezaba a parecer absurdo.

Liam se hundió en el asiento, detrás del volante, con los brazos cruzados y la vista fija en el edificio Cope. Era tan lúgubre como los demás, pero la placa que había junto a la puerta era de bronce y estaba recién lustrada. La puerta se abrió dos veces y por ella salieron primero un mensajero con una bolsa, y luego dos hombres trajeados. En una ocasión, una mujer que venía de Saint Paul Street se acercó al edificio y se detuvo, pero siguió caminando después de consultar un trozo de papel que sacó de su bolso. Hacía un día caluroso, bochornoso y nublado, y Liam había bajado el cristal de la ventanilla, pero, aun así, empezó a encontrarse incómodo dentro del coche.

No había planeado qué haría cuando los siguiera a la hora de comer. Había imaginado que se las arreglaría para conseguir una mesa a su lado y que entonces... bueno, que encontraría alguna forma de entablar conversación con ellos. Que se sentaría a su mesa. Que se les uniría.

Y mejor que no hubieran aparecido, porque eso jamás habría funcionado.

Sin embargo, Liam siguió esperando. Reparó en que, si bien estaba vigilando por si aparecía cualquiera de los dos, era con la ayudante con quien quería hablar. El señor Cope no tenía nada que enseñarle; Liam sabía cuanto había que saber sobre la pérdida de memoria. La ayudante, en cambio... Era como si, inconscientemente, le estuviera atribuyendo a la ayudante una especialización profesional, el título de psicóloga o de neuróloga. O quizá fuera algo aún más misterioso: una especie de adivina al revés. Una persona que podía predecir el pasado.

Esa idea fue lo que lo hizo entrar en razón, por fin. No era la primera vez que se preguntaba si el golpe en la cabeza habría afectado de alguna forma a su cordura. Se sacudió un poco como para despejarse y se secó la húmeda cara en la manga de la camisa. Entonces encendió el motor del coche y, tras echar una última ojeada a la puerta (que seguía cerrada), arrancó y se dirigió a su casa.

Bárbara llamó el sábado por la mañana y dijo que quería ir a buscar a Kitty.

–Pasaré dentro de… una media hora –anunció–. Sobre las diez o así. ¿Todavía duerme?

–Sí, creo que sí.

–Pues despiértala y dile que recoja sus cosas. Hoy tengo un día muy liado.

–Muy bien, Bárbara. Y tú, ¿cómo estás? –preguntó Liam, porque le había dolido un poco que Bárbara no le hubiera preguntado por sus heridas.

Pero ella se limitó a contestar:

–Bien, gracias. Hasta luego.

Y colgó.

En cierto modo, Liam echaría de menos a Kitty. Tener compañía resultaba curiosamente alentador. Y, a diferencia de sus dos hermanas, que siempre adoptaban un tono de profunda indignación cuando hablaban con su padre, Kitty se comportaba como si se lo pasara bien con él.

Por otra parte, se alegraba de recuperar su cama. Cuando asomó la cabeza para despertar a Kitty, se fijó en que la habitación ya olía a ella –el olor de varios cosméticos perfumados mezclado con el olor a ropa usada– y en que, repartidas por todo el dormitorio, había muchas más cosas de las que habrían cabido en una sola bolsa. Encima de la cómoda había botellas y tarros; había camisetas tiradas por el suelo; de los enchufes salían alargadores. La cama estaba cubierta de revistas. Liam no entendía cómo su hija podía dormir así.

–Kitty, tu madre vendrá a buscarte dentro de media hora para llevarte a casa –dijo.

Kitty no era más que una maraña de fino cabello sobre la almohada, pero dijo «Mmmf» y se dio la vuelta, de modo que Liam consideró que no hacía falta que insistiera más.

Liam preparó el desayuno: bollos tostados y (contra sus principios), la Coca-Cola light que Kitty necesitaba para arrancar por la mañana. Él se preparó café. Cuando Kitty salió del dormitorio, Liam ya iba por la segunda taza y estaba sentado a la mesa contemplando cómo los bollos se enfriaban. La chica todavía iba en pijama; tenía una arruga que recorría una de sus mejillas, y llevaba el cabello muy alborotado.

–¿Qué hora es? –preguntó Kitty al arrastrar la silla.

–Casi las diez. ¿Ya has recogido tus cosas?

–No –contestó ella–. Podríais haberme avisado antes. De repente me sacan de la cama y me dicen que me echan.

–Supongo que tu madre no podía venir a otra hora –dijo Liam, y cogió un bollo–. Me ha dicho que tenía un día muy liado.

–¿Y no podía decírmelo antes? ¿Y preguntarme si me iba bien?

Kitty abrió la lata de Coca-Cola light y dio un sorbo. Luego se quedó contemplando la lata con aire taciturno.

–Además, no sé para qué quiere que vuelva –dijo–. No nos llevamos nada bien.

–Bueno, todo el mundo tiene sus más y sus menos.

–Está obsesionada con las normas. Le encuentra defectos a todo. Si llego medio minuto tarde, me castiga para siempre.

–Pues lo lógico sería –dijo Liam escogiendo con cuidado las palabras– que le preocuparan menos esas cosas ahora que tiene… novio, ¿no?

–Howie –dijo Kitty–. Howie el Sabueso.

–¿El Sabueso?

–Tiene los ojos caídos, así –dijo Kitty, y tiró de sus párpados inferiores hacia abajo con los dedos índices, hasta que se le vio el rosado interior.

–Je, je –dijo Liam, y se dispuso a oír más, pero Kitty estiró un brazo y cogió la mantequilla.

–Y ¿tú crees... que van en serio? –preguntó Liam por fin.

–¿Cómo quieres que lo sepa?

–Ah.

–Van a ver películas al Charles, ese cine adonde va la gente progre y bohemia.

–Ya.

–Él tiene indigestión crónica y no puede comer casi nada.

Liam chascó la lengua y, tras una pausa, comentó:

–Eso debe de ser duro para tu madre, con lo que le encanta cocinar.

Kitty se encogió de hombros.

Era el primer novio de que Liam tenía noticia desde la muerte de Madigan, el segundo marido de Bárbara. Madigan había muerto de un derrame cerebral unos años atrás. Liam siempre había visto a Madigan como algo pasajero, un sucedáneo, un simple marido suplente; pero de hecho Madigan había estado casado con Bárbara más tiempo que Liam, y en la boda de Louise había sido Madigan quien había interpretado el papel de Padre de la Novia. (Todo menos acompañarla al altar; eso tuvieron la deferencia de dejárselo hacer a Liam.) En el funeral de Madigan, las niñas habían llorado más de lo que llorarían en el de Liam, estaba seguro.

–Me alegro de que tu abuela Pennywell muriera antes de que tu madre se casara con Madigan –le dijo a Kitty–. Eso la habría destrozado.

–¿Cómo dices?

–Tu abuela quería mucho a tu madre. Siempre confió en que nos reconciliáramos.

Kitty lo miró con tanta perplejidad que Liam se apresuró a decir:

–¡Bueno! ¿No deberías hacer la bolsa?

–Tengo tiempo –dijo Kitty.

Y, pese a que el timbre de la puerta sonó en ese preciso instante, ella siguió lamiéndose la mantequilla de los dedos como un gato, sin ninguna prisa.

Bárbara entró en el apartamento antes de que Liam hubiera llegado a la puerta. Llevaba un conjunto muy de sábado: unos pantalones holgados viejos y una camiseta. (Seguro que se vestía mejor para su… lo que fuera. Para Howie.) Llevaba un recipiente de plástico con tapa y una bolsa de celofán llena de panecillos.

–¿Qué tal tu cabeza? –preguntó al pasar al lado de Liam.

–Ya nadie me lo pregunta –contestó él con tristeza.

–Acabo de preguntártelo, Liam.

–Bueno, mejor. Al menos ya no me duele. Pero sigo sin recordar qué pasó.

–¿Cuándo te quitan los puntos?

–El lunes –respondió Liam. Le sentó mal que Bárbara ignorara su referencia a la pérdida de memoria–. Quizá lo recuerde todo cuando vuelva a dormir en mi cama, ¿no crees?

–Puede ser –dijo Bárbara, distraída. Estaba poniendo el recipiente en la nevera–. Esto es sopa de verduras casera. ¿Dónde está Kitty?

–Debe de estar recogiendo sus cosas. Gracias por la sopa.

–De nada.

–¿A que no sabes qué me trajo Julia? ¡Estofado de buey!

–¡Ja! –dijo Bárbara, pero Liam se dio cuenta de que estaba pensando en otra cosa–. ¿A qué hora ha vuelto Kitty por las noches? –preguntó.

Liam no tuvo tiempo para contestar (y no habría podido contestar, porque generalmente estaba profundamente dormido cuando Kitty volvía a casa), porque Kitty gritó desde el dormitorio:

–¡Te he oído!

–Solo preguntaba –dijo Bárbara.

–Y ¿por qué no me lo preguntas a mí? –inquirió Kitty. Apareció en el pasillo, inclinada bajo el peso de su bolsa de viaje, que estaba muy abultada y abierta, pues estaba demasiado llena para cerrarla con cremallera–. Típico –le dijo a su padre–. Siempre habla de mí a mis espaldas. No confía en mí.

–Mujer, estoy seguro de que no es… –dijo Liam.

–Pues claro que no confío en ti –intervino Bárbara–. ¿Quién cambió la hora del reloj de mi dormitorio aquella vez?

–¡De eso hace meses!

–Se coló en mi habitación antes de salir y retrasó mi reloj una hora –le explicó Bárbara a Liam–. Supongo que pensó que yo no me fijaría cuando me acostara. Me despertaría por la noche, miraría el reloj y creería que todavía no era hora de que hubiera vuelto a casa.

–Ya, pero… –dijo Liam.

–¿Por qué siempre te pones de su parte? –le cortó Bárbara.

–¿Cuándo me he puesto de su parte?

–¡Ni siquiera sabes qué pasó! ¡La defiendes por defenderla!

–Pero si lo único que he dicho es que…

–¿Tienes una bolsa de papel? –le preguntó Kitty–. Llevo demasiadas cosas.

Lo dijo como si su padre tuviera la culpa. De hecho, Liam tenía la sensación de que ambas lo culpaban. Abrió un armario de la cocina, sacó una bolsa de papel doblada y se la dio a su hija sin decir nada.

En cuanto Kitty salió de la habitación, Liam se volvió hacia Bárbara y dijo:

–¿Nos sentamos?

–Tengo mucha prisa –contestó Bárbara.

Pero lo acompañó al salón y se sentó en la mecedora. Liam se sentó enfrente de ella; entrelazó las manos y le sonrió.

–¡Bueno! –dijo. Y luego, tras una pausa–: Tienes muy buen aspecto.

Era verdad, pese al atuendo de sábado. Bárbara tenía ese tipo de cutis, limpio y claro, que luce al máximo sin maquillaje, y sus manos, serenamente recogidas –las uñas muy cortas y sin ningún tipo de esmalte– le produjeron a Liam un efecto relajante. Tranquilizador. Siguió sonriéndole, pero ella estaba pensando en otras cosas. Dijo:

–Me estoy haciendo demasiado mayor para esto.

–¿Cómo dices?

–Para ocuparme de jóvenes adolescentes.

–Bueno, sí, eres un poco mayor –concedió Liam.

Bárbara soltó una breve risotada, pero lo que había dicho Liam era verdad. (Bárbara había tenido a Kitty a los cuarenta y cinco años.)

–Con Louise no era tan difícil –dijo Bárbara–. Tú dirás lo que quieras de los cristianos convertidos, pero al menos eso hizo que tuviera una adolescencia fácil. Y a Xanthe ya ni la cuento. Xanthe era una niña buenísima.

Menos mal que pensaba así, se dijo Liam, porque Xanthe no era hija de Bárbara. ¡Qué culpable se habría sentido si Xanthe le hubiera causado algún problema a Bárbara! Pero era tan dócil; cuando Bárbara la conoció, solo era una cría de tres años, tranquila y obediente. Liam se la había llevado con él al trabajo una mañana, porque se había quedado sin guardería, y las dos se habían caído bien nada más verse. Bárbara no la había mimado ni le había hablado con esa voz falsa, aguda, de boba que utilizaban otras mujeres, ni había esperado que Xanthe mostrara un nivel de entusiasmo exagerado. Parecía entender que esa niña era muy reservada. Y eso ya lo sabía de Liam. Tenía muy claro que él era muy reservado.

Entonces, ¿por qué después de casarse empezó a querer algo más? ¿Por qué lo pinchaba, por qué le hacía ir a terapia, y por qué por fin, al final, desistió de él?

Liam había descubierto que las mujeres tenían esa tendencia a la traición. Entraban en tu vida de manera fraudulenta y luego cambiaban las normas. En el fondo, Bárbara había resultado ser como todas las demás.

Ese día, por ejemplo. Miradla, sentada en la mecedora de Liam. Aunque había empezado muy tranquila, con las manos recogidas sobre el regazo, poco a poco se iba poniendo nerviosa. Primero cogió un ejemplar de *Philosophy Now* que había en el suelo y se puso a examinar la cubierta. Luego dejó la revista y miró alrededor, frunciendo las cejas de una forma que hizo que Liam empezara a ponerse a la defensiva. Liam se enderezó en su asiento. Bárbara dirigió la mirada hacia él y dijo:

–Me da la impresión de que estás un poco deprimido, Liam.

–¿A qué viene eso? –preguntó Liam.

Lo que quería decir era por qué se creía con derecho a hacer semejante afirmación. Pero Bárbara malinterpretó la pregunta. Dijo:

–Porque cada vez reduces más tu mundo. ¿No te has fijado? Cada vez ocupas menos espacio. Ya no tienes cocina independiente, ni chimenea, ni ventanas con vistas. Es como si te estuvieras… retirando.

Por suerte, Kitty entró en la habitación en ese preciso momento. No solo arrastraba la bolsa de papel, sino también una funda de almohada llena de ropa: la funda de almohada de la cama de Liam, que Kitty no había pedido permiso para coger.

–Toma –le dijo a su madre; le puso la funda de almohada en el regazo y se agachó para coger su bolsa de viaje del suelo.

–¿Qué es todo esto? –preguntó Bárbara poniéndose trabajosamente en pie–. ¿Qué has hecho para acumular tantas cosas?

–¡Yo no tengo la culpa! ¡Fuiste tú la que me envió aquí!

–¿Y te dije que te trajeras todo el armario? ¿De dónde ha salido todo esto?

–He tenido que comprarme un par de cosas –dijo Kitty.

–¿Qué? ¿Con qué dinero? –inquirió Bárbara.

Mientras discutían, iban renqueando hacia la puerta, obstaculizadas por sus respectivas cargas, gritándose una a otra como dos urracas. Liam las vio marchar con gran alivio. Luego volvió a su butaca y se dejó caer en ella. El silencio era tan profundo que casi resonaba. Volvía a estar solo.

El lunes por la mañana le quitaron los puntos. Un parche de cabello fino y gris le cubría ahora la cicatriz. Al día siguiente fue al barbero y se cortó el pelo aún más corto de lo habitual, y con eso el parche casi ni se apreciaba.

Los puntos de la palma de la mano le dejaron unas arrugas que, añadidas a las líneas de la mano, formaban una especie de fruncido. Se preguntó si eso sería permanente. Se sentó en la mecedora y se quedó varios minutos mirándose la palma de la mano.

La verdad era que tenía demasiado tiempo que ocupar. Al principio, se había entretenido con el lío de instalarse en el nuevo apartamento: colocar sus libros y cambiarlos de sitio, recorrer tres tiendas de artículos de cocina en busca del mismo modelo de abrelatas de pared que tenía en su otra casa. Pero eso no iba a durar eternamente. Y como no había cursos de recuperación de verano, ni exámenes que corregir, ni niños de diez años desesperados por las contradicciones de las reglas ortográficas... Bueno, tenía que reconocer que se aburría. No podía pasarse todo el día sentado leyendo. No podía pasarse todo el día paseando. Cierto, siempre podía escuchar música clásica en la radio-despertador, pero tenía la impresión de que la emisora repetía siempre las mismas piezas, y la mayoría de las piezas le recordaban a la música que ponían en los circos. Además, sentarse, escuchar música o mirar al frente con las manos apoyadas en las rodillas no bastaba para consumir el día.

Nadie lo llamó para preguntar cómo se encontraba. Ni Bárbara, ni su hermana, ni ninguna de sus hijas. Le había parecido que Kitty y él se llevaban muy bien, pero no había vuelto a saber nada de ella.

El hospital le envió una factura por los gastos que no cubría su seguro médico. Le cobraban el alquiler de un teléfono en la habitación, y Liam tuvo ocasión de consumir gran parte de una mañana llamando a Contabilidad para protestar.

–No digo que no me hubiera gustado tener un teléfono en la habitación –dijo–. De hecho, pedí que me llevaran uno. No podía ponerme en contacto con mi familia para explicarles dónde estaba. Estaban todos muy preocupados.

La mujer que estaba al otro lado de la línea dejaba que se produjera un silencio después de cada una de las afirmaciones de Liam. Él confiaba en que eso significara que estaba anotando lo que decía, pero sospechó que no era así.

–¿Oiga? ¿Está usted ahí?

Otro silencio. Y luego:

–Mmm…

–Además –prosiguió Liam–, esa factura corresponde a tres días. Diez, once y doce de junio. ¡Pero yo estaba inconsciente el día diez! ¿Cómo iba a encargar un teléfono si estaba inconsciente?

–Podría haberlo encargado alguien que fue a visitarlo –dijo la mujer tras otra pausa.

–No fue nadie a visitarme.

–¿Cómo lo sabe, si estaba inconsciente?

Ese último comentario llegó a toda velocidad, sin pausa alguna, triunfante. Liam suspiró y repuso:

–Creo que el día diez ni siquiera había llegado a la habitación. Creo que todavía estaba en urgencias. Y, mientras tanto, mi familia no sabía nada de mí, y se estaba preguntando qué me habría pasado.

Casi parecía verdad. Se imaginó a un montón de familiares diseminados por toda la ciudad, retorciéndose las manos y llamándose unos a otros y preguntando a la policía.

Pero la mujer de Contabilidad no se dejó impresionar. Le dijo que volverían a llamarlo. Su tono de voz insinuaba que eso no iba a ser la prioridad de la agenda de nadie.

Esa noche durmió mal, sin duda porque no estaba cansado. Le molestaba el débil perfume del champú de Kitty, pese que había cambiado las sábanas, y había un vecino que tenía el volumen del televisor tan alto que los golpazos hacían vibrar una pared. Cuando por fin se quedó dormido, tuvo unos sueños que lo dejaron agotado: complicadas narraciones en las que tenía que esforzarse para no perder el hilo. Soñó que era un farmacéutico que asesoraba a una clienta sobre su medicación; mientras hablaba con ella, distraído, se tomaba involuntariamente una de sus pastillas. Soñó que guiaba a una agente de policía por su apartamento –no era la mujer que lo había visitado en la vida real, sino otra, vieja y refunfuñona–, y cuando estaban en el dormitorio oían un ruido en la ventana. ¡Mire! –decía Liam–. ¿No se lo decía yo? Liam estaba contento, porque en el sueño parecía haber alguna sospecha de que se había inventado lo del intruso. Entonces se despertó, y por un instante pensó que el ruido en la ventana había sido real. Le pareció que se le paraba el corazón; de pronto sintió frío, pese a que hacía una noche templada. Pero, casi de inmediato, comprendió que se lo había imaginado. Lo único que se oía era el croar de tres ranas, el televisor del vecino y el distante tráfico de la carretera de circunvalación. Le sorprendió haber sentido tanto miedo. ¿Por qué iba a tener miedo? Todos morimos algún día. De hecho, Liam casi esperaba que le llegara la muerte. Pero, evidentemente, su cuerpo tenía otras intenciones.

Los latidos de su corazón se normalizaron y Liam dejó de notar frío, y se quedó con una sensación de desilusión. ¿No habría sido lo lógico que ese arrebato de alarma le hubiera despertado la memoria?

No tenía ni idea de a qué hora empezaban a trabajar en Proyectos Inmobiliarios Cope, así que cogió el coche y fue al centro muy temprano, poco después de las ocho. Una furgoneta ocupaba el espacio donde Liam había aparcado la vez anterior. Paró justo detrás de ella, enfrente de la Misión para Indigentes. Apagó el motor, bajó la ventanilla y se preparó para una larga espera.

A los pocos minutos, apareció una mujer por la dirección opuesta, rebuscando en su bolso rojo mientras caminaba. Sacó un manojo de llaves y subió los escalones de la puerta principal; abrió la puerta y se metió dentro. Pero no apareció nadie más. Quizá esa mujer fuera la directora de la oficina, o la encargada de abrir, o como se llamara. La acera seguía vacía. Liam empezó a aburrirse profundamente. Le dolía la garganta de contener los bostezos. Tenía la cara pegajosa de sudor.

A las nueve en punto empezó a llegar gente: hombres jóvenes trajeados y mujeres de todas las edades en grupos de dos y de tres que hablaban al entrar en el edificio, riendo y dándose codazos unas a otras. Liam sintió una punzada de nostalgia al ver la fluida camaradería de las personas que trabajan juntas.

Un hombre con un mono de trabajo pasó al lado del coche de Liam, se metió en la furgoneta aparcada y se marchó. Inmediatamente después, como si estuviera convenido de antemano, un Corolla verde, muy sucio, ocupó el espacio que había quedado libre. Una mujer se apeó por el lado del conductor: era la recordadora. Llevaba otra falda amplia y de estilo campesino, o quizá la misma –Liam no estaba seguro–, y tenía los rizos húmedos a causa del calor. Rodeó su coche por la parte trasera, y pasó tan cerca de Liam que este oyó el chancleteo de sus sandalias en la acera. La mujer abrió la puerta del copiloto, y el señor Cope desplegó las piernas y se apeó del coche. Tenía ese don de las personas mayores de mantenerse fresco aunque hiciera un calor sofocante. Tenía la cara chupada, seca y grisácea; el cuello de la camisa, blanca, y el ceñido traje todavía no tenían ni una sola arruga.

La recordadora, en cambio, iba muy arrugada y daba la impresión de estar incómoda. Bajo la resplandeciente luz del sol no parecía tan joven como a Liam le había parecido al principio. Tampoco parecía tan profesional. Se le enredó la correa del bolso cuando fue a cerrar la puerta del coche, y mientras guiaba al señor Cope y lo ayudaba a subir los escalones de la entrada se las ingenió para pisar el bajo de su propia falda. La cinturilla elástica se deslizó peligrosamente hacia abajo por uno de los lados; la mujer tiró de ella hacia arriba y dio un rápido vistazo alrededor, y afortunadamente no pareció que viera a Liam en su coche. Entonces colocó una mano ahuecada bajo el codo del señor Cope y lo acompañó hasta el interior del edificio. La puerta se cerró detrás de ellos.

Liam no tenía muy claro que era lo que esperaba conseguir viéndolos. Encendió el motor, subió el cristal de la ventana y se marchó a casa.

Hacia finales de junio, Liam llamó por teléfono a Bundy y lo invitó a cenar una noche que la novia de Bundy tenía clase de yoga. Planeó un menú completo; así tuvo algo que hacer. Fue a comprar al supermercado y preparó un pollo asado. Hacía demasiado calor para comer pollo asado, pero Liam no sabía cocinar gran cosa más. Y Bundy se lo agradeció, porque su novia lo alimentaba a base de platos de comida precocinada.

Liam no habría sabido explicar por qué Bundy y él eran amigos. Desde luego, no era porque él se lo hubiera propuesto. Pero desde el día que se conocieron, en la reunión de profesores de Saint Dyfrig, un mes de septiembre, Bundy parecía contemplar a Liam con una mezcla de fascinación y... bueno, la palabra que mejor lo expresaba era «regocijo». Y Liam, casi contra su voluntad, empezó a explotar esa imagen. Esa noche, cuando le estaba enseñando el apartamento a Bundy, por ejemplo, abrió de par en par la puerta del ropero para enseñarle su nuevo corbatero. «¡Hay una varilla para cada corbata! Y mira cómo gira para que llegues mejor a todas.» Bundy se balanceaba sobre los talones, con una sonrisa en los labios.

Tras convencerse de que el aire acondicionado del apartamento no soportaría el calor del horno, se llevaron la cena al patio. Se sentaron en el diminuto rectángulo de cemento, en dos sillones Bonet de lona, medio podridos, que había dejado el anterior inquilino, y comieron en unas bandejas improvisadas, hechas con periódicos doblados y puestos sobre las rodillas.

Cuando se enteró de lo del ladrón, Bundy sacudió la cabeza.

–¡Mira, tío, ahora vives en las afueras! –dijo. Pero lo compadeció menos por su pérdida de memoria–: Qué me vas a contar –dijo–. A mí me pasa eso todos los fines de semana.

Luego se puso a contarle a Liam chismes de Saint Dyfrig: la última disparatada ocurrencia del director, la última discusión con algún padre cabezón. Bundy conocía a todos los antiguos alumnos de Liam, y pudo contarle cómo les iba a casi todos, porque se ocupaba de las clases de deporte del curso de verano de Saint Dyfrig. A Brucie Winston lo habían pillado vendiendo droga, lo cual planteaba un dilema, pues los padres de Brucie acababan de financiar ellos solitos el nuevo auditorio. Lewis Bent iba a suspender el curso de recuperación de matemáticas, y se hablaba de hacerle repetir curso. A Liam nunca le había caído muy bien Brucie Winston, pero Lewis era harina de otro costal. Chascó la lengua y dijo:

–Vaya, qué lástima. –Se preguntó si debería haber hecho algo cuando Lewis estaba en su clase.

Después de pulirse el postre (medio litro de helado de pistacho), cuando para Bundy llegó la hora de marcharse, Liam volvió a acompañarlo por todo el apartamento, y dejó la puerta del patio sin cerrar, como si eso no le importara. Incluso mientras se despedía de Bundy, era consciente de esa puerta a la que no había echado el pestillo.

–Claro, vuelve cuando quieras –dijo, casi empujando a Bundy hacia la calle.

Pero no fue la ansiedad lo que lo hizo volver a toda prisa al patio; era una especie de atracción magnética, una atracción irresistible, un tanto vergonzosa. Pero no sirvió de nada. Nadie estaba intentando entrar en su apartamento.

Esa noche soñó que despertaba con la sensación de que había alguien de pie junto a su cama. Soñó que estaba tumbado, inmóvil, de lado, y que se hacía el dormido. Oía una débil y acompasada respiración. Notaba cómo una hoja de frío acero, delgada como un hilo, se posaba suavemente sobre su desnudo cuello. Entonces levantaban la hoja para asestar el golpe fatal.

¿Quién iba a imaginar que un asesino pudiera hacer ese ensayo antes de atacar? Como apoyar una cuchilla de carnicero contra un trozo de carne antes de levantarla para cortar, pensó Liam. El horror de esa imagen hizo que abriera los ojos de golpe en la oscuridad. El corazón le latía tan deprisa que hacía crujir su pijama.

5

Enfrente de la Misión para Indigentes había sitio para aparcar, pero Liam no paró allí. Siguió adelante, dejó atrás Proyectos Inmobiliarios Cope y la Fontanería Curtis, y al llegar a la esquina torció a la derecha y aparcó en un parquímetro media manzana más allá. Cuando salió del coche vio que no tenía monedas de veinticinco centavos –las únicas monedas que aceptaba el parquímetro–, pero decidió arriesgarse.

Volvió andando a Bunker Street, torció a la izquierda y aminoró el paso hasta quedarse casi parado. Todavía no eran las nueve, pero ya le molestaba el sol en la cabeza y en la nuca. Se paró cerca de una boca de incendios y, concienzudamente, con parsimonia, se enrolló las mangas de la camisa, aplanando cada doblez con mucho cuidado. Dos hombres trajeados pasaron a su lado. Liam los siguió con la mirada, pero ellos no entraron en Proyectos Inmobiliarios Cope.

Se fijó en el grafiti que había pintado en la base de la boca de incendios, «MALDICIÓN», de un blanco luminoso, con una estrella dibujada descuidadamente delante y detrás. Examinó detenidamente la palabra, frunciendo la frente, como si cavilara sobre su significado. Una mujer pasó taconeando por la calle, con un tintineo de llaves o quizá de joyas. Caminaba con determinación y seguridad. Al llegar a Proyectos Inmobiliarios Cope, giró rápidamente sobre sus talones, subió los escalones y entró en el edificio.

Un Corolla verde se acercó desde el otro extremo de la manzana, paró justo después de la misión y aparcó en el espacio que había libre.

Liam se apartó de la boca de incendios. Se enderezó y siguió andando hacia Proyectos Inmobiliarios Cope.

Liam ya se estaba acostumbrando a los desafortunados conjuntos de la ayudante. Incluso de lejos reconoció la falda demasiado larga (ese día, con estampado rojo y azul estilo bandana) que hizo que pareciera que caminaba de rodillas cuando rodeó el coche, y la blusa sin mangas que se le subió y dejó al descubierto un trozo de cintura cuando se agachó para ayudar a Ishmael Cope a salir del asiento del pasajero. Liam estaba lo bastante cerca para oír el flojo chasquido que hizo la puerta del coche cuando la mujer, con torpeza, intentó cerrarla con un golpe de cadera. Oyó las palmaditas de las agarrotadas manos de Ishmael Cope revisando todos los bolsillos de su traje antes de sujetarse al brazo que le ofrecía la ayudante.

Liam apretó el paso.

Se encontraron enfrente del edificio Cope. La ayudante se preparaba para ayudar al anciano a subir los escalones.

–¡Hombre! –dijo Liam–. ¡Señor Cope!

Ambos se volvieron y lo miraron con una expresión de desconcierto e inquietud casi cómicamente similar.

–¡Qué casualidad que haya tropezado con usted! –dijo Liam–. Soy Liam Pennywell. ¿Se acuerda de mí?

–Mmm... –dijo Ishmael Cope.

Se volvió hacia su ayudante, que al instante se ruborizó intensamente; un rubor de color rojo intenso, moteado, que se originó en el pronunciado escote de su blusa y ascendió hacia sus redondas mejillas.

–Nos conocimos en la gala –dijo Liam–. Para la diabetes infantil. ¿Se acuerda? Mantuvimos una larga conversación. Usted me propuso que viniera y que me entrevistara para un empleo.

Al ver la inmediata reacción de la pareja –ya no era confusión, sino auténtica conmoción–, Liam comprendió que se había equivocado. Quizá Ishmael Cope ya no tuviera nada que ver con la contratación de empleados. Bueno, claro que no. Liam maldijo su propia estupidez.

–¿Un empleo? –dijo Ishmael Cope.

–Bueno, verá...

–¿Iba a contratar a alguien?

Ishmael Cope y su ayudante se miraron. Es evidente que este tipo es un estafador, debían de estar pensando. O no, quizá no; porque a continuación, el señor Cope, con un tono de asombro, dijo:

–¡Le prometí trabajo a este hombre!

De modo que se trataba de eso, que eso era lo que significaba esa mirada. Había aparecido un síntoma totalmente nuevo, más avanzado que ninguno de los que habían detectado hasta entonces.

Lo único que quería Liam era retirar todo lo que había dicho. Él no quería causarle ninguna angustia al señor Cope; no estaba muy seguro de qué era lo que quería, aparte de hablar un momento con la ayudante.

–No, no –dijo–, usted no me prometió nada. Fue más bien... –Se volvió hacia la ayudante, con la esperanza de que ella le echara un cable–. Quizá lo interpreté mal –le dijo a la mujer–. Sí, estoy seguro de que lo interpreté mal. Ya sabe lo que pasa en esas galas: tintineo de copas, música, todo el mundo hablando a la vez...

–Sí, a veces uno no oye ni lo que piensa –replicó la mujer.

Esa voz queda, clara, desapasionada –la voz que había murmurado «Verity» en la sala de espera de la consulta del doctor Morrow–, hizo que Liam se tranquilizara, aunque él no supiera exactamente por qué. Le sonrió abiertamente a la mujer y dijo:

–Perdone. No recuerdo su nombre.

–Es que yo no estaba allí.

–Ah. Perdone.

Sabía que debía de parecer idiota, con tanto «Perdone». Lo estaba haciendo fatal.

–Es que... –dijo– últimamente no confío en mi memoria. Siempre actúo basándome en la suposición de que conozco a alguien, incluso cuando no lo conozco. –Rió, y su risa sonó falsa, o al menos eso le pareció a él–. Tengo la peor memoria del mundo –añadió dirigiéndose a Ishmael Cope.

Lo cual fue una genialidad, pensándolo bien. Sin planearlo, había llegado al tema más susceptible de granjearle la simpatía del anciano.

Pero Ishmael Cope dijo:

–Eso debe de ser difícil. Y usted tampoco parece tan mayor.

–No lo soy. Tengo sesenta años.

–¿Solo sesenta? Entonces no tiene ninguna excusa.

La conversación se estaba volviendo fastidiosa. Liam miró a la ayudante, que miraba al señor Cope con gesto de regocijo.

–Bueno, bueno –dijo la ayudante con indulgencia, y luego le dijo a Liam–: Oyendo al señor Cope, nadie diría que a todos se nos olvidan cosas de vez en cuando.

–El truco es el ejercicio mental –le dijo Ishmael Cope a Liam–. Haga crucigramas. Resuelva rompecabezas.

–Tendré que probarlo –dijo Liam.

Empezaba a tomarle antipatía a ese hombre. Pero volvió a sonreír a la ayudante y dijo:

–No quería entretenerlos.

–Respecto a la entrevista… –dijo ella. Miró con aire vacilante a Ishmael Cope.

Pero Liam dijo:

–No, no. No tiene importancia, de verdad. No pasa nada. No necesito un empleo. No estoy buscando un empleo. Yo solo…

Mientras hablaba iba apartándose de ellos poco a poco, retrocediendo por donde había llegado.

–Ha sido un placer saludarlos –dijo–. Perdónenme por… ¡Adiós!

Se dio la vuelta y echó a andar a buen paso.

Idiota.

El tráfico se estaba intensificando, y en la acera ya había más peatones que iban hacia sus oficinas con maletines y periódicos doblados. Él era el único que iba con las manos vacías. Todos los demás tenían algún sitio adonde llegar. Redujo el paso e inspeccionó todos los edificios por los que pasó con expresión concentrada y abstraída, como si buscara una dirección concreta.

A fin de cuentas, ¿qué demonios esperaba conseguir con ese encuentro? Incluso si las cosas hubieran salido como él esperaba –si la ayudante y él hubieran entablado una conversación aparte, si ella hubiera admitido abiertamente la verdadera naturaleza de su función–, ¿de qué le habría servido? Ella no iba a dejarlo todo para convertirse en su recordadora. Además, ella no podía ayudarlo a recuperar una experiencia que no había presenciado. Y ¿de qué le habría servido, incluso, que ella hubiera podido recuperarla?

Pensó que, verdaderamente, se estaba volviendo loco.

Cuando llegó a su coche vio que le habían puesto una multa de aparcamiento. Maldita sea. La cogió del parabrisas y la leyó frunciendo la frente. Veintisiete dólares. Para nada.

–¡Disculpe! –le dijo alguien.

Liam levantó la cabeza. La ayudante corría hacia él, con las mejillas coloradas y sin aliento, abrazando el bolso contra su mullido pecho con ambas manos–. Disculpe, solo quería darle las gracias –dijo cuando llegó frente a él.

–¿Darme las gracias? ¿Por qué? –preguntó él.

–Ha sido usted muy comprensivo. Otra persona quizá habría... insistido. Quizá lo habría presionado.

–Ah, no te preocupes –dijo él.

–Señor... ¿Pennyworth?

–Pennywell. Liam –la corrigió él.

–Liam. Yo soy Eunice, la ayudante del señor Cope. No te lo puedo explicar, Liam, pero... supongo que te habrás dado cuenta de que el señor Cope no se encarga de la contratación de empleados.

–Lo entiendo perfectamente –repuso Liam–. No te preocupes.

Si hubiera sido una persona despiadada, habría fingido no entenderla. La habría obligado a explicarse mejor. Pero la mujer parecía tan nerviosa, con la frente fruncida y las gafas, enormes, resbalando por su reluciente nariz, que Liam no tuvo valor para aumentar su desasosiego. Así que dijo:

–Lo he dicho en serio: no necesito un empleo. De verdad.

Ella lo miró tanto rato que Liam se preguntó si le habría oído mal. Y se convenció de ello cuando la ayudante dijo, por fin:

–Eres una persona encantadora, Liam.

–No, no, yo…

–¿Dónde trabajas?

–¿Ahora? Bueno, ahora mismo, mmm…

La mujer estiró un brazo y apoyó brevemente la mano sobre el brazo de Liam.

–Perdóname. Por favor, olvida que te lo he preguntado –dijo.

–No, si no es ningún secreto –replicó Liam–. Era profesor de primaria. El colegio está reduciendo personal, pero no pasa nada. Quizá me jubile.

–¿Te apetece una taza de café, Liam? –preguntó ella.

–¡Oh!

–Por aquí cerca.

–Me encantaría, pero… ¿no deberías estar trabajando?

–Ya he terminado de trabajar –contestó ella.

–Ah, ¿sí?

–Bueno, al menos hasta… –Miró la hora en un reloj feo y enorme, con una correa de cuero aún más gruesa que las correas de sus sandalias–. Al menos hasta dentro de una hora, más o menos –dijo–. Solo me ocupo de las transiciones.

–Las transiciones –repitió Liam.

–Llevo al señor Cope de un sitio a otro. Él estará en su despacho hasta las diez, leyendo *The Wall Street Journal.*

–Entiendo.

Liam le dio tiempo para que se extendiera sobre ese tema, pero la ayudante no lo hizo, sino que dijo:

–PeeWee's no está mal.

–¿Cómo dices?

–Para el café. La cafetería PeeWee's.

–Ah, estupendo –dijo Liam–. ¿Se puede ir andando?

–Está a la vuelta de la esquina.

Liam miró la multa que tenía en la mano. Se dio la vuelta y volvió a ponerla bajo el limpiaparabrisas.

–Vamos –dijo.

No podía creer la suerte que había tenido. Mientras iban por la calle tuvo que reprimir una amplia sonrisa.

Aunque ahora que la tenía toda para él, ¿qué iba a preguntarle? No se le ocurría nada. Lo que le habría gustado hacer era estirar un brazo y tocarla, aunque solo fuera la falda, como si la ayudante fuera una especie de talismán. Pero metió las manos en los bolsillos del pantalón y procuró no rozarla mientras caminaban.

–El que se encarga de contratar y de despedir en Cope es un hombre llamado McPherson –le explicó Eunice–. Por desgracia, no lo conozco muy bien.

–No pasa nada –dijo Liam.

–A mí me contrató la señora Cope.

Eso ya era más interesante.

–¿Cómo es eso? –preguntó Liam.

–Bueno, es una larga historia, pero lo que quiero decir es que yo no tuve mucho trato con el departamento de personal.

–¿Cómo te encontró la señora Cope? –preguntó Liam.

–Es amiga de mi madre.

–Ah.

Liam esperó. Eunice iba a su lado en amigable silencio. Ya había dejado de abrazar el bolso, y este colgaba de su hombro y, al oscilar, producía un débil tamborileo, como si estuviera lleno de pelotas de ping-pong.

–Juegan juntas al bridge –añadió Eunice–. Por eso... ya me entiendes.

No, Liam no lo entendía. La miró con gesto de expectación.

–Supongo que tú no juegas al bridge –especuló Eunice.

–No.

–Ah.

–¿Por qué? –preguntó él–. Si jugara, ¿me invitarías a una partida con la señora Cope?

Liam lo había dicho en broma, pero ella se planteó seriamente la pregunta y dijo:

–No, no creo que eso resultara factible. Bueno, volvamos al señor McPherson.

Liam estuvo a punto de recordarle que no buscaba trabajo. Sin embargo, dado que la búsqueda de empleo parecía ser el tema que más interesaba a Eunice, permaneció callado.

Esa manzana estaba aún más abandonada que la de Bunker Street. La mayoría de las casas adosadas estaban cerradas con tablas, y en las alcantarillas se acumulaba la basura. Cuando llegaron a la cafetería, Liam vio que esta ni siquiera tenía un letrero en condiciones, sino solo la palabra «PeeWeEs» garabateada con pintura blanca en la ventana, sobre un pálido aguacate que luchaba por crecer en una lata de zumo de uva que reposaba en el alféizar. A Liam jamás se le habría ocurrido entrar solo en un sitio así, pero Eunice abrió con decisión la puerta mosquitera, vieja y deformada. Liam la siguió hasta un pequeño salón; era evidente que en su día había sido la sala de estar de una vivienda, con un papel pintado negro y dorado, horrible, y un suelo de linóleo rosa, desteñido, punteado para imitar una moqueta de pelo largo. Tres mesas, diferentes unas de otras, ocupaban prácticamente todo el espacio. Liam oyó ruido de cacharros y correr de agua a través de una puerta que había en la parte trasera.

–¡Hola! –dijo Eunice.

Arrastró la silla que tenía más cerca y se desplomó en ella. Liam se sentó enfrente de ella; su silla parecía salida de un aula –tenía esa conocida combinación de madera clara y acero pintado de color marrón–, pero la de Eunice formaba parte de un juego de comedor, y estaba tapizada con vinilo de color amarillo intenso.

–¿Te apetece comer algo? –preguntó Eunice.

–No, gracias –contestó Liam, dirigiéndose, en el último momento, a la rolliza mujer con bata que apareció por la puerta trasera–. Solo un café, por favor.

–Yo tomaré café y un Tastykake –le dijo Eunice a la camarera.

–Vale –dijo la mujer, y volvió a desaparecer.

Eunice se quedó mirándola con una sonrisa en los labios. O bien se sentía admirablemente cómoda en cualquier sitio, o padecía una falta de discriminación absoluta; Liam no supo decidir de qué se trataba.

Tan pronto como se quedaron solos, Liam se inclinó hacia delante en el asiento. (Tenía que sacarle el máximo provecho a esa oportunidad.) Con un tono de voz desenfadado, preguntó:

–¿Cómo es que solo te necesitan para las transiciones?

–Ah, mira –dijo Eunice con vaguedad–. Soy una especie de facilitadora. Una especie de… no sé, de facilitadora social, por llamarlo de alguna forma.

–Le recuerdas las citas y esas cosas al señor Cope.

–Sí, eso es.

Eunice cogió un cenicero. Hacía años que Liam no veía un cenicero sobre una mesa. Ese era un triángulo de plástico negro, con unas letras blancas alrededor del borde: Flagg Family Crab House, Ocean City, Maryland. Eunice le dio la vuelta y examinó la parte de abajo.

–Vaya, cómo me gustaría a mí que me recordaran las cosas –dijo Liam–. Sobre todo los nombres. Si, por ejemplo, voy caminando con alguien por la calle y aparece otra persona a la que conozco, y de repente tengo que presentarlas… Uf, lo paso fatal. Se me borran de la cabeza los nombres de las dos personas.

–¿Alguna vez has participado en la dirección de alguna comunidad? –le preguntó Eunice.

–¿Cómo dices?

–¿Has tenido que explicar un proyecto o algo así ante un grupo de gente?

La rolliza camarera reapareció en ese momento, arrastrando las chanclas de goma por el linóleo y con una bandeja en las manos. Puso en la mesa dos tazas de plástico de café y un trozo de pastel amarillo envuelto con celofán.

–Gracias –dijo Liam. Esperó a que la camarera se hubiera marchado, y entonces le dijo a Eunice–: No, no me gusta hablar en público.

–Solo intento pensar qué cualidades deberíamos subrayar en tu solicitud.

–Bueno, yo…

–Pero si dabas clases, hablabas en público, ¿no?

–Ya, pero no es lo mismo.

–A ver, imagínate que hubiera una reunión de gente que se opusiera a algo. Y que te pidieran que dieras un discurso para convencerlos de que estaban equivocados. ¡Estoy segura de que lo harías muy bien!

Cuando Eunice empezó a hablar en ese tono, Liam entendió por qué al principio le había parecido mucho más joven. Estaba inclinada hacia él, con entusiasmo, y sujetaba su taza de plástico con ambas manos, totalmente ajena a la tira del sujetador que le había resbalado por el hombro izquierdo. (Su sujetador debía de ser uno de esas prendas de algodón blanco, sencillas, con costuras reforzadas, de talla King Size. Liam detectó su contorno a través de la blusa.) Liam desvió la mirada hacia su café. A juzgar por la espuma que flotaba en la superficie, le pareció que podía ser instantáneo.

–Es que yo no me desenvuelvo muy bien en público –dijo Liam.

–Si pudiéramos resaltar lo de las clases… No sé, remarcar tus dotes de persuasión. ¡Todos los maestros tienen dotes de persuasión!

–¿Tú crees? –dijo él sin convicción. Y, tras una pausa–: Dime, Eunice, ¿hace mucho tiempo que trabajas para el señor Cope?

–¿Cómo? Ah, no. Solo unos meses.

Eunice se apoyó en el respaldo y empezó a desenvolver su pastelito. Liam aprovechó su oportunidad.

–Me gusta la actitud que tienes hacia él –dijo.

–¿Mi actitud? ¿A qué te refieres?

–Me refiero a que eres amable pero respetuosa. Tienes en cuenta su dignidad.

–Bueno, no es tan difícil.

Eunice le dio un mordisco al pastelito.

–Para ti no, evidentemente. Debes de tener un don para ello.

Eunice se encogió de hombros.

–¿Quieres reírte un poco? –preguntó cuando hubo tragado–. Yo estudié biología.

–¿Biología?

–Pero no encontré trabajo de bióloga. La mayor parte del tiempo he estado en el paro. Mis padres me consideran un fracaso.

–Pues se equivocan –repuso Liam. Sintió una especie de ráfaga en la cabeza. Hacía años que no experimentaba esa sensación de forma tan intensa–. ¡Por Dios, pero si eres todo lo contrario de un fracaso! ¡Si supieras cómo se te ve desde fuera, tan eficiente y discreta!

Eunice parecía sorprendida.

–Al menos –se apresuró a añadir Liam–, esa fue la impresión que tuve yo cuando te vi delante del edificio Cope.

–Vaya, gracias, Liam –dijo ella.

–De nada.

–La verdad es que me esfuerzo mucho en mi trabajo. Y nadie se da cuenta.

–Eso pasa porque tu intención es que no se note que te esfuerzas.

–¡Tienes razón!

Liam dio un sorbo de café y compuso una mueca. Sí, instantáneo, sin ninguna duda, y además tibio.

–No me refería solo a los nombres –dijo Liam–. Cuando he dicho que a mí también me convendría que me recordaran las cosas. –Le lanzó una mirada a Eunice–. Mira, hace unas semanas un ladrón me golpeó en la cabeza. Desde entonces padezco un poco de amnesia.

–¡Amnesia! –exclamó Eunice–. ¿Has olvidado tu identidad?

–No, no, no es tan grave. Solo he olvidado el momento en que me golpearon. No recuerdo lo que pasó.

Liam supuso que Eunice le preguntaría para qué quería ese recuerdo, como todo el mundo, pero ella se limitó a chasquear la lengua.

–Supongo que debería alegrarme –dijo Liam–. Es mejor olvidarlo, ¿no? Pero eso no es lo que siento.

–Pues claro que no –dijo ella–. Tú quieres saber qué pasó.

–Sí, pero no es solo eso. Aunque alguien me contara qué pasó, aunque me lo describieran con todo detalle, seguiría sintiendo que... no sé...

–Seguirías sintiendo que faltaba algo –dijo Eunice.

–Exacto.

–Algo que tú mismo habías vivido, y que ahora debería pertenecerte a ti, y no a alguien que te lo cuenta. Pero no te pertenece.

–¡Es exactamente eso!

Liam se alegró de oírlo expresado con palabras. De pronto sintió una oleada de cariño hacia Eunice, incluso hacia la tira rebelde del sujetador y hacia la mirada de faro de sus ojos detrás de las gafas.

–Eunice –dijo Liam, pensativo.

Ella estaba lamiendo un trocito de glaseado del pastel que se le había quedado pegado en un dedo, y se quedó quieta.

–Hablando con propiedad –dijo Liam–, debería pronunciarse Iunaiki. Así es como lo pronunciaban los griegos.

–Iu-níis, como lo pronunciamos nosotros, ya suena bastante mal –replicó ella–. Nunca me ha gustado mi nombre.

–Ah, pues es un nombre bonito. Significa «victorioso».

Eunice dejó el pastel en el plato. Se enderezó y dijo:

–Mmm... cuéntame, ¿tu mujer también es profesora?

–¿Mi mujer? No, no estoy casado. Los romanos debían de pronunciarlo Iunaisy. Pero entiendo que esa pronunciación no funcione en inglés.

–Liam –dijo Eunice–, cuando te he dicho que deberías solicitar un empleo hablaba en serio.

–Ah. Bueno, la verdad es que como ya tengo sesenta…

–¡No pueden ponerte pegas por eso! La discriminación por edad es ilegal.

–Ya, pero lo que quiero decir…

–¿Es el currículum lo que te preocupa? Yo puedo ayudarte. Se me da muy bien redactar currículums vitae –dijo ella, y se rió un poco–. Tengo mucha práctica, te lo aseguro.

–Verás, es que en realidad…

–Podríamos quedar y redactar uno, cuando salga de trabajar. Podría ir a tu casa.

–Apartamento –dijo él sin pensarlo.

–Podría ir a tu apartamento.

Eunice entraría en su guarida y vería la puerta del patio por donde se había colado el ladrón. «Mmm…», cavilaría. Se daría la vuelta y escudriñaría el rostro de Liam, ladeando la cabeza como si lo evaluara. «Según mi experiencia –diría–, un recuerdo que está asociado con un trauma…». O «Un recuerdo grabado en alguien que despierta de un profundo sueño…».

Bah, no seas absurdo. Esta chica solo es una secretaria con pretensiones y con un empleo que no es más de un favor que su madre le ha pedido a una amiga.

Pero, mientras pensaba eso, Liam iba diciendo:

–Bueno, si estás segura de que tienes tiempo…

–¡Tengo todo el tiempo del mundo! Hoy acabo a las cinco en punto. Toma –dijo; se agachó para recoger su bolso del suelo y lo vació encima de la mesa. Cayeron una cartera, llaves, tarros de pastillas y trozos de papel. Eunice escogió un trozo de papel, una hoja con renglones arrancada de un bloc de notas, y se lo acercó a Liam. «Leche, pasta dientes, abono plantas», leyó él–. Escribe tu dirección –le ordenó ella–. ¿Es muy difícil de encontrar?

–Está hacia el final de Charles, cerca de la carretera de circunvalación.

–¡Perfecto! Apúntame también tu teléfono. Maldita sea, ¿dónde está mi bolígrafo?

–Yo tengo uno –dijo Liam.

–¿Hola? ¿Hola? –gritó Eunice.

Liam se sobresaltó, hasta que comprendió que Eunice estaba llamando a la camarera.

–¿Nos trae la cuenta, por favor? –le preguntó cuando por fin apareció.

Sin decir nada, la camarera metió una mano en un bolsillo de su bata y sacó un pedazo de papel que parecía tan poco oficial como la hoja del bloc de notas de Eunice.

–Déjame pagar, por favor –dijo Liam.

–Ni hablar –repuso Eunice.

–No, en serio. Insisto.

–¡Liam! –saltó ella, y frunció la frente fingiendo enfado–. No quiero oír ni una palabra más. Ya me invitarás a café cuando hayas encontrado trabajo.

Liam miró a la camarera y vio que esta lo miraba también con el entrecejo fruncido, pero con una expresión de profundo desprecio. Obediente, cogió la hoja del bloc de notas y anotó su dirección.

No había ninguna posibilidad de que trabajara para Proyectos Inmobiliarios Cope, aunque fueran lo bastante insensatos para ofrecerle un empleo. Y estaba muy bien que Eunice se interesara, desde luego; pero había que ser realistas: Eunice era un poco… desangelada. Eunice era de esas personas que todavía no habían encontrado la manera de abrirse camino en la vida. Quizá fueran muy inteligentes, pero eran propensas a ruborizarse y a que les salieran motitas; sus bolsos parecían papeleras; se pisaban la falda al andar.

De hecho, Eunice era la única persona que conocía que respondía a esa descripción. Y, sin embargo, tenía algo que le resultaba familiar.

La llamaría a Proyectos Inmobiliarios Cope y cancelaría su cita. «No puedo trabajar en un sitio así –le diría–. No encajaría. Gracias de todas formas.»

No obstante, cuando descolgó el auricular reparó en que no sabía su apellido. Hay que admitir que eso no significaba un problema insuperable. ¿A cuántas Eunices podían tener en nómina? Pero sonaba lamentable: «¿Puedo hablar con Eunice, por favor?». Muy poco profesional.

«Me llamo Liam Pennywell y quiero hablar con la ayudante del señor Cope. Eunice, creo que se llama.»

Pensarían que la estaba acechando.

Al final no llamó.

Aunque en el fondo era plenamente consciente de que esa excusa era muy pobre.

Después de comer –un sándwich de mantequilla de cacahuete–, pasó el aspirador por todo el apartamento, quitó el polvo de los muebles y preparó una jarra de té con hielo. Mientras trabajaba, iba hablando en silencio con Eunice. Sin saber cómo, progresó de un «La verdad es que no tengo madera de promotor inmobiliario» a un «Lo he pasado muy mal con esto de la amnesia; quizá tú lo entiendas». Se imaginó a Eunice asintiendo sabiamente, con naturalidad, como si para ella ese síndrome fuera algo archiconocido. «Repasemos un momento lo ocurrido, ¿te parece? –probablemente diría. O quizá–: Me he fijado en que, muchas veces, cuando el señor Cope olvida algo, resulta útil...» ¿Qué resulta útil? Liam no lograba inventarse el final de esa frase.

Cayó en la cuenta de que lo que quería de ella no era recuperar el incidente del ladrón sino entender su olvido. Quería que Eunice dijera: «Ah, sí, conozco otros casos; no es nada nuevo. Hay otras personas que tienen lagunas de esas en su vida».

Sí, ya se lo habían dicho varios médicos, pero eso era diferente. ¿Por qué era diferente? No sabía explicarlo. Había algo que merodeaba por el borde de su mente, pero él no podía agarrarlo.

Se sentó en su mecedora y se quedó allí, con la mente en blanco y con las manos posadas sobre los muslos. Cuando era joven solía imaginarse así la vejez: un hombre sentado en una mecedora, sin hacer nada. Había leído en algún sitio que los ancianos podían pasarse horas sentados en un sillón viendo pasar sus recuerdos como si vieran una película, y que siempre los encontraban entretenidos; pero de momento eso todavía no le había pasado. Empezaba a pensar que no le pasaría nunca.

Se alegró de no haber cancelado la visita de Eunice.

Eunice llegó unos minutos antes de las seis, más tarde de lo que Liam pensaba. Había empezado a ponerse un poco inquieto. Ella llevaba una bolsa de pollo frito de una tienda de comida para llevar.

–He pensado que podríamos cenar mientras trabajábamos –dijo–. Espero que no hayas preparado nada.

–Pues no, no he preparado nada –dijo Liam.

El pollo frito no le sentaba bien, pero tenía que reconocer que olía de maravilla. Cogió la bolsa y la puso encima de la mesa, dando por hecho que comerían más tarde. Sin embargo, Eunice fue derecha a la cocina.

–¿Platos? ¿Cubiertos? –preguntó.

–Oh. Mmm... Los platos están en ese armario, a tu izquierda.

Eunice se puso a buscar en los armarios y en los cajones mientras Liam sacaba unas servilletas de papel de la bolsa del pollo.

–Te he traído unos folletos en los que se describe la empresa –dijo Eunice por encima del hombro–. Para que vean que estás informado sobre la empresa donde quieres trabajar.

–Ah. La empresa –dijo Liam–. Ya. Lo he estado pensando y no estoy seguro de que encaje demasiado bien en esa empresa.

–¿Que no estás seguro?

Eunice se paró en seco de camino hacia la mesa, con los platos y los cubiertos en las manos.

–Supongo que en el fondo todavía soy profesor –dijo Liam.

–Sí, los cambios siempre son difíciles.

Liam asintió.

–Pero si lo intentaras... Si lo intentaras para ver si te gusta... –Puso los platos en la mesa y empezó a distribuirlos–. ¿Tienes refrescos?

–No, solo té con hielo –contestó Liam–. Ah, espera. A lo mejor mi hija ha dejado alguna Coca-Cola light.

–¡No sabía que tenías una hija! –dijo Eunice.

Parecía excesivamente sorprendida, como si lo supiera todo excepto eso sobre Liam.

–Pues tengo tres –dijo Liam.

–Ah, ¿sí? Y ¿qué estás, divorciado o viudo?

–Las dos cosas –dijo Liam–. ¿Qué prefieres?

–¿Cómo dices? –repuso Eunice. Parecía que iba a darle otro de sus rubores.

–¿Té con hielo o Coca-Cola light?

–¡Ah! Coca-Cola, por favor.

Liam encontró una Coca-Cola light detrás de la leche y la llevó a la mesa junto con la jarra de té con hielo para él.

–Mi nevera dispensa hielo directamente por la puerta –le dijo a Eunice–. ¿Quieres hielo en la Coca-Cola?

–No, gracias. Me la beberé de la lata.

Estaba poniendo trozos de pollo en una bandeja. Liam vio que también había galletas saladas, pero nada de verdura. Pensó que podía preparar una ensalada, pero decidió que no: eso le llevaría demasiado tiempo. Se sentó donde solía sentarse. Eunice se sentó a su izquierda, se puso una servilleta en el regazo y miró alrededor.

–Tienes un apartamento muy bonito –dijo.

–Gracias. Todavía no estoy del todo instalado.

–¿Te has mudado hace poco?

–Sí, hace unas semanas.

Liam cogió un muslo de la bandeja y se lo puso en el plato. Eunice escogió un ala.

–La primera noche que pasé aquí fue cuando entraron a robar –explicó Liam–. Me acosté perfectamente y desperté en el hospital.

–Qué horror –dijo Eunice–. Y ¿no te dieron ganas de irte a vivir a otro sitio?

–Bueno, en realidad, lo que quería... Me interesaba más recordar qué había pasado –respondió Liam–. Sentí como si hubiera saltado una zanja. Me había saltado un espacio de tiempo. ¡Odio esa sensación! Odio olvidar las cosas.

–Como el señor Cope –dijo Eunice.

–Ya –dijo Liam, y se puso en guardia.

–No dirás nada de esto, ¿verdad?

–¡No, claro que no!

–Lo que hago con el señor Cope es... Bueno, soy como su disco duro externo.

Liam parpadeó.

–Pero eso no puede salir de estas cuatro paredes –dijo Eunice–. Tienes que prometérmelo.

–Por supuesto, pero...

–La señora Cope estaba muy preocupada. Eso fue lo que le dijo a mi madre.

–Entonces... Perdona, ¿me estás diciendo que...?

–Pero olvida que lo he mencionado, ¿vale? Cambiemos de tema.

–De acuerdo –dijo Liam.

–¿Cómo puedes estar divorciado y viudo a la vez? –preguntó ella.

Liam trató de ordenar sus ideas y dijo:

–Estoy divorciado de mi segunda mujer. Mi primera mujer murió.

–Oh, lo siento mucho.

–Bueno, de eso hace mucho tiempo –dijo Liam–. Ya nunca pienso en ella.

Eunice empezó a abrir el ala de pollo con las puntas de los dedos, llevándose pedacitos de carne a la boca mientras miraba a Liam. Liam no quería que le preguntara de qué había muerto Millie. Veía cómo esa pregunta se formaba en el pensamiento de Eunice, así que se apresuró a decir:

–¡Dos matrimonios! Qué desastre, ¿verdad? Siempre me avergüenzo cuando lo cuento.

–Mi bisabuelo se casó tres veces –dijo Eunice.

–¡Tres veces! Bueno, yo nunca llegaría tan lejos. Casarse tres veces me parece… una exageración. De chiste. Sin ánimo de ofender a tu bisabuelo.

–Bueno, eran otros tiempos –dijo Eunice–. Sus dos primeras mujeres murieron de parto.

–Ah, bueno –dijo Liam.

–¿Cómo…?

–¡Anda! –saltó Liam golpeando la mesa con la palma de ambas manos–. ¡Si no tenemos verdura! ¿En qué estaré pensando? Voy a preparar una ensalada.

–No, de verdad. No hace falta.

–Veamos –dijo él; se levantó y fue a la nevera–. ¿Lechuga? ¿Tomates? Mmm… La lechuga está un poco…

Volvió con una bolsa de zanahorias baby.

–¿Sabías que en York Road hay una tienda que se llama Verduras Verdosas? –preguntó al volver a sentarse–. He pasado por delante. Siempre me imagino que tienen lechuga con los bordes marrones, rábanos arrugados, brócoli amarillento… Toma, sírvete.

Resultaba que el mes anterior se habían cumplido treinta y dos años desde la muerte de Millie. Lo normal habría sido que Liam no se hubiera acordado, pero estaba anotando la fecha en un cheque y se fijó. Cinco de junio. Treinta y dos años, Dios mío. Millie solo tenía veinticuatro años cuando murió. Si pudiera verlo ahora, pensaría: ¿Quién es ese anciano?

–Tengo entendido que en realidad estas zanahorias no son bebés –le contó a Eunice–. Son zanahorias normales y corrientes, pero las encogen con unas máquinas.

–No importa –repuso Eunice, y puso la zanahoria que había elegido en su plato. Para lo rellenita que estaba, comía muy poco–. Bueno, todavía no he hablado con el señor McPherson –dijo.

–McPherson. Ah, el de Cope.

–He pensado que primero podrías enviarle una solicitud, y que luego yo podría pasar por su despacho y recomendarte.

–Ya, pero… –empezó Liam.

Lo interrumpió el ruido de la puerta del apartamento al abrirse. Pensó que quizá últimamente estuviera más tenso, porque de pronto notó una palpitación. «¿Papi?», se oyó.

Kitty apareció con su bolsa de viaje y un gran bolsón de lona. Todavía llevaba el uniforme del trabajo: la bata rosa de poliéster de la que siempre se quejaba. Se le había corrido el rímel, o lo que fuera, y parecía que tuviera los ojos morados.

–¡Oh! –exclamó al ver a Eunice.

–Eunice, te presento a Kitty, mi hija –dijo Liam–. Kitty, esta es Eunice…

–Dunstead –dijo Eunice. Estaba sentada y con la espalda muy arqueada, con las manos recogidas bajo la barbilla. Parecía una ardilla–. ¡Me alegro mucho de conocerte, Kitty!

–Hola –dijo Kitty cansinamente. Luego se volvió hacia Liam–. Ya no puedo más, te lo prometo. No pienso quedarme ni un minuto más en casa de esa mujer.

–¿Por qué no comes un poco de pollo? –propuso Liam–. Eunice ha traído…

–En primer lugar, tengo diecisiete años. No soy ninguna cría. En segundo lugar, siempre he sido una persona muy razonable. ¿A que soy razonable?

–¿Quieres que me marche? –le preguntó Eunice a Liam.

Lo dijo en voz baja, con apremio, como si no quisiera que Kitty la oyera. Liam la miró. La verdad era que, de pronto, sí, quería que se marchara. El encuentro no estaba saliendo como él había imaginado; se estaba volviendo complicado; Liam se sentía rendido y angustiado. Pero contestó–: No, por favor, no quiero que sientas que…

–Creo que debería marcharme –dijo Eunice, y se levantó, o hizo ademán de levantarse, sin dejar de mirar a Liam.

–Bueno, si estás segura… –dijo él.

Eunice se irguió del todo y buscó su bolso. Kitty iba diciendo:

–Pero ciertas personas tienen esa idea preconcebida metida en la cabeza y no hay quien las convenza. «Te conozco», dicen; «Que yo sepa, no puedo confiar en…»

–Lo siento –le dijo Liam a Eunice cuando la seguía hacia la puerta.

–¡No te preocupes! –repuso ella–. Podemos quedar cualquier otro día. Te llamaré mañana, ¿vale? Mientras, puedes mirarte esos folletos que te he traído. ¿Te he dado los folletos? ¿Qué he hecho con ellos?

Dejó de caminar para mirar en su bolso.

–Ah, están aquí –dijo, y sacó varias hojas de papel torpemente dobladas.

Liam aceptó los folletos, pero entonces dijo:

–La verdad, Eunice, es que… No creo que pida trabajo en Proyectos Inmobiliarios Cope.

Eunice lo miró fijamente. Liam dio un paso más hacia la puerta, instando a Eunice a marcharse, pero ella no se movió de donde estaba. (Nunca se la iba a sacar de encima.) Eunice dijo:

–¿Lo dices solo porque el señor Cope olvidó que te conocía?

–¿Cómo? ¡No, qué va!

–Porque no significa nada que lo olvidara. Nada en absoluto.

–Sí, ya lo sé. Lo que pasa es que…

–Pero no entremos en detalles –dijo ella, y desvió la mirada hacia Kitty–. Te llamaré mañana por la mañana, ¿vale?

–Muy bien –dijo él.

Muy bien. Ya se ocuparía de ella por la mañana.

–¡Hasta luego, Kitty! –dijo Eunice.

–Adiós.

Liam le abrió la puerta a Eunice, pero no salió con ella afuera. Se quedó en el umbral viéndola cruzar el vestíbulo. Cuando llegó a la puerta de la calle, Eunice se dio la vuelta y le dijo adiós con la mano, y Liam levantó el montón de folletos y dio una cabezada.

Cuando volvió adentro, encontró a Kitty sentada a la mesa, sujetando una pechuga de pollo con ambas manos y masticando a toda velocidad.

–¿Por casualidad tienes que pasar por un cajero automático?

–No, no lo tenía planeado.

–Porque me he gastado el último dólar que tenía en el taxi.

–¿Has venido en taxi?

–¿Cómo quieres que trajera tanto equipaje en el autobús?

–Supongo que no lo había pensado –replicó él, y se sentó en su silla.

Kitty dejó la pechuga de pollo en la bandeja y se limpió las manos con una servilleta de papel. La servilleta quedó hecha trizas y grasienta–. Esa mujer es más joven que Xanthe –le dijo.

–Sí, seguramente.

–Es demasiado joven para ti.

–¿Para mí? ¡Por Dios, pero si solo somos amigos!

Kitty arqueó las cejas.

–¿Solo amigos? –preguntó.

–¡Pues claro! Ha venido a ayudarme a redactar un currículum.

–Ha venido porque está colada por ti. Se ve a la legua –dijo Kitty.

–¡Pero qué dices!

Kitty lo miró en silencio y cogió una zanahoria de la bolsa.

–Qué ideas se te ocurren –dijo Liam.

No sabía qué era lo más asombroso: la idea en sí o la lenta y profunda sensación de placer y pasmo que empezó a surgir en su pecho.

6

De pronto veía que Eunice tenía ciertos atractivos, aunque sutiles. En su físico, por ejemplo, había cualidades que quizá no fueran evidentes a primera vista: la suavidad y la claridad de su piel, la seda pálida y mate de sus labios sin maquillar, sus ojos de color gris claro, enmarcados por largas pestañas negras. Los hoyuelos de sus mejillas parecían el agujero, de asombrosa precisión, que se forma en el centro de un remolino. La nariz, más redonda que puntiaguda, añadía una nota de fantasía.

Y su ocasional falta de gracia, ¿acaso no era una señal de carácter? Como una profesora despistada, se concentraba en lo imponderable. Estaba demasiado ocupada con asuntos más importantes para fijarse en lo meramente físico.

Además tenía una especie de confianza que raramente se veía en los adultos. Cómo había corrido tras él en la calle, cómo se había implicado en los problemas de Liam, lo poco que le importó ir sola a su apartamento... En retrospectiva, Liam lo encontraba conmovedor.

Hacía años que Liam no tenía ningún tipo de vida amorosa. Parecía que hubiera renunciado, más o menos, a esas cosas. Pero ahora recordaba la importancia que un romance podía conferirle hasta a los momentos más anodinos. Las actividades más simples podían adquirir un color y una intensidad especial. Los días tenían un propósito, incluso un elemento de suspense. Lo echaba de menos.

Al día siguiente despertó demasiado temprano, después de pasar una mala noche. Kitty todavía dormía en el despacho.

(Liam había insistido en eso: no iba a cederle su dormitorio otra vez.) Al principio se contentó con hacer mucho ruido desayunando, pero a las siete y media, al ver que su hija no aparecía, llamó a la puerta.

–Kitty –la llamó. Abrió un poco la puerta y asomó la cabeza–. ¿No tienes que levantarte?

La manta del diván se movió un poco, y Kitty levantó la cabeza.

–¿Para qué? –preguntó a su padre.

–Para ir a trabajar.

–¿A trabajar? ¡Pero si hoy es cuatro de julio!

–Ah, ¿sí? –dijo él.

Liam reflexionó un momento.

–Y ¿qué pasa? ¿Tienes fiesta? –preguntó.

–¡Pues claro!

–Ah.

–Pensaba dormir todo lo que pudiera –añadió Kitty.

–Lo siento –se disculpó Liam.

Y cerró la puerta.

¡Cuatro de julio! Bueno, ¿y Eunice? ¿Lo llamaría de todas formas? Y ¿pensaba quedarse Kitty toda la mañana en el apartamento?

Se sirvió otra taza de café, a sabiendas de que se pondría nervioso. De hecho, quizá ya estuviera nervioso, porque, cuando sonó el teléfono, dio un respingo. El café se agitó en la taza. Liam descolgó el auricular y preguntó:

–¿Diga?

–Hola, Liam.

–Ah. Hola, Bárbara.

–¿Está Kitty contigo?

–Sí, claro.

–Podrías habérmelo dicho –repuso Bárbara–. Esta mañana me he levantado y Kitty no estaba en su habitación. Y no había dormido en su cama.

–Lo siento, creía que ya lo sabías –dijo Liam–. Creo que ayer os peleasteis, ¿no?

–Sí, nos peleamos, y Kitty se metió en su habitación y cerró de un portazo. Y luego tuve que salir, y llegué a casa después de medianoche, y di por hecho que ella estaba en la cama.

En otras circunstancias, Liam le habría preguntado a Bárbara por qué había vuelto tan tarde. (Aunque ella no tenía por qué haberse dignado contestar.) Pero, como quería dejar libre la línea telefónica, Liam dijo:

–Bueno, pues está aquí, y está bien.

–¿Hasta cuándo piensa quedarse? –preguntó Bárbara.

–No va a quedarse, que yo sepa, pero ¿por qué no se lo preguntas a ella? Le diré que te llame cuando se levante.

–Liam, no estás en condiciones de ocuparte de una adolescente –dijo Bárbara.

–Dios me libre. Ni se me ocurriría ocuparme... ¿En condiciones? –dijo–. ¿En qué condiciones estoy?

–Eres un hombre. Y además no tienes experiencia, porque nunca te has implicado mucho en la vida de tus hijas.

–¿Cómo puedes decir eso? –preguntó Liam–. Yo crié a una de mis hijas, completamente solo.

–Ni siquiera hasta los tres años. Y no lo hiciste solo, ni mucho menos.

Lo invadió un torrente de emociones: una combinación de agravio, frustración y derrota que conocía muy bien de su época de casado. Dijo:

–Tengo que colgar. Adiós.

–¡Espera! No cuelgues, Liam. Espera un minuto. ¿Te ha contado por qué discutimos?

–No –respondió él–. ¿Por qué discutisteis?

–¡No tengo ni idea! De eso se trata. Nos estamos distanciando, y no entiendo por qué. Antes nos llevábamos muy bien. ¿Recuerdas lo dulce que era Kitty?

La verdad es que Liam apenas había convivido con Kitty cuando ella era pequeña. Kitty había sido uno de esos intentos desesperados, un bebé concebido con vistas a salvar el matrimonio que había nacido cuando ellos ya eran mayores, solo que Kitty no había salvado el matrimonio (¡sorpresa!), y al cabo de un año Liam se había convertido en un visitante de su propia familia. Y no un visitante muy frecuente, por cierto; y menos frecuente aún con Kitty, porque ella era muy pequeña.

Bueno. No tenía sentido hurgar demasiado en el pasado.

–No te preocupes, ya se le pasará –le dijo a Bárbara–. Esto solo es una etapa que tiene que superar.

–Sí, claro –dijo Bárbara con un largo suspiro–. Ya lo sé. Gracias, Liam. Dile que me llame, por favor.

–Se lo diré.

Liam colgó el auricular y miró la hora. Eran casi las ocho. ¿Por qué el día anterior no había informado a Eunice de que solía levantarse temprano? Ella podría haberlo llamado hacía una hora.

Recogió los platos del desayuno y cargó el lavaplatos, procurando no hacer ruido porque, si Kitty no tenía que ir a trabajar, prefería que siguiera durmiendo. Pero mientras limpiaba la encimera, se abrió la puerta del despacho y Kitty salió arrastrando los pies, bostezando y alborotándose el cabello. Llevaba unos pantalones de pijama a rayas y algo que a Liam le pareció un sujetador, aunque confió en que fuera una de esas camisetas de jogging. Hoy día era difícil distinguirlos.

–Y ahora ¿qué? –le preguntó Kitty–. Estoy completamente despierta y aún no son ni las ocho de la mañana.

–¿No tienes ningún plan?

–No.

–¿No has quedado con Damian?

–Damian está en Rhode Island –dijo Kitty–. Se casa su primo.

–Pues tu madre quiere que la llames. No sabía que no le habías dicho dónde ibas a estar.

–¿No crees que podría habérselo imaginado? –repuso Kitty.

Abrió la nevera y miró en su interior largo rato. Liam no soportaba que hiciera eso. Casi podía ver pasar los dólares rozándole la cara a Kitty antes de desaparecer. Pero se contuvo, porque quería llevarse con Kitty mejor que Bárbara. Al final Kitty cogió un cartón de leche y cerró la puerta.

–De verdad, creo que mamá está fatal –le dijo a Liam–. Quizá sea el cambio de vida.

–¿El cambio de vida? ¿No crees que eso ya debe de haberlo superado?

Kitty se encogió de hombros y cogió una caja de cereales de un armario.

–Tengo entendido que la menopausia llega a los cuarenta y tantos. O quizá a los cincuenta –agregó Liam.

–¿La menopausia? Sí, claro. Pero yo me refiero al cambio de vida.

–¿A qué?

Kitty compuso una expresión de incertidumbre y preguntó con ironía:

–¿A la crisis de los cuarenta?

–Perdona, pero a tu madre los cuarenta ya le quedan un poco lejos, ¿no?

–Mira, no lo sé, pero tengo la impresión de que se comporta de forma extraña. Todo lo que hago es «Kitty, deja de hacer eso», o «Kitty, estás castigada», o «Kitty ¿cuántas veces tengo que decírtelo?». Demencia senil, quizá sea eso.

–¿Crees que puede tener alguna relación con su novio? –preguntó Liam–. Ese... como se llame.

Kitty volvió a encogerse de hombros y se sentó a la mesa.

–¿Cómo le va, por cierto? –insistió Liam.

La posibilidad de que Kitty contestara era muy remota, pero no se perdía nada por intentarlo. Sin embargo, antes de que Kitty tuviera ocasión de decir nada, sonó el timbre de la puerta.

–¿Quién puede ser? –dijo Liam.

Fue a la puerta y, al abrirla, vio que era Eunice. Ella se quedó plantada mirándolo con expresión solemne y con reserva, sujetando el bolso delante de ella con ambas manos, remilgadamente.

–¡Hola, Eunice! –la saludó Liam–. ¿Qué tal?

Sus gafas lo confundieron un poco, porque no se acordaba de ellas: de su enorme tamaño, de los cristales sucios.

–Tu número de teléfono no aparece en el listín –dijo ella.

–Sí, sí sale.

–Y no me lo apuntaste.

–Ah, ¿no? –dijo él–. ¡Vaya!

–Le dije a la operadora que te conocía, pero aun así no quiso darme el número.

–Sí, esa es... la idea –dijo Liam–. Perdóname. Pensaba que te lo había apuntado. Un acto fallido, supongo.

–¿Por qué? –preguntó ella.

–¿Cómo que por qué?

–¿Por qué un acto fallido? ¿No querías que te llamara?

–No, no. No es eso. Es que no me gusta hablar por teléfono.

–¡Ah, pues a mí me encanta hablar por teléfono!

Eunice dio unos paso hacia el interior, como impulsada por una ráfaga de entusiasmo.

–Es una de mis ocupaciones favoritas –añadió.

Ese día llevaba pantalones, unos de gasa holgados, ceñidos en la cintura y en los tobillos pero sueltos en las caderas. Liam tenía entendido que se llamaban pantalones estilo harén. Pensó que le sentaban mucho mejor las faldas. Pero tenía una piel muy suave, eso sí, y le habían salido hoyuelos en las mejillas.

–No me acordé de que hoy era cuatro de julio –dijo Liam–. Espero que no hayas tenido que cambiar tus planes.

–Los he cambiado con mucho gusto –repuso ella–. Mis padres siempre dan una fiesta en el jardín y se supone que tengo que ayudarlos a organizarlo todo.

Eunice chasqueó un poco la lengua –un sonido cálido, contagioso– y los hoyuelos se pronunciaron aún más. Liam le sonrió y dijo:

–¿No quieres entrar y sentarte?

Cuando se dirigía a una de las butacas, Eunice saludó a Kitty agitando los dedos de una mano.

–¡Hola, Kitty! –dijo.

–Hola.

–Veo que te he interrumpido el desayuno.

–No, no –dijo Kitty.

Y era verdad: siguió encorvada sobre su cuenco de cereales, engullendo Cheerios Honey Nut.

–¿No ibas a llamar a tu madre, Kitty?

–Sí, ahora voy.

–Llámala, por favor. Le prometí que la llamarías en cuanto te levantaras.

Kitty lo miró, enfurruñada, pero dejó la cuchara y retiró la silla.

–Como si fuera una emergencia nacional –dijo mientras iba hacia el despacho.

–Anoche se marchó sin decir dónde iba a estar –le dijo Liam a Eunice. (Parecía un tema de conversación tranquilo, seguro, neutral.) Se sentó enfrente de ella, en la mecedora–. Yo no me he dado cuenta hasta que su madre ha llamado por teléfono esta mañana.

–Y ¿os lleváis bien? –preguntó Eunice.

–Sí, dentro de lo que cabe esperar. Teniendo en cuenta que ella es una adolescente.

–¿Su madre es una adolescente?

–¿Cómo? No, me refiero a Kitty. Kitty es la adolescente. Perdona, ¿te referías a su madre?

–Bueno, solo preguntaba... ya sabes, si hablas con su madre por teléfono y esas cosas.

–Tenemos que hablar por teléfono por fuerza; tenemos tres hijas –dijo Liam–. Vaya, no te he ofrecido café. Ya está preparado. ¿Quieres una taza?

–Sí, gracias –respondió Eunice.

Tenía la costumbre de echarse un poco hacia atrás cuando algo la complacía. Entonces se le marcaba un poco la papada, lo cual resultaba sorprendentemente favorecedor.

Eunice permaneció sentada en la butaca mientras Liam se levantaba e iba a la cocina.

–¿Crema de leche? ¿Azúcar?

–Solo, gracias.

Liam oyó a Kitty hablando por su móvil en el despacho, pese a que la puerta estaba cerrada: la cantinela de una protesta o una acusación. Para no oírla, dijo:

–¡Bueno, Eunice! Háblame de tu trabajo.

–No hay gran cosa que contar.

–Pero vamos a ver, ¿qué haces exactamente un día normal, por ejemplo?

–Pues no sé, acompaño al señor Cope a diferentes sitios. Lo llevo en coche a supervisar un proyecto, por ejemplo. O vamos a alguna reunión.

Liam le llevó el café en una taza con su platillo a juego, parte de un juego de café que utilizaba tan poco que antes tuvo que quitarle el polvo. Volvió a sentarse en la mecedora y dijo:

–¿Y te quedas con él mientras dura la reunión?

–Sí, porque he de tomar notas. Tomo notas solo para él, en una carpeta de anillas enorme que dura más o menos un mes. Y también... bueno, si de pronto decide marcharse, yo soy quien le recuerdo que todavía no es la hora.

–Entiendo –dijo Liam, y añadió–: Y esas notas, ¿son como memorándums?

–No, tienen... etiquetas codificadas por colores.

–¡Ah!

Eunice se sobresaltó.

–Colores diferentes para recuerdos diferentes –apuntó Liam.

–O para diferentes categorías de recuerdos, mejor dicho. El rojo, por ejemplo, es para las cosas que él ya ha dicho acerca de ciertas propuestas, para que no se repita; y el verde es para la información personal que quizá quiera emplear en sus conversaciones. Supón, por ejemplo, que en la reunión hay alguien cuyo hijo iba al colegio con el hijo del señor Cope. Cosas así.

–¿Y funciona? –preguntó Liam.

–Pues... no –contestó Eunice–. No muy bien. –Dio un sorbo de café–. Pero es lo único que se me ocurrió. Estoy probando nuevos sistemas.

–¿Qué más quieres probar? –preguntó Liam.

–No estoy segura. –Eunice bajó la vista hacia su taza y dijo–: Seguramente me van a despedir.

–¿Y eso?

–¡Es que hay tantas categorías! ¡En la vida hay tantas cosas que la gente necesita recordar! Y el señor Cope cada vez se está rezagando más. Yo hago todo lo que puedo, pero aun así... Supongo que pronto tendrá que jubilarse. –Le dirigió una sonrisa fugaz y desenfadada a Liam y dijo–: Así que será mejor que nos pongamos a trabajar, ¿no? No voy a estar mucho tiempo en situación de ventaja en relación a Proyectos Inmobiliarios Cope.

Puso la taza y el platillo en la mesilla de la lámpara y se agachó para buscar algo en su bolso.

–Primero apuntaré algunos datos –dijo.

Sacó un bloc de taquigrafía y un bolígrafo.

–¡Una libreta solo para mí! –dijo Liam con tono jocoso.

–¿Qué?

–Una libreta como la del señor Cope.

Eunice miró el bloc y luego miró a Liam.

–Bueno, no. La del señor Cope es una carpeta de anillas –aclaró.

–Sí, ya lo sé, pero... Estaba pensando que sería fabuloso que guardaras mis recuerdos.

–¡Oh! –exclamó ella.

Se puso muy colorada y se le cayó el bolígrafo al suelo. Al agacharse para recogerlo, se puso aún más colorada.

Liam pensó que cabía la posibilidad de que Kitty tuviera razón y que Eunice sintiera algo por él. Por otra parte, quizá reaccionara así con todo el mundo.

Kitty eligió ese momento para salir del despacho. Sujetaba su teléfono móvil con el brazo extendido.

–Mamá quiere hablar contigo –anunció.

Se acercó a su padre y le dio el teléfono.

Liam caviló un momento sobre cómo un objeto tan diminuto podía estar en contacto con su oreja y con su boca al mismo tiempo. Al final cedió y se lo acercó a la oreja.

–¿Hola? –dijo.

–Kitty dice que quiere quedarse todo el verano contigo –dijo Bárbara.

–Ah, ¿sí?

–¿Lo habéis hablado?

–No.

De pronto Kitty cayó al suelo, y Liam se sorprendió tanto que estuvo a punto de soltar el teléfono. La chica se arrodilló delante de su padre y juntó ambas manos como si rezara, y, moviendo solo los labios, dijo: «Por favor, por favor, por favor».

–No voy a negar que me vendría bien un poco de ayuda –dijo Bárbara–. Pero de todas formas tengo muchas reservas. Si lo hacemos, necesito estar segura de que pondrás ciertos límites.

–Un momento, yo... –dijo Liam.

–Para empezar, tendrás que prometerme que Kitty volverá a casa antes de las diez los días entre semana. A las doce los viernes y los sábados. Y tiene terminantemente prohibido estar ni un minuto a solas en el apartamento con Damian o con cualquier otro chico. ¿Queda claro? No quiero acabar con una hija de diecisiete años embarazada.

–¿Embarazada? –se sorprendió Liam.

Kitty bajó las manos y se quedó mirando a su padre con la boca abierta. Eunice abrió mucho los ojos detrás de sus gafas.

–No, claro que no –se apresuró a decir Liam–. Estoy convencido de que ella tampoco lo quiere. ¡Santo cielo!

–Lo dices como si fuera imposible, pero créeme, estas cosas pasan –le dijo Bárbara.

–Sí, ya lo sé.

–Está bien, Liam. Solo espero que sepas lo que haces.

–Pero si...

–Si quiere venir a buscar su ropa, estaré aquí hasta última hora de la tarde. Pásamela, por favor.

Sin decir nada, Liam le pasó el teléfono a Kitty. La chica se levantó de un brinco y se marchó con el teléfono, diciendo:

–Qué. Sí, te oigo. No soy imbécil.

La puerta del despacho se cerró detrás de ella. Liam miró a Eunice.

–Por lo visto, de repente tengo una compañera de apartamento –dijo.

–¿Va a venir a vivir aquí?

–Solo a pasar el verano.

–¡Vaya, qué bien que quiera venir! –dijo Eunice.

–Creo que de lo que se trata es de que no quiere vivir con su madre.

–¿Por qué? ¿Su madre es una persona difícil? –preguntó Eunice.

–No, no especialmente.

–Entonces, ¿por qué os divorciasteis?

Aquello empezaba a parecer una cita, en cierto modo. Quizá fuera por cómo Eunice se inclinaba hacia delante para formular sus preguntas: muy atenta, muy receptiva. Pero Liam ya no estaba seguro de que quisiera tener una cita. (De momento, la rizada cabeza de Eunice le recordaba a una muñeca Shirley Temple.)

–La idea del divorcio fue de Bárbara, no mía –dijo–. Yo ni siquiera creo en el divorcio; siempre he pensado que el matrimonio es algo permanente. Si por mí fuera, todavía seguiríamos juntos.

–¿De qué no estaba satisfecha? –preguntó Eunice.

–No sé –dijo Liam–. Supongo que pensaba que yo no era… comunicativo.

Eunice siguió mirándolo con gesto de expectación.

Liam volvió las palmas de las manos hacia arriba. ¿Qué más podía decir?

–Pero conmigo sí eres comunicativo –dijo Eunice.

–Ah, ¿sí?

–¡Y sabes escuchar! Me has hecho muchas preguntas sobre mi trabajo; te interesa saber a qué dedico mi tiempo… Los hombres no suelen ser así.

–Pero eso no lo hacía con Bárbara –admitió Liam–. Ella tenía razón. Se lo dije. Le dije: «Es verdad, no soy nada comunicativo».

Por algún extraño motivo, eso hizo que Eunice volviera a ruborizarse.

–Lo tomaré como un cumplido –dijo.

Liam todavía estaba tratando de entender por qué querría tomárselo como un cumplido cuando Eunice comentó:

–Quizá tu pérdida afectara a tu matrimonio.

–¿Qué pérdida?

–¿No me has dicho que tu primera esposa murió?

–Ah, sí. Pero eso fue mucho tiempo antes de casarme con Bárbara. –Se dio sendas palmadas en los muslos y se levantó–. Te sirvo un poco más de café –dijo.

–No, gracias.

Liam volvió a sentarse y propuso:

–¿Empezamos con mi currículum?

–Está bien –dijo ella–. Vale. –Abrió su bolígrafo–. Primero, anteriores empleos.

–Anteriores empleos. Bueno. Desde mil novecientos setenta y cinco hasta mil novecientos ochenta y dos enseñé historia antigua en el colegio Fremont.

–¿En el colegio Fremont? Caramba –dijo Eunice.

–Ese fue mi primer empleo.

–Ya, pero tienes que empezar por tu último empleo –le dijo Eunice–, y luego vas retrocediendo.

–Tienes razón. Vale: desde el ochenta y dos hasta la pasada primavera enseñé en Saint Dyfrig.

Eunice lo anotó sin hacer comentarios.

–Fui profesor de quinto desde el noventa y… ¿cuatro? No, noventa y tres. A partir del noventa y tres. Y antes daba historia de América.

Le gustaba eso de ir en orden inverso. Porque enumeraba cargos progresivamente superiores en lugar de inferiores. (En su opinión, la historia era claramente superior a quinto curso, y la historia antigua, superior a la historia de América.) Eunice tomaba notas en silencio. Cuando Liam dejó de hablar, ella levantó la cabeza y preguntó:

–¿Algún premio o matrícula de honor?

–Premio Miles Elliott de Filosofía, mil novecientos sesenta y nueve.

–¿Ya trabajabas en el año sesenta y nueve?

–No, estudiaba en la universidad.

–Ah. En la universidad.

–Me especialicé en filosofía –explicó Liam–. Qué tontería, ¿verdad? ¿Conoces a alguien que se haya especializado en filosofía y que trabaje de filósofo?

–¿Y en tu vida profesional? ¿Algún premio?

–No.

–Pasemos a tu educación. –Pasó la hoja del bloc de taquigrafía–. Tengo un programa informático para redactar currículum vitae. Lo único que tienes que hacer es introducir los datos, y el programa se encarga del resto. Me lo regalaron mis padres un año por Navidad. ¿Qué tienes, Windows o Macintosh?

–No tengo ordenador –respondió Liam.

–No tienes ordenador. Vale. Será mejor que escriba también tu carta de solicitud –dijo Eunice, e hizo otra anotación.

–Eunice, ¿estás segura de que vale la pena que sigamos con esto? –preguntó Liam.

–¿Cómo? ¿Por qué no?

–No tengo ninguna experiencia empresarial. ¡Soy profesor! Ni siquiera sé qué buscan.

Eunice iba a discutir su argumento, pero entonces Kitty salió del despacho. Llevaba unos pantalones cortos y una camiseta con propaganda de vodka Absolut.

–Papi –dijo Kitty–, ¿me prestas tu coche?

–¿Mi coche? ¿Para qué lo quieres?

–Necesito ir a buscar más ropa.

Liam no estaba acostumbrado a prestar su coche. Sabía que no era ninguna maravilla de coche, pero estaba muy adaptado a su forma de conducir, o eso pensaba él. Además, sospechaba que las compañías aseguradoras ponían ciertas pegas con los conductores adolescentes.

–Si quieres te acompaño esta tarde –propuso Liam.

–¡No será mucho rato! Te lo devolveré antes de que lo hayas echado de menos.

–Espera a que hayamos terminado esto y te llevo.

Kitty dio un bufido y se sentó en la otra butaca. Se sentó prácticamente sobre la nuca, con las largas y desnudas piernas estiradas, y le lanzó una mirada de odio a su padre.

–Eunice y yo estábamos hablando de mi trabajo –dijo Liam.

Kitty siguió mirándolo con odio.

–Eunice cree que debería solicitar un empleo en Proyectos Inmobiliarios Cope, y yo le digo que no sé qué podría hacer en una empresa así.

–¿Qué es Proyectos Inmobiliarios Cope? –dijo Kitty con notorio desinterés.

–Es una promotora inmobiliaria.

–Mi padre no serviría para eso –le dijo Kitty a Eunice.

Eunice hizo un ruido entre el grito de asombro y la risita.

–En serio –insistió Kitty–. No tiene madera de empresario.

–Y tú ¿cómo vas a saber si tengo madera de empresario o no? –saltó Liam. Entonces comprendió que estaba negando su propio argumento, así que se volvió hacia Eunice y dijo–: Pero si pienso en el tipo de empleo con que me sentiría cómodo, no creo que Cope sea una buena elección. Lo siento, Eunice.

–Ah –dijo Eunice.

Eunice releyó lo que había escrito y cerró el bolígrafo. Al parecer, había oído por fin lo que Liam le estaba diciendo.

–Lo entiendo –dijo.

–Siento haberte causado tantos problemas.

–No pasa nada. Me lo estabas diciendo todo el rato, ¿no? Supongo que he sido un poco avasalladora.

–No, no. Nada de eso. Has sido maravillosa –repuso Liam–. Te agradezco mucho tu ayuda. –Le dijo a Kitty–: Me ha ayudado a redactar mi currículum. Tiene un programa informático que...

Kitty miraba a su padre con una mezcla de curiosidad e indiferencia. Eunice seguía releyendo las notas de su libreta de taquigrafía. Los caídos párpados le daban un aire de castidad y sobriedad; todo su entusiasmo la había abandonado.

Y a Liam también. Toda su sensación de algo nuevo en el aire, de que estaba a punto de pasar algo.

–Pero ¿no podríamos seguir con lo de la libreta? –preguntó Liam.

Eunice levantó la vista y dijo:

–¿Cómo dices?

–Quiero decir... –dijo él, y carraspeó–. ¿No podríamos seguir en contacto?

–¡Ah! ¡Pues claro! –contestó Eunice–. ¡Claro que sí! Dondequiera que presentes una solicitud necesitarás un currículum vitae, ¿no?

No era eso a lo que se refería Liam, pero dijo:

–Sí, claro.

Liam fingió no oír el bufido de regocijo de Kitty.

7

El cinco de julio por la mañana, Louise telefoneó y le preguntó a Liam si podía llevarle a su hijo.

–Ya sé que te aviso con poco tiempo –dijo–, pero mi canguro se ha puesto enferma y yo tengo hora en el médico muy cerca de tu casa. Podría dejarte a Jonás cuando vaya hacia allí.

–¿Dejarlo a él solo? –preguntó Liam.

–Sí, ¿qué pasa?

–Pero si aquí no tengo juguetes. No tengo nada con que distraerlo.

–Ya llevaremos algo. Por favor. Si fuera otra cosa la cancelaría, pero esta cita significa mucho para mí.

Liam supuso, por cómo se expresaba Louise, que debía de tratarse de una cita con el ginecólogo. Pero no quería parecer entrometido, así que se limitó a decir:

–Bueno, vale.

–Gracias, papá. Te lo agradezco mucho.

A Liam le extrañó que Louise no se lo hubiera pedido a Bárbara, que en verano podía organizarse el día como quisiera. Y que no se llevara a Jonás con ella a la consulta del médico. Seguro que podías llevarte a tu hijo al médico, ¿no? Lástima que Kitty ya se hubiera marchado al trabajo. Él no tenía ni idea de qué hacer con un niño de cuatro años.

Media hora más tarde, Louise y Jonás llamaron a la puerta. Louise parecía apurada y nerviosa; llevaba ropa más elegante de lo normal y hasta se había aplicado un poco de pintalabios. Jonás llevaba una camiseta y unos pantalones que parecían un bañador, de nailon, con estampado hawaiano de color naranja, inflados alrededor de unas piernas como palillos. Llevaba una mochila casi más grande que él colgada a la espalda. Era evidente, por su expresión, que habría preferido estar en otro sitio. Miró a Liam sin sonreír, con las cejas fruncidas.

–Hola, chico –le dijo Liam.

Jonás no contestó.

–Volveré dentro de una hora, más o menos –dijo Louise–. En la bolsa de Jonás encontrarás comida, por si tiene hambre. –Le plantó un beso en la coronilla a su hijo y añadió–: Adiós, cariño. Pórtate bien.

Cuando la puerta se cerró tras ella, se produjo un incómodo silencio.

–Bueno –dijo Liam por fin. Miró a Jonás con la frente arrugada.

Jonás lo miró, también ceñudo.

–¿Dónde está tu abuela? –preguntó Liam.

–¿Quién? –preguntó Jonás.

–Tu abuela Bárbara. ¿Está trabajando?

Jonás se encogió de hombros. Fue un encogimiento de hombros poco natural: los pequeños y huesudos hombros se elevaron excesivamente y permanecieron así demasiado rato, como si el niño todavía no dominara la técnica.

–Me extraña que tenga una cita tan temprano –comentó Liam.

–Deirdre se ha metido en un buen lío –dijo Jonás.

–¿Quién es Deirdre?

–La canguro. Nos apostamos algo a que no está enferma. Nos apostamos algo a que se ha ido con su novio a algún sitio. Su novio se llama Chicken Little.

–¿Cómo?

–A veces lo trae a mi casa de visita. Yo y él jugamos al fútbol en el patio trasero.

–No me digas.

–Deirdre lleva un pendiente en la nariz, y tiene una cadena alrededor de la cintura que en realidad es un tatuaje.

–Esa Deirdre parece de armas tomar –dijo Liam.

–En otoño yo y ella iremos a la Feria del Estado.

¿Tenía que corregir los errores gramaticales de Jonás? Dejarlos pasar parecía irresponsable. Por otra parte, no quería poner freno a su repentina locuacidad.

–A ver qué llevas en la mochila –dijo Liam–. Espero que hayas traído algo con que entretenerte.

–Tengo mi libro de colorear de historias de la Biblia.

–Ah.

–Y mis ceras de colores.

–Ah, ¿sí? A ver, enséñamelo.

Jonás se descolgó la mochila con esfuerzo y la puso en el suelo. Le costó un rato abrir la cremallera –todo parecía muy difícil, con esa edad–, pero al final sacó un cartón de zumo de manzana, una bolsa de plástico con palitos de zanahoria, una caja de ceras y un libro de colorear titulado *Cuentos de la Biblia para pequeños*.

–Acabo de terminar el cuento de Abraham –informó a Liam.

–¡Abraham!

¿No era Abraham el que había estado a punto de sacrificar a su propio hijo?

–Creo que ahora haré el cuento de José –dijo Jonás. Empezó a hojear el libro de colorear.

–¿Me enseñas el de Abraham? –preguntó Liam.

Jonás levantó la cabeza y miró a Liam con frialdad, como si no se fiara mucho de sus intenciones.

–Solo quiero verlo –dijo Liam.

Jonás pasó unas cuantas páginas y le mostró un dibujo que el niño había coloreado con trazos irregulares de color morado que se salían continuamente de la raya. Por lo que Liam alcanzó a distinguir, era una ilustración inocua de un hombre y un niño ascendiendo una colina. «Abraham obedece la orden de Dios de entregar a Isaac», rezaba la leyenda.

–Gracias –dijo Liam–. Muy bonito.

Jonás siguió pasando las páginas, y al final se detuvo en una cuya leyenda rezaba: «José tenía un abrigo de muchos colores». El abrigo en cuestión era una especie de albornoz con anchas rayas verticales.

–¿Sale tu historia? –preguntó Liam–. La de Jonás y la ballena.

Jonás volvió a encogerse de hombros con mucho esfuerzo y vació la caja de ceras sobre la moqueta. Todas las ceras parecían intactas excepto la morada, que estaba muy gastada.

–Tienes que hablarme de José mientras yo pinto –dijo el niño.

–¿Quién, yo?

Jonás asintió enérgicamente con la cabeza. Cogió la cera morada y empezó a trazar gruesas líneas horizontales en el abrigo. Había muchísimas probabilidades de que pintara la moqueta de morado, pero a Liam le alivió tanto tener a Jonás ocupado que decidió no intervenir. Se sentó en una butaca y dijo:

–De acuerdo. Hablemos de José.

Era extraño lo poco unido que se sentía a ese crío. No era que tuviera nada contra él; le deseaba todo lo mejor, desde luego. Y era verdad que esas orejitas frágiles y esos diminutos pies con unas chanclas ridículas de tan pequeñas tenían algo encantador. (¡El atractivo universal de lo diminuto! Parecía obvio que debía de servir para perpetuar las especies.) Pero el hecho de que tuvieran una relación consanguínea parecía incomprensible. ¿Sentirían lo mismo otros abuelos? Quizá le pasara simplemente porque Jonás estaba creciendo en un mundo muy diferente, con sus padres fundamentalistas y sus *Cuentos de la Biblia para pequeños*.

Liam no recordaba la historia de José ni que lo mataran.

Aun así, hizo cuanto pudo.

–José –dijo– tenía un abrigo de muchos colores que le había regalado su padre, y eso ponía celosos a sus hermanos.

Se preguntó si los niños de cuatro años estarían familiarizados con la palabra «celoso». No le pareció probable. Intentó averiguarlo a partir de la expresión de Jonás, pero Jonás estaba muy concentrado pintando, con el labio inferior atrapado entre los dientes.

–Los hermanos de José estaban enfadados –aclaró Liam– porque ellos no tenían ningún abrigo de muchos colores.

–A lo mejor José podía prestárselo a veces –dijo Jonás.

–A lo mejor, ¿verdad?

–¿Se lo prestaba? –insistió Jonás.

–Pues no, creo que no se lo prestaba.

Jonás sacudió la cabeza y paró de pintar para retirar un poco más el papel de la cera.

–Pues eso significa que no sabía compartir –comentó el niño.

–No, no sabía compartir –coincidió Liam–. Tienes razón. Y además... –Miró disimuladamente la leyenda de la página–. Además, les contó a sus hermanos un sueño que había tenido en el que los obligaban a todos a inclinarse ante él.

Jonás chascó la lengua para expresar su desaprobación.

El crío estaba pintando el cabello de José (otro manchón morado), y parecía lo bastante absorto para que Liam considerara que podía levantarse e ir a la cocina a prepararse una taza de café. Cuando volvió, Jonás se había saltado unas páginas y había avanzado hasta «Los hermanos de José lo vendieron como esclavo». Ajá.

–Así que los hermanos de José lo vendieron como esclavo –dijo Liam al mismo tiempo que se sentaba en la butaca–, y luego volvieron a su casa y le dijeron a su padre que habían matado a su hermano.

Liam creía recordar que habían empapado el abrigo de José en sangre de un animal para respaldar su versión. ¡Qué manera de estropear un bonito abrigo!, recordaba haber pensado él de niño. ¡Ya nadie podría ponérselo! Era evidente que esas cosas permanecían en la memoria más tiempo del que él habría podido suponer. Llevaba décadas sin pensar en esa historia. Su madre era muy religiosa (o al menos había acudido a la iglesia en busca de apoyo después de que su padre los abandonara), pero Liam había dejado las clases de catequesis en cuanto fue lo bastante mayor para que lo dejaran quedarse solo en casa.

Intentó leer la siguiente leyenda, pero Jonás la tapaba con el brazo. Tan discretamente como pudo, Liam cogió el periódico.

Sequía. Guerra. Terroristas suicidas.

Hacia las diez y media, cuando hubiera dejado al señor Cope en su despacho, Eunice iría a llevarle a Liam el currículum impreso. Liam abrazaba esa idea como si fuera un paquete que no quisiera desenvolver inmediatamente. Tenía algo que le hacía ilusión, pero no quería examinarlo con demasiado detenimiento. Lo guardaba en el fondo de su conciencia para más tarde.

Tarde o temprano tendría que revelarle a Eunice que el currículum era innecesario, por supuesto. Sin embargo, cuando llegara ese momento, quizá se conocieran lo suficiente como para seguir viéndose por otros motivos. Liam se preguntó si a Eunice le gustaría ir al cine. A Liam le encantaba ver una buena película. Lo relajaba escuchar las conversaciones de otras personas sin que ellas le exigieran participar. Pero siempre se sentía un tanto solo si no tenía a nadie a su lado a quien dar un ligero codazo en las costillas en los momentos más interesantes.

Los controles de seguridad de los aeropuertos cada vez eran más pesados, leyó.

–Tengo hambre –dijo Jonás.

Liam bajó el periódico.

–¿Quieres los palitos de zanahoria? –preguntó Liam.

–No, quiero algo tuyo.

Esa respuesta produjo un débil pero fastidioso eco de irritación en la mente de Liam. Liam recuperó ciertos recuerdos de Xanthe de mucho tiempo atrás, cuando ella era una cría; siempre estaba pidiendo algo, siempre necesitaba algo. Pero hizo un esfuerzo y dijo:

–Pues claro. Vamos a ver qué encuentro.

Dejó el periódico y se levantó.

–¿Apio? ¿Yogur? ¿Queso? –preguntó desde la cocina.

–¿Qué clase de queso?

–Pepper Jack.

–El Pepper Jack es demasiado picante.

Liam suspiró y cerró la puerta de la nevera.

–¿Pasas? –preguntó–. ¿Tostadas?

–Sí, pasas.

Liam sacó unas cuantas pasas de una caja y las puso en un cuenco. De pronto lo asaltó una imagen de Xanthe de pie en la cuna, agarrada a los barrotes con sus regordetes puños. Tenía el cabello sudado y aplastado contra el cuero cabelludo, y estaba muy colorada y lloraba a lágrima viva; su boca era un cavernoso rectángulo negro que denotaba profunda desdicha. Liam puso el cuenco en la moqueta, enfrente de Jonás, y dijo:

–Toma, amiguito.

Y Jonás le lanzó una breve mirada antes de coger un puñado de pasas.

«En Egipto, José se convirtió en el esclavo más fiel de Putifar.»

–Bueno, pues llevaron a José a Egipto, donde tuvo que trabajar muy duro –continuó Liam.

–¿No podía escaparse y volver corriendo a su casa?

–Me parece que estaba demasiado lejos para volver corriendo.

Liam se preguntó qué esperaban que un niño aprendiera de esa historia. ¿Encerraba alguna moraleja? Volvió a abrir el periódico. Había preocupación con relación a los misiles norcoreanos. Liam pensó que, si Eunice no tenía ningún plan para esa noche, podía invitarla a comer algo por ahí. Podía decir que era una forma de agradecerle la ayuda que le había prestado con el currículum. Era completamente natural, ¿no? Sin embargo, notó una punzada de nerviosismo en el estómago. Incluso a su edad, todo el follón de invitar a salir a una mujer resultaba intimidante. O especialmente a su edad.

Liam se recordó que Eunice solo era una joven normal y corriente, una chica sencilla; pero de pronto su sencillez parecía parte de su encanto. Era tan inocente y tan cándida, tan transparente… Recordó cómo se había despedido de él el día anterior, cuando Liam la acompañó al aparcamiento. Eunice se había parado junto a la puerta de su coche y se había quitado las gafas (Liam no sabía por qué; seguro que necesitaba las gafas para conducir, ¿no?), y de repente su rostro había parecido tan vulnerable que Liam había tenido que dominar el impulso de estirar los brazos y sujetarle la cabeza con ambas manos. «Hasta luego», había dicho Eunice levantando la barbilla. Hasta esa frase tan infantil, que Liam siempre había encontrado un poco tonta, le pareció atractiva.

Cuando sonó el timbre de la puerta, Liam imaginó por un instante que quizá fuera Eunice. Pero no, era Louise, y entró antes de que él pudiera levantarse de la butaca.

–¿Me has echado de menos? –le preguntó a Jonás abatiéndose sobre él.

Jonás se levantó para recibir el abrazo de su madre.

–He pintado unas cien páginas –le informó.

–¡Muy bien! –dijo Louise, y le preguntó a Liam–: ¿Cómo ha estado?

–Muy bien. Aunque yo no le auguro un gran éxito como pintor.

–¡Papá!

–¿Qué pasa?

Louise dirigió la vista hacia Jonás, que estaba ocupado guardando las ceras en la caja.

–No veo que haya ningún problema –dijo Liam–. Nadie tiene talento para todo.

–Desde luego… –dijo Louise, y se dejó caer en la mecedora.

Ni una palabra sobre la cita con el médico. ¿Tenía que preguntárselo? No, quizá ella lo considerara indiscreto. Liam prefirió preguntarle:

–¿Te apetece una taza de café?

–No, gracias –respondió Louise, lo cual podía tener o no tener importancia. (¿Podían beber café las embarazadas según las últimas tendencias?) Louise se dio unas palmadas en la falda, y Jonás subió a su regazo y rodeó a su madre con los brazos–. ¿Qué más has hecho? –le preguntó Louise.

–He comido pasas.

–Qué bien. –Miró a Liam por encima de la cabeza de su hijo y dijo–: La herida se te ha curado muy bien. Apenas se ve.

–Sí, se ha curado muy bien –confirmó él.

Sin querer, se miró la palma de la mano, donde tenía la otra herida. La piel todavía tenía una textura extraña, pero había recuperado su color normal.

–Y supongo que ya has superado esa pequeña obsesión por tu memoria –añadió Louise.

–No estaba obsesionado –dijo Liam.

–Ya lo creo. Hubo un momento en que todos creímos que te habías vuelto loco.

–Solo quería saber qué había pasado, nada más. Tú también querrías saberlo si un buen día despertaras en un hospital sin tener ni idea de por qué estabas allí.

Louise agitó un poco los hombros y dijo:

–Hablemos de otra cosa.

–Por mí, estupendo –replicó Liam–. ¿Cómo está Dougall?

–Muy bien.

–¿Va bien el negocio de la fontanería?

–Sí, muy bien.

A Liam le caía bastante bien Dougall –no tenía nada que pudiera no gustarte–, pero no se le ocurría nada más que preguntar sobre él. Dougall era un tipo simpático y muy corpulento con un interés patológico por el funcionamiento de los objetos inanimados, y Liam nunca había entendido por qué Louise lo había escogido como marido. A veces pensaba que su hija había nacido con una lista mental de hitos que había jurado superar lo más rápido que fuera posible. Crecer, terminar los estudios, casarse con su primer novio, formar una familia... Tenía tanta prisa, y ¿para qué? Mírala, una joven inteligente sin otra preocupación que organizar la siguiente venta de pasteles de su iglesia.

Bueno, según Marco Aurelio, la vida era cuestión de opiniones.

–No me has preguntado qué me ha dicho el médico –observó Louise–. ¿No te interesa saber por qué he ido?

–Por supuesto que me interesa –contestó Liam.

–Pues no has demostrado el menor interés.

¡Ay, a veces eso de relacionarse con otros seres humanos resultaba tan agotador...! Con toda la delicadeza de que fue capaz, Liam dijo:

–Espero que no fuera nada grave.

–Estoy embarazada.

–Felicidades.

–¿No te alegras por nosotros?

–Sí, claro que me alegro.

–Pues nadie lo diría.

Liam se enderezó en el asiento y se agarró las rodillas.

–Me alegro muchísimo –dijo–. Creo que a Jonás le irá muy bien tener un hermano. –Miró a su nieto, que se había puesto de cuclillas en el suelo para guardar sus cosas en la mochila–. ¿Ya lo sabe? –le preguntó a Louise.

–Claro que lo sabe –contestó ella–. ¿Verdad, Jonás?

–¿Qué?

–Ya sabes que vas a tener un hermanito o una hermanita, ¿verdad?

–Mmm... –dijo Jonás, y cerró la cremallera de la mochila. Louise miró a su padre y arqueó las cejas de manera elocuente.

–¿Para cuándo lo esperas? –le preguntó Liam.

–Para principios de febrero.

–¡Febrero!

Hoy día, la gente anunciaba esas cosas con tanta antelación que parecía que los embarazos duraran un par de años o más.

–Si se te ocurre algún nombre bonito de niña, dínoslo –le dijo Louise–. No nos ponemos de acuerdo. Con los de niño no hay problema; pero todos los nombres de niña que me gustan a mí, Dougall los encuentra demasiado cursis.

–¿Qué nombre habéis pensado si es niño? –preguntó Liam.

–Madigan. Ya lo hemos decidido.

–Ah.

Liam se levantó ayudándose con los brazos y siguió a Louise hacia la puerta. Era absurdo sentirse dolido. Madigan había sido muy buen padrastro. (Muy buen padre, le habría corregido Bárbara si hubiera estado allí.) Para empezar, le había ahorrado a Liam la carga de la pensión de alimentos; el tipo estaba forrado.

–¿Cómo es que esta vez no habéis elegido un nombre bíblico? –preguntó a Louise.

–Hemos pensado ponerle Jacobo de segundo nombre.

–Jacobo. Es bonito.

Entonces Liam se acordó y dijo:

–¿Qué significa la historia de José, Louise?

–¿Qué historia de José?

–La del abrigo multicolor y la esclavitud en Egipto. ¿Qué se supone que enseña la historia?

–No enseña nada –contestó Louise–. Son hechos reales. No es una historia inventada; no tiene ningún propósito calculado.

–Ah –dijo él.

Era mejor no insistir.

–¿Por qué me lo preguntas? –dijo Louise.

–Simple curiosidad. –Liam le abrió la puerta y los acompañó a ella y a Jonás hasta el vestíbulo–. La he visto en el libro de colorear de Jonás y me ha dejado intrigado.

–Mira, puedes venir con nosotros a la iglesia el domingo que quieras, papá –dijo Louise.

–Ah, gracias, pero...

–Podríamos pasar a buscarte. Nos gustaría mucho. Me encantaría compartir mi fe contigo.

–Gracias –dijo Liam–. Lo siento, pero me temo que la religión no es lo mío.

Se abstuvo de decirle que incluso hablar sobre religión le hacía sentirse incómodo. Incluso oír hablar de religión le hacía sentirse incómodo; oír esos repulsivos términos que empleaban los creyentes, como «compartir», «de hecho», y «mi fe».

Pero Louise dijo:

–¡Ay, papá! ¡La religión es lo de todos! Todos nacemos en pecado, y mientras no dejamos entrar a Jesús en nuestros corazones, estamos condenados eternamente.

Bueno, eso no podía dejarlo pasar. Replicó:

–¿Me estás diciendo que los niñitos de África están condenados porque nunca han ido a catequesis? ¿Ellos o cualquier buen musulmán que arrea camellos en Túnez?

–No puedes afirmar que eres bueno hasta que aceptas a Cristo como tu salvador personal –dijo ella, y su voz resonó en los bloques de hormigón produciendo una especie de tañido.

Liam se quedó con la boca abierta.

–Bueno –dijo–, supongo que...

Por un instante no supo qué decir.

–Supongo que tendremos que coincidir en que no coincidimos –declaró por fin.

Louise también debió de quedarse sin saber qué decir, porque se limitó a mirarlo un momento con una expresión que su padre no supo interpretar. Luego se volvió y abrió la puerta que daba a la calle.

Eunice estaba plantada en la acera, a punto de entrar. Dio un paso atrás.

–Oh. Eunice –dijo Liam.

–¿Vengo en un mal momento?

–No, no...

Louise le lanzó una mirada interrogante a Liam. Liam dijo:

–Eunice, te presento a mi hija Louise y a mi nieto Jonás. –Y le dijo a Louise–: Eunice es... Bueno, ya la conoces. La viste en la sala de espera del doctor Morrow.

–Ah, ¿sí? –dijo Louise.

–¿Sí? –preguntó Eunice.

Ups, qué fallo. Aunque no fue muy difícil disimularlo. Liam le dijo a Eunice:

–Me di cuenta más tarde. Ya sabía que tu cara me resultaba familiar.

Eunice seguía pareciendo desconcertada, pero le tendió una mano a Louise y dijo:

–Encantada de conocerte.

–Igualmente –replicó Louise estrechándole la mano–. ¿Tenéis algún plan para hoy?

–Eunice me está ayudando con mi currículum –explicó Liam.

–Ah –dijo Louise–. Qué bien. ¡Vas a buscar un trabajo de verdad! O al menos... Quiero decir que el empleo ese de *zayda* no exige un currículum, ¿verdad?

–¿El...? No, no. Esto es para otra cosa.

–No me lo imagino en un parvulario –le dijo Louise a Eunice.

–¿Un parvulario?

–Era de lo que hablaba el otro día.

–¿No tenías que irte, Louise? –las interrumpió Liam–. ¡Adiós, Jonás! Suerte con el libro de colorear.

Jonás se colocó bien la mochila y dijo:

–Adiós.

Louise dijo:

–Gracias por cuidármelo, papá.

Parecía haber olvidado su discusión. Le dio un beso en la mejilla, saludó a Eunice con la mano y siguió a Jonás por la puerta.

–¿Me viste en el consultorio del doctor Morrow? –preguntó Eunice.

Seguía en la acera, pese a que Liam sujetaba la puerta abierta invitándola a entrar. Eunice tenía los brazos cruzados y parecía que la hubieran plantado allí.

–Sí. Qué coincidencia, ¿verdad? –dijo Liam.

–Pues yo no recuerdo haberte visto –repuso ella.

–¿No? Supongo que no soy muy memorable.

Eso hizo sonreír a Eunice, un poco. Descruzó los brazos y entró en el edificio.

Ese día llevaba una de sus faldas, y una blusa que dejaba al descubierto su escote. Sus pechos eran dos suaves y carnosos montículos. Al pasar al lado de Liam, desprendió un débil aroma a vainilla y Liam sintió el impulso de acercarse más a ella para aspirarlo mejor. Pero se pegó contra la puerta, con las manos detrás de la espalda. Había algo que alteraba los rincones más escondidos de su pensamiento, algo que proyectaba una sombra.

–Debí aceptar su invitación –dijo Liam cuando se encontraban ya en el apartamento.

–¿Cómo dices? –preguntó Eunice.

–Louise acaba de invitarme a su iglesia y he rechazado su invitación.

Liam se sentó en una butaca; se sentía desanimado. Recordó, demasiado tarde, que primero debía ofrecerle asiento a su invitada, y empezó a levantarse, pero Eunice se sentó en la mecedora.

–Nunca he sido un buen padre –dijo Liam.

–¡Qué dices! Estoy convencida de que eres un padre maravilloso.

–No, un buen padre diría: «¿Qué más da que no sea religioso? Esta podría ser nuestra oportunidad para mejorar nuestra relación». Pero estaba muy concentrado en mis... principios. Mis estándares. La he pifiado.

–Bueno, mira –dijo Eunice–. Tu nieto es muy guapo.

–Gracias.

–No imaginaba que pudieras ser abuelo.

Liam se preguntó qué significaría ese comentario, y dijo:

–Supongo que eso me hace parecer terriblemente viejo.

–¡No, qué va! ¡Tú no eres viejo!

–Debo de parecerle viejo a alguien de tu edad –repuso él. Esperó un momento, y entonces dijo–: ¿Cuántos años tienes, si no te importa que te lo pregunte?

–Treinta y ocho.

–¿Treinta y ocho?

De modo que no era más joven que Xanthe. Tendría que decírselo a Kitty.

Cuando Liam tenía treinta y ocho años ya tenía tres hijas. Ya había dejado atrás su segundo matrimonio, y había empezado a sentir que había dejado atrás toda su vida. Pero Eunice parecía tan lozana y tan... virgen. Estaba sentada con la espalda muy recta, con sus enormes sandalias muy separadas y con las manos entrelazadas en el valle que la falda con estampado de cachemira formaba entre sus rodillas. La luz que se reflejaba en sus gafas emblanquecía los cristales y le daba a Eunice esa expresión perdida, abierta.

–Siempre puedes cambiar de opinión –le dijo a Liam.

–¿Cómo dices?

–Siempre puedes llamar a tu hija y decirle que te lo has pensado mejor y que irás con ella a la iglesia.

–Sí, claro.

–¿Crees que ya habrá llegado a su casa?

–Lo dudo.

–¿Tiene teléfono móvil?

–Mira, no voy a llamarla.

Eunice se meció en la mecedora.

–No puedo –dijo Liam.

–Vale...

–Es difícil explicarlo.

Ella seguía mirándolo.

–¿Has imprimido el currículum? –preguntó Liam.

El currículum le importaba un pimiento. De hecho, la palabra en sí empezaba a resultarle fastidiosa. ¡Esa pretenciosa acentuación extranjera! Por el amor de Dios, ¿acaso no existía ninguna palabra equivalente en inglés? Pero el rostro de Eunice se iluminó de inmediato.

–¡El currículum vitae! –dijo. (Hasta lo pronunciaba como en latín, «vite».) Se agachó para meter una mano en su bolso, que estaba en el suelo, a su lado, y sacó unas hojas de papel dobladas por la mitad–. Te advierto –dijo– que no estoy del todo satisfecha con él.

–¿Por qué?

–Porque no he podido enfocarlo bien. Si no vas a presentar ninguna solicitud en Cope, no sé qué habilidades en concreto debo enfatizar. Qué áreas de interés.

Liam soltó una breve carcajada, y Eunice levantó la vista de las hojas.

–Yo tampoco lo sé –confesó Liam–. En realidad, no tengo ningún área de interés.

–Vamos, eso no puede ser verdad –dijo ella.

–Es verdad –insistió Liam. Y añadió–: En serio. A veces pienso que mi vida se está... secando y endureciendo, como esos ratones muertos que encuentras debajo de los radiadores.

Si a Eunice le sorprendió oír eso, no fue nada comparado con lo que sintió Liam. Le pareció oír sus propias palabras como si las hubiera pronunciado otra persona. Carraspeó y se agarró las rodillas.

–Bueno, solo cuando tengo un mal día, claro –especificó.

–Sé exactamente a qué te refieres –repuso Eunice.

–¿En serio?

–Siempre pienso: ¿por qué no tengo ningún hobby? La gente tiene hobbies. La gente tiene pasiones; colecciona cosas, investiga cosas, observa pájaros, practica submarinismo... Participa en clubs de lectura o representa la guerra civil. Yo me limito a tratar de llegar a la hora de acostarme todos los días.

–Sí –dijo Liam.

–Pero no me veo a mí misma como un ratón muerto, sino más bien como uno de esos capullos que todavía no se han abierto. Estoy colgando en el arbusto, bien cerrada.

–Eso es lógico –dijo Liam–. Tú eres más joven que yo. Tienes toda la vida por delante.

–A menos que no llegue a abrirme nunca, y caiga de la rama aún cerrada –dijo Eunice.

Antes de que Liam pudiera replicar, Eunice dijo:

–¡Bueno, ya basta! Parezco una inútil, ¿no te parece?

–No –dijo Liam.

Y añadió:

–Acabo de cumplir sesenta años.

–Ya lo sé –dijo Eunice.

–¿Crees que una persona de sesenta es demasiado mayor para una persona de treinta y ocho?

Cuando Eunice lo miró, la luz iluminaba sus gafas desde otro ángulo, y Liam le vio claramente los ojos, muy abiertos, firmes y radiantes. La boca de Eunice estaba muy seria, casi temblaba de seriedad.

–No, no creo que sea demasiado mayor –dijo Eunice.

–Yo tampoco –coincidió Liam.

8

Damian volvió de la boda de su primo con el brazo en cabestrillo. Dijo que había habido un pequeño «contratiempo». A Liam le sorprendió tanto esa expresión que le echó a Damian una segunda ojeada. ¿Acaso el chico tenía algo más de lo que se apreciaba a simple vista? Pero Damian estaba repantigado en el diván del despacho, en su postura habitual, formando una C, con el brazo bueno apoyado descuidadamente sobre los hombros de Kitty; unos largos mechones de cabello negro y grasiento le tapaban casi toda la cara. La pareja estaba escuchando una canción con una letra muy explícita. A Liam le bastó con oír un solo verso para notar cómo se ponía rígido de vergüenza. Además, al fin y al cabo, era una cama en lo que estaban sentados, y una cama deshecha para más inri. Liam dijo: «¿No estaríais más cómodos en el salón?». Pero ellos lo miraron con cara de perplejidad, y con razón, porque en el salón no había ningún sofá. Liam se había fijado en ese detalle últimamente: no había ningún sitio donde dos personas pudieran sentarse muy juntas.

Liam y Eunice tampoco podían sentarse muy juntos. Tenían que sentarse en butacas separadas y sonreírse el uno al otro con cara de idiotas.

Aunque a veces, tan a menudo como era posible, Liam se aventuraba a sentarse en el brazo de la butaca que estuviera ocupando Eunice. Le llevaba una Coca-Cola light, por ejemplo, y entonces, como sin quererlo, mientras hablaban de cualquier cosa, se sentaba en el brazo de la butaca y apoyaba una mano en el hombro de Eunice. Eunice tenía unos hombros suaves y mullidos que llenaban a la perfección, de forma muy satisfactoria, los huecos de las palmas de Liam. A veces Liam se agachaba para aspirar el perfume del champú de Eunice; a veces incluso de agachaba un poco más y se besaban, aunque aquel era un ángulo muy incómodo para besarse. Eunice tenía que estirar mucho el cuello para alcanzar los labios de Liam, y, si él no tenía cuidado, podía clavarse la montura de sus gafas en un pómulo.

Liam no veía a Eunice tanto como le habría gustado. Ella se presentaba en su apartamento a cualquier hora durante el día, y casi todas las noches, pero por las noches solía estar Kitty, y tenían que mostrarse más circunspectos. (¿Cómo se le había ocurrido permitir que Kitty se quedara en su apartamento?, pensaba Liam. Solo que él no podía predecir el giro que iba a dar su vida, claro.)

No podían ir a casa de Eunice, porque de momento no tenía casa. Vivía con sus padres. Su padre había sufrido una apoplejía en el mes de marzo, y Eunice se había instalado en su casa para ayudar. Leyendo entre líneas, Liam dedujo que eso no suponía para ella un gran sacrificio. En Cope no ganaba mucho dinero, y era evidente que no era la típica ama de casa. Además, se notaba que era hija única: tenía un aire de eterna hija, y le preocupaba en exceso la opinión que sus padres tuvieran de ella. Liam catalogó ese rasgo igual que los otros, con interés científico y sin hacer juicios de valor. Todavía se encontraban en esa etapa en que hasta las debilidades del ser amado parecían atractivas.

Por desgracia, el brazo que se había roto Damian era el derecho, y lo llevaba inmovilizado en ángulo recto con un yeso que le iba desde la muñeca hasta más arriba del codo. Como su coche –o mejor dicho el coche de su madre– no era automático, no podía conducir. Y Kitty tampoco podía conducir, porque Liam no podía permitirse una ampliación del seguro. Cuando el agente le dijo lo que le iba a costar, creyó que no le había oído bien.

Eso dificultaba mucho las cosas. A veces Kitty cogía el autobús para ir a casa de Damian directamente después del trabajo, y Liam tenía que ir a recogerla por la noche. Sin embargo, la mayoría de las veces, la madre de Damian dejaba a su hijo en casa de Liam, y luego Liam tenía que acompañarlo a su casa. (La madre de Damian, una viuda que aparentaba más años de los que tenía, no conducía por la noche.) De una manera o de otra, a Liam le tocaba hacer de chófer más de lo que le habría gustado. Había unas pocas gloriosas ocasiones en que otros amigos del instituto arrimaban el hombro, pero muchos trabajaban en Ocean City en verano, y otros se encontraban limitados por complicadas nuevas leyes relativas a llevar en el coche a personas de su misma edad. Muchas veces, lo que pasaba era que Eunice se ofrecía para devolver a Damian cuando ella se iba a su casa, lo cual era un detalle por su parte, pero la obligaba a marcharse antes de lo que a Liam le habría gustado. Y, entre tanto, habían pasado la velada con Kitty y Damian, y no habían estado solos ni un minuto.

Vivir con una adolescente no era ningún chollo.

A veces Liam tenía la impresión de que había vuelto a la adolescencia. Había la misma falta de intimidad, la misma sensación de culpabilidad y secreto, la misma tentadora relación física incompleta. Hasta la misma falta de seguridad en sí mismo, porque Eunice alternaba entre la timidez y un asombroso descaro, mientras que Liam… Bueno, la verdad es que le faltaba práctica. A veces le preocupaba parecer mayor, o inadecuado, o gordo. Hacía mucho tiempo que nadie lo veía desnudo.

Dejemos que las cosas vayan sucediendo sin prisa, decidió con cierto alivio.

Les gustaba hablar de su primer encuentro. De sus dos primeros encuentros, para ser exactos. Liam recordaba la escena de la sala de espera; Eunice recordaba el café en PeeWee's. Liam decía: «Parecías muy profesional. Muy experta. Muy eficaz».

Eunice decía: «Me hiciste más preguntas sobre mí en una conversación de las que la mayoría de los hombres hacen en un año».

–Le dijiste a Ishmael Cope «Verity», y sonó como una dictamen emitido por los cielos.

–Pese a que estabas buscando trabajo, te interesaste por mi vida.

–¿Cómo no iba a interesarme por tu vida? –preguntó él, sincero.

La encontraba fascinante, divertida y compleja. Eunice era una sorpresa continua. Liam la estudiaba como quien estudia un idioma.

Por ejemplo: siempre llegaba tarde a todas partes, pero fantaseaba con que podría corregirse si adelantaba diez minutos su reloj.

Se volvía loca cada vez que encontraba un perrito por la calle.

El sol directo la hacía estornudar.

Entre sus miedos más arraigados estaban las arañas, el virus del Nilo occidental y los recitales corales. (Sufría por la morbosa convicción de que de pronto podía ponerse en pie y empezar a cantar con el solista.)

De hecho le desagradaban todas las ocasiones formales, no solo los recitales sino las obras de teatro, las conferencias, los conciertos sinfónicos y las cenas en restaurantes buenos. Si podía elegir, prefería quedarse en casa, y si comían fuera, optaba por la cafetería más humilde o la hamburguesería más cutre.

La comida en general no le interesaba mucho, jamás demostraba la menor intención de cocinar, y nunca parecía fijarse en lo que Liam le preparaba para comer.

No estaba acostumbrada a beber alcohol y se ponía encantadoramente boba con una sola copa de vino.

Nunca llevaba vestidos, solo faldas de campesina o pantalones muy holgados.

Tampoco utilizaba cosméticos.

Solo había tenido tres novios en toda su vida, y ni uno solo, aseguraba, del que valiera la pena hablar en profundidad.

En cambio, tenía montones de amigas que se remontaban hasta el parvulario, y siempre tenía alguna fiesta de despedida de soltera o alguna salida nocturna con amigas.

No le gustaba gastar dinero, por principio. Recorría distancias ilógicas para poner gasolina en la gasolinera más barata, y se empeñaba en llevarse las sobras a casa incluso cuando comían en un McDonald's.

Tenía un teléfono móvil con el que podía llamar gratis mil minutos todos los meses, pero solo contestaba cuando sonaba el tono especial del señor Cope, el «Coro del Aleluya». El resto del tiempo, lo ignoraba.

Era adicta a los programas malos de televisión –reality shows, concursos y programas de entrevistas sensacionalistas–, y confesó que todas las noches se quedaba dormida mirando el canal de teletienda. No entendía por qué Liam no tenía televisor.

Tenía la costumbre de dejarle a Liam notas para que las encontrara cuando ella ya se había marchado, y siempre las firmaba con una cara sonriente coronada por un rizo y una diadema.

Le tenían sin cuidado los asuntos domésticos, lo cual era una suerte. No intentó cambiarle los muebles de sitio, ni arreglarle el ropero, ni equilibrar su dieta. Encontraba cómico lo bien que Liam hacía la cama. Hizo una demostración (manteniéndose discretamente fuera del umbral del dormitorio de Liam) de los complicados movimientos que imaginaba que él tendría que hacer para meterse entre las tensas sábanas todas las noches. Liam no pudo evitar reír al verla.

Últimamente, Liam se reía mucho.

Sabía que, en otras circunstancias, muchos de los rasgos de Eunice (su falta de puntualidad, su exagerado entusiasmo por las caras sonrientes y los perritos) habrían despertado su más mordaz sarcasmo, pero sorprendentemente le provocaban risa. Y eso le hacía sentir un tímido orgullo. Era mejor persona de lo que creía.

Por la noche, cuando se marchaba, Eunice siempre se dejaba cosas en el apartamento de Liam, esparcidas como las migas de pan de Hansel y Gretel: un paraguas, un montón de pulseras, la funda de las gafas, y, en una ocasión, incluso el monedero. Una sencilla rebeca negra permaneció colgada en el respaldo de una silla varios días, y, cada vez que pasaba a su lado, Liam encontraba una excusa para estirar una manga o acariciarla brevemente antes de seguir su camino.

Bárbara llamó a Liam para preguntarle cómo iban las cosas con Kitty. Ya hacía tres semanas que Kitty vivía con él.

–Muy bien –dijo Liam–. No hay ningún problema.

–¿Respeta los horarios?

–Por supuesto.

–Y no la dejas sola con Damian, ¿verdad?

–Claro que no.

O al menos, no cuando podía, pensó Liam. No entendía cómo podía vigilarse a alguien todos los minutos del día.

–¿Y tú? –preguntó él–. ¿Va todo bien?

–Sí, sí.

–Supongo que se te hará extraño vivir sola –dijo. Por primera vez, se le ocurrió pensar que, ahora que estaba sola, Bárbara podía ver más a menudo a Howie el Sabueso. Tosió un poco–. ¿No te aburres?

–No, qué va –contestó ella.

Y Bárbara era la que se quejaba de que los demás eran poco comunicativos.

Resultaba difícil juzgar por su tono de voz si sabía lo de Eunice. ¿Le habría mencionado algo Kitty? Pero Liam no creía que Kitty y Bárbara hubiera hablado mucho últimamente. Claro que Louise podía haber dicho algo. Liam estaba seguro de que Louise tenía sus sospechas.

Una noche, hacia finales del mes de julio, Louise y Jonás se presentaron sin avisar. Louise dijo que habían ido de compras al centro comercial de enfrente. Bueno, era evidente que habían ido de compras, porque Jonás llevaba una nueva combinación de zapatillas y patines que el niño le mostró con mucho orgullo. Pero eso de presentarse sin avisar no encajaba con el estilo de Louise. Llegó cuando Liam estaba poniendo la mesa para cenar. Había encargado comida india –idea de Kitty–, pero la comida todavía no había llegado. Eunice estaba sentada en el salón, leyendo los anuncios clasificados en voz alta. (Aunque habían abandonado el pretexto del currículum, Eunice siempre pasaba al modo «buscando empleo» cuando Kitty andaba cerca y podía oírlos.) «Ayudante médico con experiencia –leyó–. La verdad, no creo que necesites mucha experiencia si lo único que tienes que hacer es ayudar a alguien.» Y Kitty y Damian estaban en el despacho, donde la radio de Kitty gritaba algo así como «Lo quiero lo quiero lo quiero».

Cuando Louise llamó a la puerta, Liam supuso que debía de ser la comida. Y luego, mientras Jonás se esforzaba para hacer una demostración de sus zapatillas–patines en la moqueta, volvió a sonar el timbre y esa vez sí era la comida, y Liam estuvo varios minutos ocupándose de ella. Cuando hubo repartido por la mesa un surtido de recipientes de aluminio que olían a curry, Louise ya estaba enfrascada en sus interrogatorios.

–¿No te gusta cocinar? –le preguntó a Eunice.

Muy lista: la pregunta implicaba que Eunice representaba un papel regular en esa casa, lo cual tendría que confirmar o negar. Pero Eunice era demasiado cautelosa, o quizá simplemente despreocupada.

–¿Cocinar? –dijo con gesto de desconcierto–. ¿Quién, yo?

–Creo que mi padre no come suficiente verdura –opinó Louise.

Aunque, en realidad, Louise nunca estaba allí cuando Liam comía, y no tenía ni idea de en qué consistía su dieta.

–Permíteme decir que la comida india incluye mucha verdura –intervino Liam.

–Escucha esto –dijo Eunice levantando el periódico–: «Busco conductor para mi madre de noventa años. Solo de día. Horario flexible. Debe ser una persona seria, responsable, puntual y ¡NO TENER PROBLEMAS PERSONALES! ¡Y SI TIENE PROBLEMAS, NO DEBE HABLAR DE ELLOS CON MI MADRE!».

Liam rió, pero Louise no le vio la gracia.

–Tú podrías hacerlo –dijo Eunice.

–Lo pensaré –replicó él.

Jonás había decidido probar los patines en el linóleo de la cocina. Estaba agarrado al fregadero mientras sus pies se deslizaban en direcciones opuestas.

–¡Socorro! –gritó.

Kitty había salido del despacho, aunque Damian seguía escondido, y fue ella quien rescató a Jonás sujetándolo por un codo.

–Hola, Louise –dijo Kitty.

–Hola.

El timbre de la puerta sonó por tercera vez.

–A lo mejor nos traen otra comida más buena –dijo Jonás.

Pero la puerta ya se estaba abriendo (una clara señal de que era alguna de las hijas de Liam; nunca esperaban a que les abrieran la puerta), y por ella entró Xanthe. Todavía iba vestida de asistenta social, y tenía un aire formal y matronil.

–¡Madre mía! –exclamó–. ¿Qué has organizado, papá, una especie de salón? –Le dio un beso en la mejilla y luego se apartó de él para examinarlo–. Se te ha curado muy bien –añadió.

Al principio, Liam no entendió a qué se refería Xanthe. Ah, sí: la última vez que se habían visto, él todavía llevaba las vendas.

–¿Qué te trae por aquí? –preguntó.

–He venido porque llevo días llamándote y siempre comunicas. Pensé que quizá te hubieras muerto.

No parecía que esa posibilidad le hubiera quitado el sueño. Xanthe saludó a sus hermanas agitando los dedos de una mano. Entonces se volvió hacia Eunice, que había bajado el periódico.

–Xanthe, te presento a Eunice –dijo Liam.

Xanthe ladeó la cabeza y preguntó:

–¿Eres vecina de mi padre?

Eunice contestó:

–Más o menos.

Lo cual no era una respuesta cautelosa, sino una mentira descarada. (Eunice vivía en Roland Park.) Eunice sonrió de manera insulsa a Xanthe. Desde donde estaba Liam, le pareció que sus gafas estaban produciendo ese efecto opaco que producían cuando reflejaban la luz.

Xanthe se volvió hacia Liam y dijo:

–Anoche llamé varias veces, y esta noche he vuelto a llamar dos veces. ¿Le pasa algo a tu teléfono?

–Es internet –dijo Kitty.

–¿Papá estaba conectado a internet?

–No, era yo –dijo Kitty–. No tiene banda ancha, por eso el teléfono comunica.

–Pero ¿por qué te conectas desde aquí?

–Es que vivo aquí.

–¿Que vives aquí?

–Sí, paso el verano aquí.

Xanthe iba a decir algo, pero entonces apareció Damian. Parecía un poco avergonzado, y era lógico. Seguramente había pensado que tarde o temprano descubrirían que estaba escondido en el despacho.

–Hola, Jonás –le dijo al niño.

Se apoyó de lado contra la pared, se metió las manos en los bolsillos de los vaqueros y miró desafiante a los demás.

–Damian –dijo Xanthe.

–Qué tal –dijo él.

–Hola –dijo ella. Sonó como si lo corrigiera.

Entonces Xanthe se volvió hacia Liam y dijo:

–Me marcho.

–¡Pero si acabas de llegar!

–Adiós –dijo ella sin dirigirse a nadie en particular.

Y se fue.

Se produjo un silencio. Liam miró primero a Louise y luego a Kitty. Louise se encogió de hombros. Kitty dijo:

–Bueno. ¿Has venido en coche, Lou?

–Pues claro que he venido en coche.

–¿Podrías llevarnos a Damian y a mí a Towson Commons?

–Claro –contestó Louise.

–¿Y recogernos cuando haya terminado la película?

–¿Qué? ¡No! ¿Te crees que no tengo nada más que hacer?

Sin alterarse lo más mínimo, Kitty miró a su padre y le preguntó:

–¿Tú puedes ir a recogernos, papi?

–¿A qué hora?

–La película se acaba a las nueve menos veinte.

–Supongo que sí.

Damian se enderezó y se separó de la pared, y dijo:

–¡Genial!

Y Kitty le dijo a Louise:

–Pues vamos.

–¿Ya? –preguntó Liam–. ¿Y la cena?

–Tenemos prisa. Vamos, Jonás.

–Fuera sé patinar mucho mejor –le dijo Jonás a Liam–. Este suelo no va bien.

–La próxima vez que vengas, me lo enseñas –dijo Liam.

–También traeré mi libro de colorear. Ayer pinté a Daniel en la cueva del león.

–Ah, qué bien.

–Vamos, Jonás –dijo Kitty–. Adiós, papi. Adiós, Eunice.

Y se marcharon todos. Louise fue la última en salir, y dejó que la puerta se cerrara de un portazo.

Liam miró a Eunice. Eunice dobló el periódico y lo puso encima de la mesa de centro.

–Así que esa era Xanthe –dijo, pensativa.

–Te parece un nombre poco apropiado, ¿verdad? –dijo Liam.

–¿Cómo dices?

–Xanthe. Significa «dorado».

–Bueno, seguro que normalmente es muy simpática –dijo Eunice.

Liam se refería al tono de color de Xanthe: su cabello castaño oscuro y sus oscuras cejas. Él estaba tan acostumbrado a su forma de ser que no le había parecido necesario hacer ningún comentario sobre eso, pero entonces dijo:

–Creo que no le ha gustado encontrar a Damian aquí. Cree que fue él quien me atacó.

–¿Damian?

–Eso piensa.

–Pero no fue él, ¿verdad?

–No, claro que no –respondió Liam.

Aunque a regañadientes, Damian estaba empezando a caerle simpático. Y en Saint Dyfrig había conocido a suficientes chicos como él para saber que en el fondo no era mal chico.

–Quizá sea yo –dijo Eunice.

–¿Cómo dices?

–Quizá a Xanthe le haya molestado encontrarme aquí.

–No, eso no puede ser. Ya es mayorcita.

–Si no se lo esperaba, podría ser –insistió Eunice–. Pero ¿nadie se lo había dicho? ¿Es que Kitty y ella no hablan?

–Creo que ninguna de ellas habla –dijo Liam. De repente, eso le pareció extraño. Agregó–: Pero quizá me equivoque.

–Al menos ahora ya puedo decir que he conocido a toda tu familia –dijo él.

Liam no sabía por qué, pero sintió un momentáneo impulso de corregir a Eunice. No estaba pensando en su hermana, desde luego. ¿Acaso en Bárbara? No, qué estupidez. Dijo:

–Así es. –Y añadió–: Y yo todavía no he conocido a nadie de tu familia.

Eunice, compungida, admitió:

–Sí, tienes razón.

La verdad es que Liam no tenía mucho interés por la familia de Eunice. Al fin y al cabo, ella solo tenía a sus padres –una pareja de republicanos de derechas, por lo que ella le había contado–, y consideraba que ya había superado esa etapa de la vida en que es imperativo que conozcas a los padres de tu pareja. Además (y eso era el factor clave), era consciente de que el padre de Eunice y él pertenecían a la misma generación, más o menos. Qué escena tan rara: un hombre con el cabello canoso interpretando el papel de Novio de la Hija, y el otro interpretando el de Padre Severo. Una prueba más de lo inadecuado que en realidad era ese romance, al menos a los ojos de los demás.

Así que dijo:

–Quizá cuando tu padre se encuentre un poco mejor.

Y Eunice replicó:

–Sí, quizá cuando hable mejor. –Parecía aliviada–. Entonces podrías venir a tomar una copa –dijo–. Se mueren de ganas de conocerte. Podríamos sentarnos en la terraza y charlar largo rato. ¡Tendrías tantas cosas que contarles…! Les vas a encantar, estoy convencida.

Con cada palabra que pronunciaba parecía menos convencida. Liam dijo:

–Pero no nos precipitemos. Tu padre ha estado muy enfermo.

–Claro, claro.

–Ya tendremos tiempo para conocernos.

–Sí, claro.

–¿Qué tal habla, por cierto?

–Va mejorando –contestó ella–. Pero poco a poco.

–¿Recibe algún tipo de ayuda profesional?

–Sí, sí, todas las semanas. Lo acompaño yo, porque a esa hora mi madre tiene clase de aerobic. Mi padre va a ver a una chica muy guapa que cecea. ¿Te imaginas a una logopeda que cecea?

–Quizá por eso se dedicó a la logopedia –dijo Liam.

–Lo llama Mizter Dunztead –dijo Eunice con una risita–. Mizter Zamuel Dunztead.

Liam pensó que ella también estaba muy guapa. La risa siempre le coloreaba las mejillas.

Trató de imaginarse a los cuatro sentados en la terraza. Los padres de Eunice le preguntarían dónde trabajaba, solo por hablar de algo, pero cuando él les dijera que no trabajaba, su expresión se transformaría. Entonces, ¿dónde pensaba trabajar? En ningún sitio. Y era veintitantos años mayor que su hija, y había echado a perder dos matrimonios, y vivía en un apartamento de alquiler.

Los padres de Eunice se mirarían. Entornarían los ojos de una determinada forma que él conocía muy bien.

¡Pero las cosas no eran tan graves como parecían!, quería decirles. ¡Él era mejor persona de lo que aparentaba!

De alguna manera, últimamente pensaba que era un buen hombre.

Eunice era incluso menos sociable que Liam, sin contar a esas amigas suyas. Esa era otra de sus características. Cuando el antiguo profesor de filosofía de Liam pasó por la ciudad, Eunice dijo que el señor Cope tenía una reunión a última hora de la tarde que le impediría salir a cenar con ellos. Cuando el orientador vocacional de Saint Dyfrig organizó su barbacoa anual, ella declinó la invitación alegando el elevado índice de concentración de polen.

Pero un viernes por la tarde, Bundy llamó a Liam y le preguntó si le apetecía salir a comer algo. Su novia lo había abandonado, dijo, y estaba harto de quedarse en casa amargándose. En vista de las circunstancias, Liam pensó que no podía negarse, pese a que ya había quedado con Eunice.

–¿Te importa que lleve a alguien? –preguntó.

–¿A quién?

–Bueno, una mujer a la que he conocido.

Entonces se preguntó si presentarle a su nueva pareja precisamente en ese momento sería una falta de tacto, pero a Bundy le encantó la idea.

–¡Caramba! –exclamó–. Eso no me lo pierdo. ¿Por qué no? Que venga, que venga.

Así que Liam llamó a Eunice al móvil y le dejó un mensaje avisándola del cambio de planes. Mientras hablaba era consciente de que no le estaba dando una buena noticia; y en efecto, cuando Eunice lo llamó no parecía en absoluto entusiasmada.

–Creía que esta noche íbamos a cenar en tu apartamento –dijo.

–Sí, ese era el plan, pero Bundy ha cortado con su novia.

–Nunca me habías hablado de Bundy –dijo ella con tono acusador.

–Ah, ¿no? Bundy y yo somos amigos desde hace mucho tiempo. Es afroamericano –añadió a modo de incentivación.

Pero Eunice dijo:

–Creo que no iré. No sé hasta qué hora me va a necesitar el señor Cope.

Liam dejó escapar un gruñido. De vez en cuando tenía la sensación de que Ishmael Cope y él tenían una especie de rivalidad fraterna. Dijo:

–Tiene que respetar tu vida privada.

–Ya, pero además... ¿A Tumbleweed, dices? Yo no quiero ir a cenar a Tumbleweed. Es demasiado elegante. No tengo ropa adecuada.

–Tumbleweed no es elegante –la contradijo Liam–. Ni siquiera me voy a poner corbata. Y dudo que Bundy tenga corbata; no es lo bastante mayor para...

Pero entonces entendió qué era, en realidad, lo que la inquietaba.

–Eunice –dijo–. Cariño. Estarás muy guapa, te pongas lo que te pongas. Y para mí será un orgullo presentarte a mi amigo.

–Bueno, me parece que tengo algo negro –dijo Eunice–. El negro siempre viste un poco.

–El negro me parece perfecto –dijo él.

Quedaron en el restaurante, porque Eunice tendría que pasar por la casa de sus padres para cambiarse. Como Bundy y ella no se conocían, Liam se aseguró de llegar antes que ellos, y pidió que le dieran una mesa cerca de la puerta, desde donde podría vigilar la calle y ver llegar a Eunice.

Liam no la había engañado: Tumbleweed no era un restaurante elegante. Las lámparas eran falsos faroles de queroseno, la decoración era estilo Viejo Oeste (mesas y bancos de madera, ligeramente pegajosos, y pósters enmarcados de fugitivos), y casi todos los otros clientes eran alumnos de la Universidad de Towson. Liam no se explicaba que Eunice pudiera encontrarlo intimidante.

Por la ventana vio a Bundy caminando hacia él a grandes zancadas, una figura de piernas largas que andaba con decisión por la acera, de una forma que no denotaba un gran desconsuelo. Al cabo de un momento, Bundy se sentaba enfrente de Liam.

–¿Dónde está tu chica? –preguntó.

–No creo que tarde.

–Ya ves cómo funciona esto: en el universo solo existe cierta cantidad de amor en determinado momento. Naomi me deja y tú encuentras una chica. ¿Cómo se llama?

–Eunice –contestó Liam. De pronto, ese nombre le sonó vagamente ridículo–. Bueno –dijo alegremente–. ¿Qué ha pasado con Naomi? ¿O prefieres no hablar del tema?

–No hay gran cosa de que hablar. Ayer, cuando llegué del gimnasio, me la encontré hablando por teléfono en voz baja y con un tono muy sensual. «¡Ya estoy aquí!», grité, y ella se apresura a decir por el auricular: «Vale, a las dos. Lavar y cortar». Con una voz completamente diferente, muy eficiente y autoritaria, como si hablara con su peluquero. Y luego colgó bruscamente el auricular. Así que cuando entró en la cocina, yo pulsé el botón de rellamada. Contestó un hombre. Dijo: «¿Qué pasa, cielo? ¿Falsa alarma?».

–Muchos peluqueros llaman «cielo» a sus clientas –declaró Liam con autoridad.

–Ya, pero ¿«Falsa alarma»? ¿Por qué iba a decir eso?

–Bueno, quizá...

–Era su amante, créeme. Se estaban burlando de mí. He sido un estúpido, créeme. Le dije: «No, tío. No ha sido ninguna falsa alarma». Luego fui a la cocina. «Naomi, me parece que tienes que explicarme una cosa.» «¿Por qué lo dices?», dice ella. «Estaba hablando con Ron, de la peluquería.»

–¿Lo ves? –dijo Liam–. Era Ron, de la peluquería. Y como ella había colgado precipitadamente, él dedujo que debía de haber habido alguna emergencia, y por eso cuando volvió a sonar el teléfono preguntó «¿Falsa alarma?».

–Y ¿cómo iba a saber que era Naomi? –preguntó Bundy.

–Porque su teléfono tiene identificación de llamada, por supuesto.

–Ya. Y ¿para qué iba a querer una peluquería el servicio de identificación de llamada?

–No sé, me imagino que el servicio de identificación de llamada puede ser muy útil en un negocio como una peluquería –dijo Liam. Reflexionó un momento y dijo–: Qué interesante. De no ser por la tecnología moderna, el servicio de identificación de llamada y el botón de rellamada, todavía serías un hombre feliz.

Bundy soltó una risotada.

–Todavía estaría ciego –le dijo a Liam. Cogió la carta que le ofrecía la camarera. Entonces la miró con más atención; era joven, rubia, y su cintura describía una curva tan elegante como la del pie de sus copas de agua–. ¿Cómo estás? –le preguntó.

–Muy bien, gracias –contestó la chica–. ¿Esperáis a alguien?

–Sí, ya debería de... –dijo Liam.

Y en ese preciso instante apareció Eunice, muy apurada y jadeando.

–Lo siento, lo siento –se disculpó–. Ya sabía que no podría salir a tiempo.

Iba vestida de negro, tal como había prometido. O al menos llevaba una blusa negra, sencilla, de algodón, con grandes botones blancos que parecían galletas Necco. Alrededor del cuello llevaba un collar de cuentas rojas del tamaño de caramelos que le daba un dulce aire de payaso, y unos pendientes de plata como de encaje, con forma de árbol de Navidad invertido, colgaban unos buenos siete centímetros de los lóbulos de sus orejas.

–¿Qué tal estoy? –le preguntó Eunice a Liam.

Él se había levantado tanto como se lo permitía la mesa del reservado, y Bundy había hecho otro tanto.

–Estás muy… –empezó a decir Liam, pero ella ya había puesto la directa.

–La culpa de que haya llegado tarde la tiene el señor Cope –explicó–. Me dijo que tenía que ir al lavabo y, como es lógico, yo no podía acompañarlo, así que le dije: «Muy bien, lo espero fuera», y no volvía, así que le dije a un hombre que iba a entrar (y que no era de la empresa, no sé quién era): «Perdone, si ve a un anciano, podría decirle…». Bueno, no voy a aburriros con todos los detalles, pero cuando he llegado a casa solo tenía dos minutos para llegar al restaurante, así que he tenido que cambiarme en un periquete, y por eso voy vestida así. Es decir, ya sé que no debería llevar…

–Eunice, te presento a mi amigo Bundy Braithwaite –la interrumpió Liam–. Eunice Dunstead.

–¿Cómo estás? –dijo Bundy, que seguía medio levantado.

A Liam le pareció que su expresión denotaba susto.

–Normalmente no habría combinado esta blusa con esta falda –dijo Eunice.

–¿No vas a sentarte? –dijo Liam.

–Mi madre siempre me dice –continuó Eunice sentándose al lado de Liam–: «Eunice, la parte de arriba no puede ser nunca más oscura que la parte de abajo. Es de mafioso». Y ya me veis…

–Sí puede, si ambas partes comparten un poco de color –la corrigió Bundy.

Eunice se quedó callada.

–La falda tiene garabatos negros –explicó Bundy.

–Ah.

–Caso cerrado.

Daba la impresión de que Bundy la encontraba graciosa, y a Liam eso no le importó lo más mínimo. Eunice era graciosa; era encantadoramente graciosa, y en ese momento estaba posando su suave brazo desnudo sobre el de Liam.

–¿Pedimos una botella de vino? –propuso Liam.

De repente sentía la necesidad de celebrarlo.

Pero resultó que a Bundy no le apetecía beber vino. Quería un licor más fuerte.

–Acaban de darme la patada –le confesó a Eunice cuando cada uno hubo pedido su bebida–. No sé si Liam te lo habrá contado.

–Sí, mencionó algo de eso.

–El vino no me ayudaría. Mi novia me ha abandonado. Dice que no confío en ella.

Liam no había oído esa parte. Dijo:

–Hace un momento has admitido que no confías en ella.

–Me parece que estos pendientes son un poco exagerados –comentó Eunice.

Liam los examinó y dijo:

–Son muy bonitos.

–Si quieres, puedo quitármelos.

–Son muy bonitos, de verdad.

–¿Me escuchas o no? –le preguntó Bundy a Eunice–. Te estoy diciendo que me han destrozado el corazón.

–Ah, perdona –dijo Eunice.

Se enderezó en el asiento, cruzó los brazos y miró a Bundy, obediente como una colegiala.

–Ayer, cuando llegué del gimnasio –empezó Bundy de nuevo–, oí a Naomi hablando por teléfono con su amante. Estoy convencido de que era su amante. Lo supe inmediatamente, ¿me explico? Por su tono de voz. Pero cuando le hice un comentario al respecto, ella dijo que no, que era su peluquero. Vale. Luego me dijo que bueno, que vale, que me había dicho que era su peluquero porque sabía que yo me pondría celoso si me decía que era otra persona. Me dijo que en realidad era un compañero de trabajo. Solo hablaban de cosas del trabajo. Le dije: «Sí, ya». Y ella dijo: «¿Lo ves? ¡No confías en mí! ¡No me crees! Nunca hablas conmigo; te pasas el día sentado delante del televisor mirando tus estúpidos programas de deportes, y luego, cuando yo conozco un hombre con el que puedo mantener una conversación como Dios manda, te molestas».

–Quizá estés mejor sin ella –le dijo Eunice.

–¿Cómo dices?

–¿Por qué le das tanta importancia? Tú quieres mirar la televisión; ella quiere hacer otras cosas. ¡Pues deja que las haga! ¡Deja que se largue con su peluquero!

–No es su peluquero.

–¡Deja que se largue con quien sea! Quizá lleve tiempo pensando: «¿Por qué estamos juntos? ¿Acaso no merezco algo mejor que esto? ¿Alguien que me comprenda?». Y, entre tanto, tú podrías estar con una mujer a la que le guste mirar los programas de deportes de la televisión.

–Mmm… –dijo Bundy, y se balanceó en la silla.

Liam trató de decidir si eso podía aplicársele también a él. ¿Debería, por ejemplo, comprarse un televisor?

–Pero no quiero meterme donde no me llaman –dijo Eunice.

–No, no… –dijo Bundy. Y añadió–: Mmm…

Llegó la camarera con las bebidas. Le puso un whisky delante a Bundy, y él lo cogió de inmediato, pero esperó hasta que les hubieron servido el vino a Liam y a Eunice antes de alzar el vaso hacia ellos.

–¡Salud! –brindó. Y agregó–: Bueno, Eunice. Cuéntanos cómo conociste a nuestro amigo.

–Bueno –dijo Eunice. Por su solemne tono de voz, y por la importancia con que se acomodó en el asiento, era evidente que se disponía a embarcarse en una narración seria–. Un día, hará cosa de un mes –dijo–, iba andando por la calle con mi jefe, Ishmael Cope. De Proyectos Inmobiliarios Cope, ¿sabes? Tomo notas para él en las reuniones y esas cosas. Íbamos por la calle cuando de pronto aparece Liam como caído del cielo y se para a saludar al señor Cope.

–¿Liam conoce a Ishmael Cope? –preguntó Bundy.

–Solo de vista –aclaró Liam.

–Se conocieron en un baile benéfico para la diabetes –añadió Eunice.

–¿Liam asistió a un baile benéfico?

–Sí, y entonces... Espera, deja que te lo cuente. Liam se para a hablar con él, pero el señor Cope es un poco... despistado; pero Liam fue tan considerado con él, tan cariñoso, tan diplomático y tan considerado...

–¿Liam? –se extrañó Bundy–. ¿Seguro que estás hablando del Liam que yo conozco?

A Liam estaban empezando a molestarle los comentarios de Bundy, y quizá a Eunice también, porque dijo, con mucha firmeza:

–Sí, Liam. Veo que no lo conoces muy bien. Liam es una persona muy... atenta, muy especial. No se parece a ningún hombre que yo haya conocido. Tiene algo diferente.

–En eso estoy de acuerdo contigo –concedió Bundy.

Liam habría preferido que no pareciese que Bundy estuviera disfrutando tanto con la conversación. Pero Eunice le sonrió, y se le marcó un hoyuelo en la mejilla, como si alguien le hubiera hincado suavemente un dedo índice.

–Fue amor a primera vista –dijo Eunice. Entonces se volvió hacia Liam–. Al menos para mí.

–Para mí también –confesó Liam. Y se dio cuenta de que era verdad.

Mientras se tomaban las copas, la sopa y los platos principales (bistecs para Eunice y para Bundy; lubina para Liam), Liam permaneció callado casi todo el rato, escuchando a los otros dos y deleitándose en secreto con el calor del muslo de Eunice pegado contra el suyo. Bundy volvió a hablar de su ruptura; Eunice emitió los murmullos de rigor. Chasqueó la lengua y sacudió la cabeza, y uno de sus pendientes con forma de árbol de Navidad se le cayó y aterrizó en su plato produciendo un tintineo.

No es que Liam no le viera los defectos a Eunice. Veía a la misma mujer que debía de ver Bundy: rellenita, con el cabello crespo y con gafas, vestida con poco gusto, adornada con joyas raras, demasiado joven para él y demasiado seria. Pero todas esas cualidades las encontraba adorables. Y sentía lástima por el pobre Bundy, que tendría que volver solo a su casa.

Aunque al final él también volvió solo a su casa esa noche. (Eunice había prometido volver a casa de sus padres a tiempo para ayudar a acostarse a su padre.) Aun así, Liam salió del restaurante sintiéndose increíblemente afortunado.

Cuando cruzaba la calle hacia su coche, estuvo a punto de atropellarlo un conductor imbécil que giró sin parar, y su reacción –los latidos de su corazón, el sudor frío y la oleada de rabia– le hizo percatarse de que últimamente no quería morir, y de lo mucho que valoraba su vida.

Y entonces fue a la tienda de comestibles Eddie's.

Fue a la tienda Eddie's de Charles Street un lunes por la tarde. Necesitaba leche. Solo compró leche, y pensó que pasaría por la cola de la caja en cuestión de minutos. Solo que, mira por dónde, la mujer que iba delante de él tuvo problemas con su cuenta. Quería utilizar su cuenta de cliente, pero no recordaba el número. «No debería tener que recordar mi número», dijo la mujer. Tenía la voz áspera de los fumadores de toda la vida, y su cuidado cabello, teñido de rubio, y su falda acampanada, muy juvenil, la identificaban como miembro del Club de Campo. (Liam tenía prejuicios contra los clubs de campo.) La mujer dijo: «En la tienda de Roland Park nunca me piden el número».

–Pues no lo entiendo –replico la cajera–. En las dos tiendas necesitamos el número para acceder a su cuenta.

–Bueno –repuso la clienta–, quizá sí me lo pidan, pero yo les contesto: «Búsquelo. Ya sabe mi nombre: señora de Samuel Dunstead».

Liam permaneció con la vista clavada en el cartón de leche mientras llamaban al encargado, consultaban el ordenador y por fin introducían el número de cuenta. Vio cómo la mujer firmaba el recibo, y entonces carraspeó y dijo:

–¿Señora Dunstead?

Ella se estaba poniendo las gafas de sol, que llevaba sujetas en la coronilla. Se volvió para mirarlo, con las gafas a la altura de la frente, a medio camino.

–Soy Liam Pennywell –se presentó.

La mujer se puso las gafas en la nariz y siguió mirando a Liam; o al menos, eso supuso Liam. (Los cristales eran demasiado oscuros y no estaba seguro.)

–El que está saliendo con su hija –añadió.

–Saliendo... ¿con Eunice?

–Así es. He oído su nombre por casualidad y he pensado que...

–Saliendo... ¿de salir?

–Sí, saliendo de salir –confirmó él.

–Imposible –replicó ella–. Eunice está casada.

–¿Cómo?

–No sé qué se propone, caballero –dijo la mujer–, pero mi hija es una mujer felizmente casada desde hace ya bastante tiempo.

Dicho eso, se dio la vuelta, agarró la bolsa de la compra y se marchó muy indignada.

La cajera dirigió la mirada hacia Liam como si estuviera mirando un partido de tenis, pero Liam se quedó mirándola con fijeza, hasta que al final la cajera le quitó el cartón de leche de las manos y lo pasó por el escáner sin decir palabra.

9

Se le ocurrían varias posibilidades.

En primer lugar, podía tratarse de otra señora Dunstead. (Pero ¿de otra señora de Samuel Dunstead? ¿Con una hija llamada Eunice?)

Quizá la mujer tuviera Alzheimer. Un tipo raro de Alzheimer, inverso, donde en lugar de olvidar lo que había pasado, recordaba lo que no había pasado.

O quizá estuviera sencillamente loca. La preocupación por el hecho de que su hija no hubiera encontrado marido la ponía frenética, y tenía alucinaciones en las que veía al marido y quizá incluso, quién sabe, también una casa llena de críos.

O quizá Eunice estuviera casada.

Volvió al apartamento, metió la leche en la nevera, dobló con esmero la bolsa de la tienda y la guardó en el armario. Luego se sentó en la mecedora con las manos ahuecadas sobre las rodillas. La llamaría por teléfono. Pero todavía no.

Pensó en todas las pistas que no lo habían alertado: el hecho de que solo pudiera comunicarse con ella por teléfono móvil, nunca por el teléfono fijo. El hecho de que él siempre tuviera que dejarle un mensaje para que lo llamara, y de que solo ella, por lo tanto, determinara cuándo podían hablar. Pensó en que Eunice prefería verlo en su apartamento o en algún sitio apartado donde estuviera segura de que no iba a encontrarse a ningún conocido. En que siempre encontraba un sinfín de razones para poner fin a sus veladas temprano. En que nunca podía verla los fines de semana. En que no le había presentado a sus padres ni a ninguna amiga suya.

Si lo hubiera leído en una columna de Amy Dickinson, la consejera sentimental, habría pensado que la persona que lo había escrito era imbécil.

Pero ¿y esa cara cándida y sin malicia? ¿Y esa naturalidad, esos grandes ojos grises, ampliados por sus enormes gafas? No solo parecía inocente, sino sin ninguna experiencia, absolutamente intacta. Se notaba, con solo mirarla, que no había tenido hijos. Y las hijas de Liam, que aseguraban poder adivinar si una persona estaba casada o no, ¿habían mencionado algo después de conocer a Eunice? No.

Pero entonces recordó que Eunice nunca quería ir al cine con él. Siempre encontraba alguna excusa: la película era demasiado violenta, o demasiado deprimente, o demasiado extranjera. Y las pocas veces que habían ido, no se habían cogido las manos. Es más, Eunice evitaba las muestras de cariño en cualquier lugar público. En privado se mostraba adorable y confiada, pero en público se apartaba con sutileza de Liam si él le ponía un brazo sobre los hombros.

Liam pensó que no había querido enterarse.

Sonó el teléfono de la cocina, y Liam se levantó y fue a ver quién era. DUNSTEAD Eunice L. Al principio pensó no contestar. Luego descolgó el auricular y dijo:

–Hola.

–¿Me odias? –preguntó ella.

Le dio un vuelco el corazón.

–Así que es verdad –dijo Liam.

–¡Puedo explicártelo, Liam! ¡Puedo explicártelo! Pensaba explicártelo, pero nunca encontraba... Acaba de llamarme mi madre y me ha dejado un mensaje. Debe de estar consternada. Me ha dicho: «Eunice, un tipo muy raro me ha abordado en la tienda; me ha dicho que sale contigo». Me ha dicho: «No es verdad, ¿no? ¿Cómo ibas a estar saliendo con alguien?». No sé qué voy a decirle. ¿Podemos vernos y hablar?

–¿De qué quieres hablar? –preguntó él–. O estás casada o no lo estás.

Liam se percató de que, aunque todo apuntara lo contrario, estaba esperando que ella le dijera que no estaba casada. Al fin y al cabo, todavía no había afirmado estarlo. Liam todavía abrigaba una pizca de esperanza. Pero Eunice le preguntó:

–¿Vas a estar un rato en casa?

–¿No tienes que ir a trabajar?

–¡No me importa el trabajo! –replicó ella–. Estaré ahí dentro de veinte minutos.

Liam colgó, volvió a su mecedora y se sentó. Volvió a apoyar las manos sobre las rodillas. Pensó: ¿Para qué me voy a levantar mañana, si ya no tengo a Eunice?

Qué poco tardabas en acostumbrarte a estar con alguien.

Eunice le aseguró que llevaba semanas planeando decírselo. Desde que se conocieron, prácticamente. Pero no había encontrado el momento adecuado. Nunca se había propuesto engañarlo. Dijo todo esto cuando todavía estaba fuera, en el vestíbulo. Liam le abrió la puerta y ella se le echó al cuello, con la cara surcada de lágrimas, los húmedos rizos pegados a las mejillas, gimiendo:

–¡Lo siento mucho, lo siento, lo siento! ¡Por favor, dime que no me odias!

Liam se zafó de ella con cierta dificultad y la llevó hasta una de las butacas. Eunice se dejó caer en ella, se tapó la cara con ambas manos y empezó a mecerse adelante y atrás, sollozando. Tras permanecer un rato de pie a su lado, callado, Liam fue a sentarse en la otra butaca. Examinó un momento lo único que veía de Eunice –sus ahuecadas manos– y entonces se le ocurrió preguntarle:

–¿Por qué no llevas alianza?

Ella se enderezó y se frotó la nariz con el dorso de la muñeca.

–Tengo eccema –dijo con voz ahogada.

–Ah.

–Y además tengo los dedos gordos. No me quedan bien los anillos.

Liam se arregló la raya de una pernera del pantalón. Dijo:

–Así que tu matrimonio está... en curso. Vigente, quiero decir.

Ella asintió.

–Y ¿tenéis hijos?

–¡No! –saltó Eunice, consternada–. Ninguno de los dos queríamos tener hijos.

Liam supuso que eso era cierto consuelo.

–Además, no nos llevamos muy bien –añadió Eunice al cabo de un momento–. Te lo juro, Liam. No estás destrozando ninguna pareja perfecta.

Liam contuvo el impulso de hacer algún comentario hiriente. («¿Qué más me vas a decir? "Mi marido no me comprende".»)

–No nos llevamos bien desde el principio, ahora que lo pienso –dijo Eunice–. En realidad, fue casi una boda concertada. Su madre y la mía jugaban al tenis juntas, y supongo que un día se pusieron a hablar y decidieron emparejar a sus respectivos hijos, ambos fracasados.

Eunice le lanzó una mirada a Liam, quizá con la esperanza de que él la interrumpiera y le dijera, como solía hacer, que ella no era ninguna fracasada. Pero Liam no dijo nada, y Eunice volvió a bajar la vista. Se retorcía el bajo de la falda como si fuera un paño de cocina.

–Al menos a ellas les parecíamos unos fracasados –dijo–. Yo tenía treinta y dos años, todavía no me había casado y nunca había tenido un empleo relacionado con lo que había estudiado. Vendía ropa en la boutique de una amiga de mi madre, pero estaba convencida de que no tardarían en despedirme.

Liam se preguntó qué habría hecho Eunice sin la red de amigas de su madre.

–Él tenía treinta y cuatro, tampoco se había casado y toda su vida giraba alrededor de su trabajo. Trabajaba en un laboratorio de Hopkins; todavía trabaja allí. También había estudiado biología. Supongo que nuestras madres pensaban que eso significaba que teníamos algo en común, aparte de ser unos fracasados.

Le lanzó otra mirada a Liam, pero él siguió sin intervenir.

–Supe desde el primer día que aquello era un error –continuó Eunice–. En el fondo lo sabía. Es imposible que no me diera cuenta. A él lo veía como un parche. Alguien con quien me conformaba. Quizá por eso no me cambié el apellido cuando nos casamos. Después de la boda, él me dijo: «Ahora ya eres la señora Simmons». Y yo le dije: «¿Qué? ¡Yo no soy la señora Simmons!». Además, fíjate: Eunice Simmons. Las dos palabras juntas producían un siseo muy incómodo.

Liam vio que empezaban a desviarse del tema. Dijo:

–Eunice, me dijiste que solo habías tenido tres novios en toda tu vida.

–¿Y? ¡Es la verdad! ¡Te lo prometo!

–No mencionaste a ningún marido.

–Sí, ya lo sé –admitió ella–. Pero cuando tú y yo nos conocimos, no había ninguna razón para hablarte de mi marido. Estábamos hablando de una solicitud de empleo. Y tú eras tan... tan simpático conmigo, te interesabas tanto por mi trabajo y me hacías tantas preguntas... Mi marido no se interesa en absoluto por mi trabajo. Nunca me pregunta nada. Si quieres que te diga la verdad, mi marido es una persona muy negativa.

Cada vez que Eunice decía «mi marido», era como si Liam recibiera un golpe físico. Hasta hacía una mueca de dolor.

–Tiene una actitud inútil que me arrastra a mí a su mismo nivel –dijo Eunice. Volvió a frotarse la nariz; luego abrió su bolso y empezó a rebuscar en su interior hasta que sacó un pañuelo de papel–. Es muy pesimista, muy meditabundo. No es bueno para mi salud mental. Ahora lo veo. Y cuando apareciste tú... Bueno, creo que yo estaba buscando a alguien y que ni siquiera lo sabía. ¿Verdad que es asombroso cómo funcionan estas cosas?

Liam prefirió no hacer ningún comentario.

Eunice se levantó un poco las gafas y se enjugó los párpados con el pañuelo. Tenía las gafas tan empañadas que Liam no entendía cómo podía ver algo con ellas.

(En otras circunstancias, eso le habría hecho sonreír. En ese momento, le produjo dolor en el pecho.)

–De acuerdo: por un desafortunado descuido, no me comentaste que estabas casada. Pero ¿y todo lo que sí me explicaste? ¿Es verdad que vives en casa de tus padres?

–No.

–¡No! Entonces, ¿dónde vives?

Eunice dobló el pañuelo formando con él un cuadrado.

–En un apartamento en Saint Paul Arms –contestó.

–En un apartamento con tu marido.

–Sí.

–De modo que todas las noches, después de dejarme a mí, volvías a casa con tu marido.

Eunice miró a Liam a los ojos.

–Pero él casi nunca está en casa –adujo–. Muchas veces pasa toda la noche en el laboratorio. Te prometo que apenas nos vemos.

–Y, sin embargo, me contaste toda esa larga historia de que te habías ido a vivir a casa de tus padres. Te la inventaste. ¡Y yo te creí! ¿Tampoco es verdad que tu padre tuvo una apoplejía?

–¡Claro que tuvo una apoplejía! ¿Me crees capaz de inventarme una cosa así?

–No tengo ni idea, la verdad –respondió él.

–Tuvo un ataque muy grave, y todavía se está recuperando. Pero no vivo en casa de mis padres; solo voy allí a ayudar.

–Y cuando vienes a mi casa, le dices a tu marido que estás con tus padres.

–Sí.

–Y a tus padres les dices que estás con tu marido.

Ella asintió.

–Es como aquella película del bígamo –comentó Liam–. ¿No era Alec Guinness quien interpretaba a un bígamo?

–No sé de qué me hablas –repuso ella. Entonces arrugó las cejas: se le había ocurrido otra cosa–. Podría decirle a mi madre que eres un compañero del trabajo con el que un día fui a tomar café, y que, no sé cómo, te has formado una idea equivocada.

Liam hizo como si no lo hubiera oído y dijo:

–¿Qué me dices del pasado sábado, cuando tuviste esas jornadas de todo un día con Proyectos Inmobiliarios Cope? ¿Es verdad que había unas jornadas?

–¡Sí, había unas jornadas! ¡Organizan tres al año! ¿Por qué iba a decirte que las hacen si no fuera verdad?

–¿Y las dificultades para el habla? ¿Lo de la logopeda que cecea? ¿Era solo una mentira endemoniadamente creativa para que no conociera a tus padres?

–¡No, no era mentira! –replicó ella, indignada–. Hay una logopeda. Y cecea. ¡No soy tan... retorcida, Liam!

–No eres retorcida –repitió Liam despacio.

–No en el sentido que tú crees. No me invento historias por el puro placer de inventármelas. Lo que pasa es que me atrajiste mucho, desde el principio, y me preguntaba cómo sería empezar de nuevo con la persona adecuada, hacerlo bien esta vez; pero sabía que tú no me harías ni caso si te enterabas de que estaba casada. Lo dijiste, desde el principio. Me dijiste que no me habrías hecho caso. Dijiste que no creías en el divorcio.

–Ah, ¿sí?

–Dijiste que pensabas que el matrimonio debía ser permanente. Dijiste que el divorcio era pecado.

De pronto, el culpable era Liam, en cierta manera. Razonó:

–¿Cómo quieres que yo dijera eso? Estoy divorciado.

–Bueno, yo solo repito lo que me dijiste. ¿Qué querías que hiciera, que te anunciara que estaba casada?

–Pues sí.

–¿Y perder mi última oportunidad de ser feliz?

Liam se apretó las sienes con los dedos y dijo:

–Es imposible que te dijera que el divorcio es pecado, Eunice. Debiste de interpretarme mal. Pero es verdad que me tomo en serio el matrimonio. Aunque los míos no funcionaran, siempre traté de comportarme... con integridad. ¡Y ahora me entero de que he estado saliendo con la mujer de otro hombre! ¿Te imaginas cómo me siento? Eso fue lo que me pasó a mí cuando era pequeño: llegó una desconocida y destrozó el matrimonio de mis padres. ¿Cómo iba a poder justificarme si hiciera lo mismo?

–¡Justificarte! –dijo Eunice–. ¡Cuántos principios elevados! ¡Pero solo tienes una vida, Liam! ¿No crees que mereces pasarla con la persona que amas?

Sonó el teléfono móvil de Eunice: el «Coro del Aleluya», ligeramente amortiguado por el bolso. Eunice no le hizo caso. Miraba a Liam con ojos suplicantes, sentada en el borde de la butaca y aferrada a su pañuelo de papel.

–Será mejor que contestes esa llamada –dijo Liam.

–Es el señor Cope –dijo ella.

–Pues contesta, Eunice. No querrás perder tu empleo.

Eunice metió una mano en el bolso, pero sin dejar de mirar a Liam. Sin duda lo consideraba insensible por pensar en su empleo en un momento así. Pero Liam no estaba pensando en el empleo de Eunice. Solo estaba aprovechando la oportunidad para interrumpir la conversación.

Porque ¿cómo podía discutir con ella? Liam solo tenía una vida. ¿No merecía pasarla con la persona que amaba?

No acompañó a Eunice a su coche. Fue con ella hasta la puerta, pero cuando ella le acercó la cara para besarlo, él se apartó.

–¿Quieres que venga esta noche, Liam? –preguntó ella.

–Me parece que no –contestó él.

Ese rechazo le produjo una perversa satisfacción. Observó, interesado, que una parte de él odiaba a Eunice. Pero solo una parte, así que cuando ella preguntó:

–¿No me dejarás venir nunca más? ¿No volveremos a vernos?–, él respondió:

–Necesito tiempo para pensar, Eunice.

Y la odió aún más cuando vio la expresión de alivio que se reflejó en la cara de Eunice. De pronto le entraron ganas de decirle que ya había pensado y que habían terminado. Si dos personas no podían confiar la una en la otra, ¿qué sentido tenía estar juntas?

Sin embargo, se controló, y cerró la puerta con suavidad en lugar de dar un portazo.

Liam estaba familiarizado con esos arrebatos de odio. (Al fin y al cabo, había estado casado dos veces.) Sabía que era mejor no dejarse llevar por ellos.

Pero después, cuando volvió a sentarse en su butaca, lo invadió una rabia intensa y amarga. Empezó rememorando aquel diálogo con la señora Dunstead, tan humillante, tan tierra trágame. ¡Lo que debía de haber pensado esa mujer! Repasó las mentiras de Eunice y se sintió aún más humillado por ellas, porque no podía creer que se hubiera obstinado tanto tiempo en no ver lo que pasaba. Y reflexionó sobre el hecho de que, en cierto modo, verdaderamente Eunice era, como ella misma decía, una fracasada. Era una fracasada en muchos sentidos. Era ingenua y cándida, no podía conservar un empleo ni que la mataran, y además, ¿quién podía tener problemas para encontrar trabajo de biólogo, por el amor de Dios? Llevaba unas sandalias que parecían piraguas. Era propensa a ruborizarse y a los sarpullidos. Solo un hombre mayor, sin amigos y sin suficientes distracciones se habría engañado a sí mismo para enamorarse de ella.

¿Tan desesperado estaba?

Y lo peor de todo: Liam había invadido un matrimonio. Igual que Esther Jo Baddingley, conocida como «la Otra», la mujer que había destrozado su familia.

Seguramente, la iglesia de Louise consideraría que Liam no se diferenciaba en nada de Esther Jo: que un pecado era un pecado, aunque fuera involuntario. Pero Liam, por supuesto, no se lo tragaba. En ese aspecto no se sentía culpable.

O casi no se sentía culpable.

O no debería haberse sentido culpable.

Se sujetó la cabeza con ambas manos.

Kitty llegó del trabajo con una bolsa de papel llena de tomates. Dijo que uno de los dentistas del consultorio vivía en Greenspring Valley y que todos los tomates de su huerto habían madurado al mismo tiempo.

–¿Por qué no preparamos algún plato de pasta para cenar? –le preguntó a su padre–. Comida italiana. Y podríamos invitar a Damian.

–Claro –dijo Liam sin moverse.

Todas las veces que Eunice se había separado de él al entrar Kitty en la habitación, no lo hacía por Kitty. Eunice pensaba en ella misma. En su reputación. No quería testigos.

–¡Hola! –dijo Kitty.

Y luego:

–¿Qué haces ahí sentado?

–Nada.

–¿Te encuentras bien?

–Sí.

Liam se levantó y fue a la cocina; Kitty lo siguió con la bolsa de los tomates.

–Veamos –dijo él, y abrió un armario–. Fideos al huevo, pero solo queda un puñado. Pasta de cabello de ángel, otro puñado. Bueno, quizá podríamos mezclarlos. Lo que sí tengo es orégano. Pero no hay ajos. Me parece que necesitamos ajos si queremos preparar algún plato italiano.

–Le diré a Damian que traiga unos cuantos de casa de su madre –propuso Kitty.

–Vale.

Liam se agachó para coger una olla de un armario. La olla pesaba muchísimo. Tenía la impresión de que se movía por el barro. Sus brazos y sus piernas pesaban una tonelada.

Kitty empezó a poner los tomates en la encimera.

–Hay algunos que están muy pasados –comentó.

—¡Para preparar salsa son los mejores! ¡Más fáciles de triturar!

Su voz tenía un falso tono alegre, pero Kitty no lo notó.

Kitty fue a cambiarse de ropa y, en cuanto se fue, sonó el teléfono de la cocina. DUNSTEAD Eunice L. Liam se puso a buscar el aceite de oliva. El teléfono siguió sonando.

—¿No vas a contestar? —preguntó Kitty desde el despacho.

—No.

Liam temió que su hija fuera y contestara ella misma, pero entonces la oyó hablar con Damian por el teléfono móvil. Siempre sabía cuándo Kitty hablaba con Damian porque hablaba en voz tan baja que solo se oía un zumbido.

El teléfono de la cocina dejó de sonar a medio timbrazo, y dio un último pitido quebrado que a Liam le pareció patético.

Se preguntó si Eunice le prepararía la cena a su marido. Parecía lógico que tuviera que hacerlo, al menos si el marido salía alguna vez de su laboratorio; y sin embargo Liam no se lo imaginaba. Tampoco se imaginaba a Eunice haciendo la compra, ni pasando la aspiradora, ni planchando. Cuando lo intentaba, el marido siempre se materializaba en el fondo. Era una figura imprecisa con una camiseta sin mangas, musculoso y huraño, del estilo de Marlon Brando en *Un tranvía llamado deseo*.

Eunice había calificado a su marido de negativo. ¿Qué había querido decir con eso? Liam no podía parar de analizar sintácticamente cada palabra de la conversación que habían mantenido esa tarde. Con aquel «No es bueno para mi salud mental» se había puesto en evidencia: era una de esas frases New Age que solo pronunciaría una persona joven y egocéntrica. Nada, nada; Liam estaba mucho mejor sin ella.

O no.

Si él hubiera sabido desde buen principio que Eunice estaba casada, no se encontraría en ese apuro. Habría sido muy fácil anular sus sentimientos antes de que surgieran; lo hacía continuamente, todo el mundo lo hacía, sin pensarlo siquiera.

(Se acordó de Janice Elmer, de Saint Dyfrig, cuyo marido era miembro de la Guardia Nacional y pasaba temporadas fuera de casa. Un día, Janice le preguntó a Liam si le gustaba la comida china, y él contestó: «No me gusta ninguna comida». Fue una reacción tan empática que Liam comprendió que se trataba de una defensa instintiva contra la posibilidad, seguramente imaginaria, de una invitación comprometedora.)

Sin embargo, ya era demasiado tarde para que anulara sus sentimientos por Eunice. Ya estaba muy acostumbrado a ella.

Liam puso los tomates a hacerse a fuego lento en la olla, y guardó la bolsa vacía en su bolsa llena de periódicos, que a continuación llevó al contenedor de reciclaje. Se estaba poniendo el sol, y fuera se estaba más fresco que dentro; una suave brisa agitaba las copas de los pinos. Vio a alguien delante de él que llevaba una caja de cartón vacía, un tipo corpulento con camisa hawaiana.

–¡Hola! –lo saludó el hombre, y se detuvo para dejar que Liam lo alcanzara.

–Hola –dijo Liam.

–¿Cómo va todo?

–Bien.

–No se acuerda de mí, ¿verdad? Bob Hunstler. Fuimos los que llamamos a emergencias.

–¡Ah, discúlpeme! –dijo Liam.

Se puso la bolsa a un lado y se estrecharon la mano.

–Supongo que ya habrá visto que han atrapado a ese tipo –dijo el señor Hunstler.

–Ah, ¿sí?

–Salía en el periódico del sábado pasado. ¿No lo vio? Es un chico de esta urbanización.

–¿De esta urbanización? –se extrañó Liam. Miró alrededor.

–Bueno, no vive aquí. Pero su madre sí. La señora Twill, del edificio D. ¿La conoce? Nosotros sí la conocemos, al menos de vista. Parece educada. Ella no tiene la culpa de que su hijo sea un vago, ¿no?

–No, supongo que no –concedió Liam.

–Lo pillaron en el edificio B cuando intentaba llevarse un equipo de música. Por lo visto, cada vez que venía a visitar a su madre se colaba en algún apartamento, antes de marcharse, y robaba algo.

–Vaya –dijo Liam–. La policía no me ha dicho nada.

–Bueno, quizá como el tipo del edificio B lo agarró con las manos en la masa, no consideran necesario hacer declarar a nadie más.

El señor Hunstler siguió caminando, balanceando la caja de cartón junto al cuerpo, pero Liam redujo el paso y se detuvo.

–Ha sido un placer saludarlo –le dijo a su vecino.

–Ah, pero ¿no iba al contenedor?

–Quiero ver si todavía tengo el periódico del sábado.

El señor Hunstler le dijo adiós con la mano y siguió caminando.

Ya en el apartamento, Liam vació la bolsa de los periódicos encima de una butaca. Sábado cinco de agosto. Ajá. Encontró la lista de noticias de la policía en la sección de Maryland. «Detenido el autor de los robos de Baltimore County»; tenía que ser eso. Un párrafo de apenas cinco líneas, sin fotografía.

> Se espera que la detención de Lamont Edward Twill, de 24 años, ponga fin a una reciente racha de robos en Baltimore County. El señor Twill fue reducido por un vecino en la urbanización Windy Pines, donde lo había visto cargando material electrónico robado en su furgoneta.
>
> Tras el registro de su vivienda de Lutherville, la policía encontró numerosos artículos desaparecidos de varias viviendas de las zonas de Towson y Timonium en los últimos meses.

–Los tomates se están reventando –dijo Kitty al entrar en la habitación.

–Pues baja el fuego.

–¿Qué son tantos periódicos?

Liam le mostró la sección de Maryland.

–Mi ladrón –dijo.

–¿En serio?

Kitty cogió el periódico y leyó donde él señalaba.

–No dice gran cosa –observó. Le devolvió el periódico a su padre y fue hacia la cocina–. Creía que ibas a esperar a que Damian trajera los ajos –dijo un momento después.

–Los añadiré cuando los traiga.

–Si los añades después no servirá de mucho.

Liam no se molestó en contestar. Estaba leyendo la noticia otra vez. Le habría gustado que hubieran incluido una fotografía. Quizá algún detalle insignificante habría hecho saltar la chispa en su cerebro. Vería un bigote, por ejemplo, o una mancha de nacimiento, o una cicatriz, y pensaría: ¡Espera! ¿No he visto eso en algún sitio?

El esfuerzo, al que ya estaba tan habituado, por recordar algo que no estaba almacenado en su memoria le hizo pensar otra vez en Eunice; en la Eunice original, la Eunice con quien él había fantaseado cuando había imaginado que ella podría rescatarlo.

Y la verdad era que Eunice lo había rescatado.

Dobló el periódico y lo dejó encima de los otros.

Resultó que mezclar los fideos al huevo y el cabello de ángel no era muy buena idea. O, al menos, debería haberlos hervido en ollas separadas. Los fideos no se habían cocido del todo y estaban duros por dentro, mientras que el cabello de ángel estaba pasado. Liam y Kitty se los comieron como si tal cosa, pero Liam se fijó en que Damian separaba con el tenedor el cabello de ángel, uno a uno, y dejaba los fideos. Aunque Liam tenía la costumbre de no disculparse por cómo cocinaba, esa vez dijo:

–Quizá deberíamos haber hervido los fideos un poco más.

–¡No, qué va! ¡Están buenísimos! –dijo Damian.

Liam se enterneció. Y Kitty también, evidentemente, porque estiró un brazo y le dio una cariñosa palmadita en la muñeca a Damian.

Liam desvió la mirada.

Damian mostró mucho interés por la noticia de la detención. Opinaba que Liam debería ir a ver los objetos robados.

–Quizá encuentres algo que ni siquiera has echado de menos –dijo.

–En ese caso, ¿para qué molestarme en recuperarlo? –replicó Liam.

–Porque dentro de seis meses quizá de pronto pienses: Oye, ¿yo no tenía un… lo que sea? Y entonces te arrepentirás de no haber ido a comprobarlo cuando podías.

–Bueno, no creas que esas cosas están expuestas al público –dijo Liam.

Le habría encantado que Xanthe pudiera oír su conversación. ¡Estaba tan convencida de que el ladrón era Damian! Liam recordó que su hija se había marchado precipitadamente, muy enfurruñada, cuando vio que Damian estaba de visita en el apartamento. De hecho, no había vuelto desde entonces. Pero allí estaba Damian, sin saber que a alguien pudiera ocurrírsele sospechar de él. Luego le propuso a Liam que fuera a la rueda de identificación.

–¿Rueda de identificación? ¿Qué rueda de identificación? –preguntó Liam–. ¿Para qué iban a preparar una rueda de identificación? Ves demasiada televisión.

–Como mínimo deberían ofrecerte la posibilidad de conocer a ese tipo. ¿No quieres ver quién era? ¿No quieres, no sé, hablar con él cara a cara?

–Uf, a mí no se me da muy bien eso de hablar cara a cara –dijo Liam–. Lo haría, quizá, si pensara que así recuperaría la memoria…

Se interrumpió, porque sabía que todos pensaban que le daba demasiada importancia al asunto de la memoria. Dijo:

–Pero conocerlo solo para ver quién es… Bueno, ¿qué sentido tiene eso? Él no me escogió a mí por ningún motivo concreto. Fue más bien como esos accidentes que salen en el periódico: se derrumba un puente y un hombre que pasaba por debajo con su coche muere en el acto. Él iba por su carril, respetaba los semáforos, miraba por el espejo retrovisor, no superaba el límite de velocidad... Y aun así, murió. Son cosas que pasan.

–Ese tipo no te golpeó en la cabeza por casualidad –objetó Damian.

–En realidad, sí, porque yo estaba aquí por casualidad. No tiene sentido ir a preguntarle por qué lo hizo.

Damian arrugó la frente, desconcertado. Quizá habría seguido discutiendo, pero entonces sonó el teléfono de la cocina. Liam permaneció sentado. Kitty dijo:

–¿Quieres que conteste yo?

–No importa –dijo Liam.

–No pasa nada, ya he terminado. –Se levantó y fue a levantar el auricular–. ¿Diga? –dijo–. Hola. Sí, claro. Un segundo. Es Eunice, papá.

–Estoy comiendo –le dijo Liam.

Y, para demostrarlo, cogió la salsa de tomate y se sirvió una cucharada en el plato, vacío.

Tras una pausa, Kitty dijo:

–¿Eunice? ¿Te importa que te llame él más tarde? Vale. Adiós.

Kitty volvió a la mesa y se sentó. Ni ella ni Damian dijeron nada.

–Creo que tenías razón con lo del ajo –dijo Liam–. Debí añadirlo al principio. Casi ni lo noto.

Cogió el queso parmesano y lo esparció por encima de la salsa. De pronto recordó unos espaguetis que había cenado con Eunice la semana anterior, en una cafetería lúgubre del centro comercial de enfrente. La camarera había empezado por presentarse: «Hola –había dicho–. Me llamo Debbie, y soy vuestra camarera». Esa era una costumbre que sacaba a Liam de sus casillas, pero a Eunice pareció encantarle. Durante toda la cena, muy contenta, había llamado a la camarera por su nombre. «¿Puedes traernos un poco más de pan, Debbie?» y «Estaba delicioso, Debbie». En ese momento, Liam se molestó un poco con ella. Ahora, en cambio, lo encontró gracioso. Hasta se le escapó la risa, y agachó la cabeza para disimularlo y se afanó con su plato.

10

El padre de Liam vivía en Harford Road, en un barrio de casitas sencillas de los años cuarenta, con revestimiento exterior de listones, porches achaparrados y parcelas de césped muy bien cuidadas. Liam habría podido encontrar la casa dormido, y no solo porque se llegaba en línea recta desde Northern Parkway. Iba allí, conduciendo él, desde que era adolescente. De hecho, era la primera dirección a la que había ido conduciendo él, el mismo día que le entregaron el carnet de conducir. Había pedido permiso para coger el coche de la familia y se había escapado (o eso pensaba él), agarrando el volante con ambas manos y mirando constantemente por el espejo retrovisor como le había enseñado el profesor de la autoescuela; pero el débil cosquilleo que le recorría la espalda no se lo provocaban los nervios del conductor novato, sino saber que estaba traicionando a su madre. Ella se habría afligido mucho si hubiera sabido adonde iba. Su madre era una mujer que se afligía fácilmente. «Estoy muy dolida», era su comentario más típico. O «No sé por qué, pero no tengo apetito», y apartaba el plato con gesto triste después de que Liam hubiera hecho algo que la hubiera disgustado. Liam la disgustaba a menudo, pese a que hacía todo lo posible para evitarlo.

El decorado no había cambiado mucho con los años. Hasta las flores de los jardines tenían un aire anticuado, macizos azules o blancos con forma redondeada sobre arbustos recortados también con forma redondeada. Había gran abundancia de ornamentos de jardín: gnomos, cervatillos y familias de patos de yeso, pilas para pájaros, molinos de viento, esferas reflectoras de aluminio, figuras de niñas con pamela recortadas en madera, inclinadas sobre los parterres de flores con sus regaderas de madera. En el jardín del padre de Liam había un carro en miniatura, con geranios rojos plantados y tirado por un pony de yeso.

Liam aparcó detrás del Chevy de su padre, largo como una barcaza, y fue andando hasta el porche. No había llamado por teléfono para avisar de que iba a pasar. Nunca llamaba. De joven buscaba un efecto improvisado, casual, y eso ya se había convertido en una tradición. De todas formas, la pareja siempre estaba en casa. Bard Pennywell se había jubilado hacía mucho tiempo en la compañía de seguros Sure-Tee, y Esther Jo había dejado de trabajar después de casarse.

Fue Esther Jo quien abrió la puerta.

–¡Liam! –exclamó.

No tenían por costumbre besarse cuando se veían. Cuando Liam era adolescente, ella parecía demasiado peligrosa, demasiado abiertamente sensual para que él se arriesgara a besarla. Ahora, Esther Jo era una mujer hinchada, con forma de paloma, de setenta y tantos, con un delantal y pantuflas; pero si sabías dónde buscar las pistas –el rubio cabello cuidadosamente marcado, las cejas reducidas a unos finos hilos– todavía podías detectar a la sofisticada oficinista que había sido en su día.

–Espero no llegar en mal momento –dijo Liam.

–No, nada de eso. Tu padre estaba... ¿Bard? ¡Es Liam! Tu padre estaba cortando el césped del patio trasero. Aunque con este calor, ya no hay mucho que cortar. ¡Qué poco ha llovido! Casi ni me acuerdo de lo que es llover.

Mientras hablaba, guiaba a Liam hacia el salón, que a Liam siempre le había sorprendido por su decoración infantil. Sobre el confidente de brocado había una hilera de muñecos de peluche, y en la librería de madera oscura, una selección de muñecas con vestidos anticuados, con miriñaques y bombachos asomando por debajo del bajo de las faldas.

Liam se sentó en una butaca, pero volvió a levantarse cuando su padre entró en la habitación.

–¡Dichosos los ojos que te ven! –dijo su padre.

Llevaba una camisa recién planchada y una corbata a rayas; no se vestía de manera informal ni siquiera para cortar el césped. A diferencia de Liam, con la edad se había adelgazado y se había encogido, y tenía la coronilla completamente calva: solo le quedaban dos paréntesis de cabello blanco que enmarcaban un rostro estrecho y con profundas arrugas.

Se estrecharon la mano, y Liam dijo:

–Solo he venido a ver cómo estabais.

–¡Estamos bien! ¡Muy bien! Qué sorpresa tan agradable, hijo. –Bard se sentó en el confidente y, sin mirar, llevó un brazo hacia atrás para apartar un oso de peluche vestido de animadora–. ¿Y tú, cómo estás? ¿Qué hacen las niñas?

–Estamos todos bien –contestó Liam, y volvió a sentarse–. Te mandan recuerdos.

O se los habrían mandado, razonó Liam, de haber sabido que Liam pensaba ir a visitar a su padre. Entre las dos partes de la familia de Liam apenas había contacto.

–Voy a buscar un poco de té con hielo –dijo Esther Jo. Tenía los brazos fuertemente cruzados bajo el pecho, como si sintiera la necesidad de calentarse–. Quedaos donde estáis. ¡No os levantéis! Quedaos ahí sentados y charlad tranquilamente. Os dejo para que podáis charlar.

Salió de la habitación, y sus pantuflas produjeron un suave susurro al rozar la madera del suelo.

–¿Por qué no estás trabajando? –preguntó el padre de Liam consultando su reloj. Liam sabía, sin necesidad de mirar, que era casi mediodía–. ¿Ya ha terminado el curso de verano?

–Este año no lo hago –respondió Liam.

–Ah. Necesitabas un respiro, ¿no?

–Bueno, es que… he estado ocupado con la mudanza.

–¿Mudanza? ¿Adónde te has mudado?

–A un apartamento más pequeño, cerca de la carretera de circunvalación. Recuérdame que te dé mi número de teléfono.

Su padre asintió.

–Nosotros sí que tendríamos que mudarnos –comentó–. Y librarnos de todo el trabajo que nos da el jardín. Pero no sé, a tu madrastra le encanta esta casa.

Como Liam nunca había podido relacionar a Esther Jo con el término «madrastra», se quedó un momento en blanco antes de continuar.

–Ah. Bueno, es lógico –dijo.

–Dice: «¿Dónde iba a poner todas mis cosas? ¿Dónde iba a dormir mi hermana cuando viniera a visitarnos?».

–En un apartamento también puede haber habitación de invitados –observó Liam.

–Ya, pero... ¿me entiendes?

–Mira, ahora Kitty vive conmigo, por ejemplo.

–Ah, ¿sí? –El padre de Liam se alisó la punta de la corbata.

En realidad, no tenían nada que decirse. ¿Por qué Liam tenía que llegar siempre a la misma conclusión cuando iba a ver a su padre?

Pero siguieron intentándolo. Ambos. Su padre dijo:

–¿Cómo está Kitty, por cierto?

–Muy bien –contestó Liam–. Este verano trabaja en la consulta de un dentista.

–¿Quiere ser higienista dental?

–No, no. Solo es un trabajo de verano. Archiva documentos.

Su padre carraspeó.

–¿Y tu hermana? –preguntó.

–También está bien.

Liam se quedó escuchando un ruido proveniente de la cocina, y preguntándose cuándo volvería Esther Jo para rescatarlos.

–La verdad es que hace tiempo que no veo a Julia –añadió.

–Yo tampoco –repuso su padre, y rió con una especie de tosecilla seca, aunque sin sonreír.

(Hacía más de cuarenta años que no veía a Julia; la última vez fue cuando se presentó sin que lo invitaran en su ceremonia de graduación del instituto.) Se rebulló un poco en el asiento, como si se arrepintiera del chiste que acababa de hacer, y volvió a alisarse la corbata.

–Me han despedido de Saint Dyfrig –dijo Liam.

Al menos era un tema de conversación.

–¿Despedido?

–El año que viene van a juntar las dos clases de quinto en una sola.

–¡Pero si llevas una eternidad trabajando allí!

–Sí, ya lo sé –admitió Liam.

–¿No tienes preferencia por antigüedad?

–Pues no lo sé. Allí las cosas no funcionan así.

–Y ¿cómo funcionan?

–Ya te digo que no lo sé –dijo Liam.

Miró esperanzado hacia la cocina, donde se oía el tintineo de unos cubitos de hielo.

–¡Té auténtico! –anunció Esther Jo al aparecer con una bandeja en las manos–. He de decir que nunca me ha gustado el instantáneo. Le encuentro una especie de sabor a polvo.

Puso la bandeja en la mesa de centro y repartió los vasos de tubo. En el ínterin, se aplicó pintalabios. Sus labios, brillantes y de color cereza, le recordaron a Liam la época en que su padre y ella se conocieron, cuando ella, una mujer atractiva como una estrella de cine, llevaba favorecedores twinsets y faldas rectas muy ceñidas, con un solo pliegue.

Era curioso, pensó, que incluso una especie presuntamente tan evolucionada como la raza humana todavía estuviera sujeta a la biología. Y ahora, míralos: su padre reducido a una cáscara arrugada, y los hinchados pies de la *femme fatale* enfundados en unas pantuflas.

–Liam se ha quedado sin trabajo –le dijo Bard a Esther Jo.

–¡Oh, no, Liam! –exclamó Esther Jo.

–Sí –dijo Liam.

–Y ¿qué vas a hacer? –preguntó ella.

–Me lo estoy pensando.

–Ya sabes que no tardarán en atraparte –añadió ella–. ¿Qué me dices de los colegios privados? En los colegios privados siempre necesitan buenos maestros.

–Pero no tengo titulación de maestro –dijo Liam.

–Bueno, estoy segura de que algo te saldrá. ¿Sabes qué? –agregó, y dejó su vaso en la mesa–. Voy a leerte la buenaventura.

–¡Sí, cariño, buena idea! –le dijo Bard–. Hace mucho tiempo que no se la lees a nadie.

–A mí no, desde luego –dijo Liam.

Recordó que Esther Jo le había leído la buenaventura cuando él buscaba trabajo en diversas escuelas de posgrado. Le había dicho que entraría en un sitio que le convenía profesionalmente pero no personalmente. ¿Cómo se comía eso?, podía haberle preguntado, pero no importaba; al menos, si Esther Jo le leía la buenaventura, tendrían algo con que llenar el silencio.

–¿Quieres? –preguntó Liam.

–No sé si me acordaré –repuso ella–. Cuanto más viejos se hacen nuestros amigos, menos les interesa el futuro. No recuerdo cuándo fue la última vez… Betty Adler, quizá. ¿Fue a Betty? –le preguntó a Bard–. Betty quería saber si debía irse a vivir a Nuevo México para estar cerca de su hija, que se había casado. A ver, déjame acercar ese taburete.

Arrastró el taburete, lo puso enfrente de Liam y se sentó en él, inclinando decorosamente las rodillas hacia un lado. Desde esa distancia, Liam apreció que desprendía un ligero aroma a rosas.

–Enséñame las manos –ordenó, y Liam, obediente, se las tendió con las palmas hacia arriba. Esther Jo se las cogió por la base de los dedos, presionando un poco para alisar las palmas. Esther Jo tenía los dedos fríos y húmedos de sujetar su vaso de té con hielo–. Veamos, lo primero es… ¡Oh!

Le estaba mirando con fijeza la palma de la mano izquierda, donde Liam tenía la cicatriz.

—¿Qué te ha pasado? —preguntó Esther Jo.

—Tuve un pequeño accidente.

Ella chasqueó la lengua y puso cara de contrariedad.

—Vaya, esto complica mucho las cosas —dijo—. Nunca me había encontrado con nada parecido.

—Solo es una cicatriz —dijo Liam. No sabía por qué, pero tenía la impresión de que era importante que hicieran aquello—. No veo que haya ninguna diferencia.

—Pero ¿cómo tengo que tratarla? ¿Como una línea más? Y ¿cómo leo lo que hay debajo? ¡No veo lo que hay debajo! ¡Tu mano izquierda representa todo tu pasado! No sé si alguno de mis libros hablará de esto.

—Si representa mi pasado, ¿qué más da? —dijo Liam—. Solo nos interesa mi futuro.

—No, no, no. No puedes leer el futuro sin el pasado —dijo Esther Jo—. Están entrelazados. Depende uno de otro. Eso es lo que no entienden los aficionados.

Esther Jo le soltó las manos y le dio una palmadita que, por absurdo que pueda parecer, hizo que Liam se sintiera rechazado.

—A ver si me explico —dijo ella—. Los campesinos saben predecir qué clase de invierno hará examinando las bellotas y las bayas, ¿no? Esas bellotas y esas bayas son como son por el clima que ha habido antes, según la lluvia que haya caído, etcétera, etcétera. Casi todo depende del tiempo que haya hecho. Y los campesinos lo saben.

Dio una rápida cabezada, como si ratificara sus propias palabras.

—Pues de la misma manera, un verdadero adivino... y no quiero alardear, pero yo soy una verdadera adivina; siempre he tenido el don... un verdadero adivino sabe que tu futuro depende de tu pasado. Se mueve, cambia; no está tallado en la piedra. Depende de lo que haya sucedido antes. Por eso no puedo hacer nada si no veo lo que hay en la palma de tu mano izquierda.

Se quedó sentada en el taburete con una irritante expresión de suficiencia, y entrelazó los dedos alrededor de las rodillas.

—¿No puedes intentarlo, al menos? —insistió Liam.

Ella negó con la cabeza, vehemente.

—Ya sabes lo que dicen —dijo—. «Quienes olvidan el pasado tienden a lamentar el futuro.»

—¿Cómo?

—Cariño, yo creo que esta vez podrías hacer una excepción —intervino Bard.

—No tengo elección —dijo ella.

—Al menos nos ayudaría a pasar el rato, míralo así —dijo Bard.

—¡Pasar el rato! —exclamó Esther Jo, y se quedó mirándolo con fijeza—. ¿No acabo de decir que soy una adivina auténtica?

—Sí, ya, auténtica... Ja, ja.

—¿Acaso no sabes que llevo prediciendo el futuro de la gente desde que tenía siete años?

—El chico solo quiere saber si va a encontrar trabajo, Esther Jo.

—No tiene importancia —dijo Liam. Se sentía idiota, como si de verdad fuera un «chico» suplicando unas migajas de sabiduría—. Solo era curiosidad —añadió—. Ya sé que no significa nada.

—¿Que no significa nada? —saltó Esther Jo.

—Bueno, o que... Claro que significa algo, pero...

¿Cómo habían llegado a esa situación? Pero Liam no tenía la culpa. Sinceramente, no pensaba que debiera cargar él con toda la responsabilidad. Miró a su padre, que parecía impertérrito.

—Qué tonta soy, ¿verdad? —dijo Esther Jo—. Qué tonta soy por pensar que os lo tomaríais en serio.

Se levantó de un brinco del taburete, con más dinamismo del que cabría esperar de una mujer de su edad; volvió a su butaca y se dejó caer en ella.

—No sé por qué me he tomado la molestia —dijo mirando al techo.

—¡Ay, princesa! —dijo Bard con ternura—. ¿No podemos charlar tranquilamente y bebernos el té?

–No tengo sed –dijo ella sin dejar de mirar al techo.

–Vamos, cariño. No seas así.

Ella no contestó, pero al final cogió su vaso y dio un sorbo.

–En fin, de todas formas, tengo que marcharme. Solo quería saludaros –dijo Liam.

Bard pareció aliviado.

–Te lo agradecemos –dijo–. Me encanta verte, hijo.

Liam y su padre se levantaron, pero Esther Jo permaneció sentada, contemplando su vaso. Liam dijo:

–Gracias por el té, Esther Jo.

–De nada –murmuró ella sin alzar la mirada.

Bard le dijo una palmada en el hombro a Liam y dijo:

–Te acompaño afuera.

Normalmente, Liam le habría dicho que no hacía falta, pero ese día se lo permitió. Cuando bajaban los escalones del porche, dijo:

–No era mi intención herir sus sentimientos.

–Oh, bueno –dijo Bard, y miró hacia el carro del pony como si fuera la primera vez que lo viera.

Liam estaba decepcionado; tenía la esperanza (ahora lo veía) de que su padre dijera algo relevante, de que le diera alguna pista sobre su vida.

Llegaron a la acera, y Liam redujo el paso y se volvió. Dijo:

–Por cierto, últimamente… salgo con una mujer.

–Ah, ¿sí? –dijo Bard, y por fin se concentró en su hijo.

–La he conocido este verano.

–Me alegro por ti, hijo. No es bueno estar solo.

–Pero ahora me he enterado de que está casada.

Hubo una pausa. Su padre lo miró con expresión indescifrable.

–Cuando nos conocimos, yo no sabía nada –puntualizó Liam.

–¿Ella no te lo dijo?

–No, no me dijo nada.

Su padre dio un suspiró y se agachó para arrancar unas malas hierbas.

–Vaya –dijo al incorporarse.

–De haberlo sabido, jamás se me habría ocurrido liarme –dijo Liam–. Sería incapaz de destrozar intencionadamente un matrimonio.

–Sí, claro. Pero esas cosas no siempre puedes escogerlas –dijo su padre.

–Supongo que lo que tengo que hacer es cortar la relación –dijo Liam.

Su padre desvió la mirada hacia el gnomo del jardín de un vecino. Al final dijo:

–Mira, no sé si estoy de acuerdo con eso, hijo. Cuando tienes mi edad, empiezas a darte cuenta de que lo mejor que puedes hacer en esta vida es disfrutar de la felicidad que encuentres por el camino.

Liam replicó:

–Si ese es tu razonamiento, ¿por qué no decirle lo mismo a… un pederasta, por ejemplo? «Adelante», podrías decirle. «Haz cualquier cosa que te haga feliz.»

–¡Liam! ¡Por todos los santos!

–¿Qué pasa? ¿Qué diferencia hay?

–¡Hay una diferencia enorme! ¡Un pederasta está destrozando la vida de una persona!

Esa vez la pausa se prolongó mucho rato. Liam no hizo nada para interrumpirla.

–Espero que no estés insinuando que Esther Jo y yo le destrozamos la vida a tu madre –dijo Bard.

Liam no contestó. La verdad era que no sabía lo que estaba insinuando. Él no había planeado mantener esa conversación.

–O a ti –añadió Bard.

–No, por supuesto que no –dijo Liam por fin.

–¡Bueno! ¿Cómo se llama ese cochecito? –preguntó Bard. Estaba mirando el coche de Liam.

–Se llama Geo Prizm –respondió Liam. Se sacó las llaves del bolsillo.

–Yo prefiero algo un poco más sólido –dijo Bard–. Sobre todo en la carretera de circunvalación. ¡Conducen como locos en la carretera! Y nunca ves un solo policía. Me gustaría que dejarais de comportaros como si os hubiera abandonado o algo.

El cambio de tema fue tan repentino que a Liam casi se le escapó. Estaba a punto de dirigirse hacia la puerta del coche cuando paró en seco y dijo:

–¿Cómo dices?

–Mira, yo no os abandoné. Jugué limpio. Fui sincero con tu madre y le pedí el divorcio. Le enviaba dinero todos los meses, como un reloj, y traté de mantenerme en contacto contigo y con Julia. ¿Crees que fue fácil? Fue un infierno, durante un tiempo. Y todo el mundo me miraba como si yo fuera el villano, el malo de la película. Yo no era ningún villano. Lo que pasaba es que no soportaba la idea de morirme sabiendo que había malgastado mi vida. Solo quería mi parte de felicidad. ¿Entiendes lo que sentía?

Liam no supo qué contestar.

–Y no hay nada malo en que tú también obtengas tu parte de felicidad –añadió Bard.

Entonces hizo una mueca, como si se avergonzara de sí mismo. Levantó una mano a modo de saludo; se dio la vuelta y echó a andar por el camino, y Liam se metió en su coche.

Maldita sea, se había olvidado de dejarle a su padre su nuevo número de teléfono. Bueno, podía dárselo cualquier otro día. En realidad, casi nunca hablaban por teléfono. Aunque nunca lo hubieran expresado, el número era para emergencias graves, sobre todo relacionadas con la salud de Bard. Ahora, también Esther Jo –antaño la mujer escandalosamente joven– era una candidata a protagonizar esas emergencias, desde luego; pero a Liam le resultaba más fácil imaginar que sería ella quien haría esa fatídica llamada una mañana para notificarle que no conseguía despertar a su padre. Y ese sería el final de la espectacular y heroica historia de amor que había sacudido el hogar de los Pennywell y la compañía de seguros Sure-Tee.

Paró en un semáforo de Northern Parkway y observó a una joven madre que cruzaba la calle con su bebé en un canguro, contra su pecho, un sistema que siempre le había parecido jactancioso. ¡Aquí estoy! ¡Mirad lo que tengo! El niño iba inclinado hacia delante, como un mascarón de proa, y, quizá para equilibrar el peso, la madre se inclinaba hacia atrás, con lo cual su forma de andar adquiría algo de pavoneo. ¡Cualquiera diría que ella había inventado la maternidad! Liam supuso que él también debía de haberse sentido así en algún momento, aunque no lo recordaba. En cambio, sí recordaba haber ido a recoger a Millie y a Xanthe, recién nacida, al hospital, y haberse asombrado de que hubieran entrado ellos dos y de que salieran tres.

Y Xanthe ya tenía treinta y tantos y estaba furiosa con él por algo.

Llevamos una vida muy complicada y muy tensa, pensó; pero al final morimos como todos los otros animales y nos entierran, y al cabo de unos años es como si no hubiéramos existido.

Esa idea debería haberlo deprimido, y sin embargo le hizo sentirse mejor. El semáforo cambió a verde y Liam puso el coche en marcha.

11

Eunice dijo que el hobby de su marido era sentirse desgraciado.

Dijo que era de esas personas que se toman el mal tiempo como algo personal.

De esas personas que exclamaban «¿Por qué tiene que pasarme esto a mí, Dios mío?» cuando a su secretaria la atropellaba un coche.

Y siempre estaba clamando contra los errores gramaticales de los demás.

–Está obsesionado con las subordinadas adverbiales –le explicó a Liam–. ¿Sabes qué son las subordinadas adverbiales?

–Sí, claro.

–Pues yo no lo sabía. «A los ocho años, mi madre murió», por ejemplo. Lo ponen histérico.

–A mí también –dijo Liam–. «Paseando por la playa, apareció un tiburón.»

–¿Cómo? La primavera pasada fue anotando día a día todas las subordinadas adverbiales que aparecían en el *Baltimore Sun*, y al cabo de un mes le envió la lista al director del periódico. Pero nunca se la publicaron.

–No me extraña –murmuró Liam.

–Y el mes pasado yo redacté mi propia lista, en una de esas agendas que recibes gratis por correo. Todos los días escribía algo «Sumado» o «Restado». «Sumado» significaba que ese día mi marido había aportado algo positivo a mi vida. «Restado» significaba que había sido negativo. El índice de «Sumado» fue del doce por ciento. ¡Patético! Pero ¿sabes qué hizo cuando le enseñé la lista? Se limitó a señalar los errores de mi método de cálculo.

Liam se masajeó la frente con las yemas de los dedos.

–Bueno, era un mes con treinta y un días –dijo Eunice–. Es lógico que cometiera algún fallo.

Liam no hizo ningún comentario.

–Mi marido ignoró por completo lo más importante: que no soy feliz con él.

–Sí, pero estás con él –dijo Liam.

–¡Pero puedo dejar de estarlo, Liam! No estoy obligada a seguir casada con él. ¿Por qué no me pides que lo deje?

–¿Por qué no sales a la calle y le pides al primero que pase que te entregue su billetera?

–¿Qué?

–Eres la mujer de otro hombre, recuérdalo. Ya estás comprometida.

–¡Puedo deshacer el compromiso! La gente lo hace continuamente. Tú deshiciste el tuyo.

–Eso fue solo entre Bárbara y yo. No había ningún tercero robándonos a nuestra pareja.

–Mira –dijo Eunice–. Lo único que tengo que hacer es realizar unos pocos trámites legales y ya podremos estar juntos legítimamente. ¿Es que no quieres casarte conmigo?

Liam pensó que estaban avanzando en círculos. Parecían hámsteres en una rueda de ejercicio. Día tras día discutían de lo mismo: Eunice se presentaba en el apartamento de Liam a las seis de la mañana con los ojos hinchados y enrojecidos, o lo llamaba por teléfono desde el despacho de Ishmael Cope y le hablaba en susurros, o llegaba directamente después del trabajo y empezaba a hablar en cuanto Liam le abría la puerta. ¿Y si se iba a vivir sola mañana mismo?, le preguntaba. ¿Entonces sí le parecería bien que se casaran? ¿Qué intervalo consideraba oportuno? ¿Un mes? ¿Seis meses? ¿Un año?

–De todas formas –dijo él–, seguirías habiendo estado casada cuando te conocí.

–Pero ¿cómo puedo remediar eso, Liam? ¡No puedo deshacer lo que ya está hecho!

–A eso exactamente me refiero.

–¡Eres imposible!

–La situación es imposible.

A veces discutían tanto rato que el apartamento se quedaba a oscuras sin que se dieran cuenta, y olvidaban encender las luces hasta que entraba Kitty y decía: «¡Oh! Pensaba que no había nadie». Entonces ellos se apresuraban a saludarla, adoptando un tono de voz lo más normal posible.

Liam tenía la culpa de que la situación se estuviera prolongando. Y él lo sabía. Habría podido decir: «Basta, Eunice. Tenemos que dejar de vernos». Pero lo iba aplazando. Se decía que primero tenían que aclararlo todo. Tenían que cuadrarlo todo. Era mejor que no quedara ningún cabo suelto.

Patético.

Al final de esas conversaciones, Liam solía tener dolor de cabeza, y la voz confusa y cansada de tanto hablar. Pero en realidad sus conversaciones no tenían final. Ambos hablaban y hablaban hasta quedar agotados, o hasta que Eunice rompía a llorar, o hasta que Kitty los interrumpía. Nunca acordaban nada. La semana avanzaba lentamente, llegaba el fin de semana, empezaba otra semana. Todo seguía igual que el día que Liam se había enterado de que Eunice estaba casada.

¿Qué le recordaba eso? Los últimos meses con Millie: las repetitivas e inútiles discusiones del período anterior a su muerte. Ahora se daba cuenta de que Millie debía de sufrir una fuerte depresión, pero entonces lo único que sabía era que su mujer parecía insatisfecha con todas las facetas de su vida en común. Se quejaba y lo criticaba con voz monótona, repitiendo siempre los mismos temas, mientras el bebé alborotaba sin que le hicieran caso, y, sí, la luz del apartamento también se apagaba poco a poco, sin que ellos se dieran cuenta. «Tú siempre...», decía Millie, y «Tú nunca...», y «¿Por qué nunca...?» Y Liam se defendía de las acusaciones una por una, como alguien que corre a tapar una gotera, y luego otra, y continuamente aparecían nuevas goteras en algún otro sitio. Y muchas veces Liam se rendía y se marchaba; salía a la calle y se sentía magullado y herido, y no volvía hasta que estaba seguro de que Millie ya se habría acostado.

Aunque Eunice y Millie no se parecían en nada. Eunice tenía más energía; era más... definida, por llamarlo así. Sin embargo, le hacía sentirse responsable, igual que Millie. Como Millie, esperaba que él le arreglara la vida.

Como si él fuera capaz de arreglarle la vida a alguien. ¡Si no podía arreglar ni la suya!

–Eunice. Cariño –dijo–. Trato de hacer lo que es correcto.

Pero ¿qué era lo correcto? ¿Y si Liam era demasiado rígido, demasiado moralizador, demasiado intolerante? ¿Y si lo correcto fuese pasarlo lo mejor que pudieran el tiempo que estuvieran en la tierra? ¡Sí! ¿Por qué no? Y sintió un arrebato de dichosa temeridad, y Eunice debió de notarlo, porque se levantó de un brinco, cruzó la habitación y se lanzó al regazo de Liam y lo abrazó. Eunice tenia la piel tibia y perfumada, y sus pechos se apretaban de manera seductora contra el pecho de él.

¿Se sentaba así en el regazo de su marido?

Su marido se llamaba Norman. Tenía un Prius del primer año que se fabricaron los Prius. Eunice le contó que tenía una hermana gemela que era discapacitada.

Liam apartó suavemente a Eunice y se levantó.

–Tienes que irte –le dijo.

Louise llamó el viernes por la mañana y le preguntó si podía encargarse de Jonás.

–La canguro se ha fugado con su novio –explicó–. Sin avisar.

–¿Se ha casado con Chicken Little? –preguntó Liam.

–¿Cómo sabes lo de Chicken Little?

–Bueno, tengo mis fuentes.

–La estrangularía –dijo Louise–. Mañana es la fiesta del Hijo Pródigo de nuestra iglesia, y prometí que ayudaría a decorarla. Dougall dice que puedo llevarme a Jonás, pero si me lo llevo seré un estorbo más que una ayuda.

–Claro, tráelo aquí –dijo Liam.

–Gracias, papá.

De hecho, Liam agradeció aquella distracción. Así tendría otras cosas en que pensar, aparte de Eunice. Tenía la impresión de que los dos habían pasado las dos últimas semanas apretujados en un sótano mal ventilado.

A Louise empezaba a notársele que estaba embarazada. Como estaba muy delgada, no tenía donde esconder el bebé, suponía Liam. Llevaba una falda corta y una camiseta de tirantes, y sus clavículas sobresalían tanto que casi podías rodearlas con los dedos. Jonás iba detrás de ella, lánguido, cargado de libros.

–Hola, Jonás –lo saludó Liam.

–Hola.

–¿Hoy también vamos a pintar?

Jonás le lanzó una mirada.

–Alguien se ha levantado con el pie izquierdo esta mañana –murmuró Louise.

–Bueno, no importa; nos lo pasaremos bien –dijo Liam–. ¿Quieres que le dé de comer? ¿Cuánto vas a tardar?

–Espero volver a mediodía, más o menos. Depende que cuánta gente vaya a ayudar. Tenemos que decorar la sala de comunión; allí es donde daremos de comer a los hijos pródigos.

Sala de comunión, hijos pródigos... Parecía un idioma extranjero. Pero Liam estaba decidido a evitar cualquier muestra de desaprobación.

–¿En qué consiste la fiesta? ¿Es algo así como la fiesta de ex alumnos del instituto? –preguntó Liam con su tono más cordial–. ¿Cuando vuelve la gente que se ha graduado o se ha ido a vivir a otra ciudad?

–¡Esto no tiene nada que ver con el instituto, papá!

–No, solo quería decir...

–Es una fiesta para los pecadores que han comprendido su error. No tiene nada que ver con la graduación, créeme.

–Sí, claro –dijo Liam.

–No sé por qué te empeñas en discutir sobre estas cosas.

–Debe de ser mi espíritu de contradicción –dijo Liam dócilmente. Acompañó a su hija hasta la puerta–. ¿Le has traído algo de comer a Jonás? –preguntó–. No tengo muchas cosas de esas que come él.

–En la mochila tiene un paquete de galletas Goldfish.

–Ah, vale.

Liam se despidió de Louise y volvió al salón. Jonás seguía allí de pie, con los libros en las manos. Se miraron en silencio.

–Bueno –dijo Liam por fin–. Ya estamos aquí.

Jonás dio un hondo suspiro y dijo:

–Me parece que Deirdre ya no me llevará a la feria.

–¿Por qué no? A lo mejor te lleva.

–Se ha casado.

–A la feria también va gente casada.

–Pero mi mamá ya no le volverá a dirigir la palabra.

–Eso lo dice ahora –dijo Liam–. Tu mamá habla mucho, ya lo sabes.

–Es igual, Chicken Little no me caía bien –dijo Jonás en tono confidencial.

–Ah, ¿no?

–Hace trampas jugando al fútbol.

–¿Cómo se pueden hacer trampas jugando a fútbol? –preguntó Liam.

Jonás se encogió de hombros.

–No lo sé. Hace trampas –dijo–. Y eso es muy feo.

–Bueno, ¿por qué no leemos alguno de tus libros? ¿Qué has traído?

Jonás le tendió el montón de libros. Un Dr. Seuss, vio Liam, otro Dr. Seuss, un Osito… Dijo:

–¡Muy bien! Elige tú por cuál quieres empezar.

Antes de sentarse, Liam tuvo que ayudar a Jonás a quitarse la mochila. Luego se sentaron en una butaca, Jonás apretujado en el poco espacio que quedaba al lado de Liam. Ese día, el niño llevaba zapatillas de deporte, unas zapatillas rojas de baloncesto inapropiadamente grandes. Tenía ambas piernas estiradas, y la zapatilla izquierda golpeaba todo el rato la rodilla derecha de Liam. Por enésima vez, Liam pensó que debía comprar un sofá. Entonces se acordó de Eunice, y de pronto sintió un vacío.

Iba a convertirse en uno de esos hombres que mueren solos, rodeados de montones de periódicos amarillentos y de platos con restos de bocadillo resecos y enmohecidos.

Abrió el primer libro del montón de Jonás y empezó a leer en voz alta. Era *El gato Garabato*. Liam lo conocía muy bien. Sus hijas solían quejarse de que Liam leía demasiado deprisa, así que se esforzó por tomarse su tiempo, enunciando bien cada palabra y dándole mucha entonación. Jonás escuchaba sin reaccionar. Su cabecita desprendía un olor a calidez, como el pan recién hecho o la miel calentada.

«Trabalenguas de mareo.» «Huevos verdes con jamón.» «Papá Oso vuelve a casa», que Jonás interrumpió para anunciar que tenía que hacer pis. «Ve, ya te espero», dijo Liam. Agradeció el descanso. Empezaba a dolerle la garganta de tanto leer con entonación.

Cuando volvió del cuarto de baño, Jonás no se sentó en la butaca, sino que fue a buscar su mochila, que seguía en el suelo. Sacó una bolsa de plástico de galletas Goldfish y se sentó en la moqueta a comerlas, eligiendo cada galleta una a una, como si unas fueran mejores que otras. No estaba claro si se había cansado de Osito o si sencillamente estaba haciendo un descanso. Liam marcó la página, por si acaso, y dijo:

–¿Quieres pintar un rato?

–Ya no pinto –dijo Jonás.

–¿Has terminado el libro?

–Ya no me gusta.

–Ah.

Jonás puso la bolsa boca abajo y vació el resto de las galletas en la moqueta, junto con una rociada de polvo naranja.

–¿Sabes quién es Noé? –le preguntó a Liam.

–¿Noé el de la Biblia?

Jonás asintió.

–Sí, sé quién es.

–Hizo morir a más de cien animales –dijo Jonás.

–¿En serio?

–Dejó que se ahogaran. Solo se llevó dos de cada.

–Ah. Ya.

–Se llevó dos jirafas y dejó que las demás se ahogaran.

–Bueno, has de pensar que no tenía mucho espacio.

–¿Dónde compraría la gasolina? –preguntó Jonás.

–¿Cómo dices?

–¿Dónde compraría la gasolina para su barco si era el único hombre de la Tierra?

–No necesitaba gasolina –dijo Liam–. Su barco no funcionaba con gasolina.

–¿Era un velero?

–Pues sí, supongo que sí –respondió Liam. Aunque, bien mirado, nunca había visto velas en las ilustraciones–. Bueno –añadió–, supongo que tampoco necesitaba velas, porque no iba a ninguna parte.

–¿Cómo que no iba a ninguna parte?

–No había adónde ir. Él solo pretendía mantenerse a flote. Iba a la deriva, así que no necesitaba brújula, ni timón, ni sextante...

–¿Qué es un sextante?

–Creo que es un aparato que te indica el camino según la posición de las estrellas. Pero Noé no necesitaba que le indicaran el camino, porque la Tierra estaba toda inundada, así que daba lo mismo.

–Ya –dijo Jonás. Parecía haber perdido el interés. Se lamió la yema de un dedo y empezó a recoger las migas de la moqueta.

Liam pensó decirle a Jonás que eso solo era una especie de cuento de hadas, pero no quería que Louise se enfadara aún más con él.

Eunice decía que a veces se preguntaba si el problema del señor Cope sería contagioso.

–Por ejemplo –decía–. Hemos estado en la fiesta de despedida de la recepcionista. La recepcionista se jubila. El señor Cope coge un puñado de frutos secos de un cuenco y empieza a comérselos, pero de pronto se para. «Estos frutos secos están recios», dice. Le digo: «¿Cómo?». «Están recios. Llévatelos.» «Ah», digo yo. «Quiere decir que están…» Pero entonces la palabra no me venía a la mente. La tenía en la punta de la lengua, pero no me venía. Sabía que no era «recios», pero no me acordaba de la palabra correcta.

Estaban en el rincón de la cocina, donde Liam había ido a buscar el agua helada que ella le había pedido nada más entrar. (Fuera hacía calor y humedad, una típica tarde de agosto, muy bochornosa.) Liam colocó un vaso bajo el dispensador de la puerta de la nevera, y Eunice se le acercó por detrás y lo abrazó y apoyó la mejilla en su espalda.

–Ha sido como si me colara en el mundo del señor Cope por un momento –dijo Eunice.

Liam notaba su aliento, tibio y húmedo, en su hombro izquierdo.

Liam llenó el vaso de agua y se dio la vuelta. En lugar de coger el vaso, Eunice le desabrochó el primer botón de la camisa. Liam dijo:

–Tu agua.

–Ha sido como si sintiera lo que debe de sentir él –continuó ella–. Todo era efímero, borroso y terrorífico.

–Vamos al salón –dijo Liam.

Intentaba esquivarla, pero estaba atrapado entre ella y la nevera. Eunice le desabrochó el resto de botones, concentrándose mucho en ellos y sin mirarlo a él a la cara.

–No –dijo Eunice–. Vamos al dormitorio.

–No podemos –repuso él.

–En el salón no hay donde sentarse.

–Hay dos butacas muy cómodas.

–Vamos a la cama –dijo ella.

Las yemas de sus dedos eran delicados puntos de calor contra la piel de Liam. Bajó las manos hasta su cinturón y desabrochó la hebilla.

–Vamos a sentarnos –propuso Liam, y se desplazó hacia un lado.

–Vamos a tumbarnos –dijo Eunice.

Liam fue hacia el salón con el vaso de agua en la mano, pero, cuando Eunice lo siguió, él redujo el paso hasta detenerse y dejó que ella se pegara contra su espalda y volviera a abrazarlo. Estaba confuso por la combinación del fuerte abrazo de Eunice y la cinturilla suelta de su pantalón. Se le habían salido los faldones de la camisa, y Liam pensó cómo le gustaría quitarse toda la ropa. Quería dejar el vaso de agua en algún sitio, pero no quería separarse de Eunice.

De pronto se abrió la puerta del apartamento y alguien canturreó: «¡Hola, hola!».

Bárbara entró con una maleta de vinilo azul.

Liam se apartó bruscamente de Eunice y se cerró la camisa con la mano que tenía libre.

–Lo siento –dijo Bárbara, pero no en un tono excesivamente contrito.

Más que otra cosa, parecía divertida. Dejó la maleta en el suelo para recogerse un mechón de cabello que le tapaba la frente.

–¿Qué haces aquí? –le preguntó Liam.

–La puerta no estaba cerrada con llave –explicó Bárbara.

–¡Eso no significa que debas entrar sin llamar!

–Bueno, he dicho «Hola, hola», ¿no? –le preguntó Bárbara a Eunice–. Creo que no nos conocemos.

–Es... una amiga mía, Eunice Dunstead –dijo Liam–. Me estaba ayudando a redactar mi currículum.

–Yo soy Bárbara.

–Tengo que irme –dijo Eunice–. Tenía las mejillas cubiertas de manchas rojas. Agarró el bolso de la mecedora y se precipitó hacia la puerta. Bárbara se apartó para dejarla pasar y se quedó mirándola deliberadamente. Liam aprovechó ese momento de distracción para dejar el vaso de agua y abrocharse el cinturón.

–Lo siento –dijo Bárbara cuando la puerta se hubo cerrado.

–Francamente, Bárbara…

–¡He dicho que lo siento!

–¿A qué has venido? –preguntó él.

–A traer las cosas de playa de Kitty.

–¿De playa?

Fingiendo indiferencia, como si tuviera la mente ocupada en otra cosa, Liam deslizó una mano hacia su camisa y, a tientas, fue abrochándose los botones uno a uno. Bárbara ladeó la cabeza para observarlo.

–Se va a Ocean City a pasar unos días con los tíos de Damian –dijo–. ¿No lo habéis hablado?

–Mmm…

–¿Estás al tanto de las idas y venidas de Kitty, Liam? Porque, si no es así, ella no debería estar a tu cargo.

–¡Claro que estoy al tanto! –replicó Liam–. Lo que pasa es que se me había olvidado.

–Ya.

Eunice debía de estar alejándose más y más a cada segundo, llorando y sin duda alguna dando a Liam por perdido, y pensando lo cobarde que había sido él, lo desleal y lo poco caballeroso. Pero, precisamente ese día, Bárbara no tenía ninguna prisa por marcharse. Fue hasta la mecedora, se sentó en ella y tiró de su camiseta, que se le pegaba al estómago. Llevaba un atuendo nada atractivo. La camiseta estaba deformada y tenía manchas de grasa, y sus holgados pantalones cortos revelaban sus anchos y blancos muslos, aún más anchos porque estaban aplastados sobre el asiento de la mecedora.

Como si pudiera leerle el pensamiento a Liam, dijo:

–Voy hecha un desastre. Estaba limpiando.

Liam no dijo nada. Se sentó en la butaca más alejada de Bárbara, en el mismísimo borde, como dando a entender que tenía cosas que hacer.

–Bueno –dijo ella–. Háblame de esa tal Eunice. ¿Cuánto hace que la conoces?

–¿Y a ti qué te importa? –preguntó Liam.

Le gustó tanto la sensación que le produjo hablar así –decir lo que quería, por una vez, sin preocuparse por la opinión que Bárbara tuviera de él– que lo hizo otra vez.

–¿A ti qué te importa? ¿De verdad crees que es asunto tuyo?

Bárbara se meció en la mecedora y dijo:

–¡Caramba!

–Yo no te pregunto por Howie, ¿verdad?

–¿Por quién?

–Howie el Sabueso. Howie el Delicado con la comida.

–¿Te refieres a Howard Neal?

–Exacto –dijo Liam sabiendo que se arriesgaba.

–Dios mío, Liam, ¿de dónde has sacado eso?

Él la miró con el entrecejo fruncido.

–Por el amor de Dios, no pensaba en Howard desde hace... –Sacudió la cabeza; volvía a parecer divertida–. Bueno. Así que la señorita Eunice es zona prohibida. Vale. Olvida que te he preguntado nada.

–Al fin y al cabo, tú y yo estamos divorciados. Y yo tengo mi vida privada –dijo Liam.

–Te pasas la vida hablando de tu vida privada –dijo Bárbara–, pero ¿alguna vez has pensado esto, Liam? Eres el único habitante de Baltimore que conozco que no cierra con llave la puerta de su casa. ¡Y eso que te han entrado a robar! La dejas abierta, y cuando entra alguien te quejas de que se entromete en tu vida. «¡Eh! –dices–. Soy muy especial y muy reservado. ¡Quiero estar solo!» –Estas últimas palabras las pronunció imitando la voz de Greta Garbo–. Te quejas si nos entrometemos y te quejas si no nos entrometemos. Aquí está el viejo y solitario Liam, pero que a nadie se le ocurra acercarse demasiado a él.

–Bueno, quizá si llamarais antes de entrar...

–Y supongo que esa pobre Eunice debe de ser como el resto de nosotras –continuó Bárbara–. Todas esas mujeres ignorantes a las que partiste el corazón. Se cree que ella será la que finalmente te hará cambiar.

–¡Bárbara! ¡Ella no tiene nada de pobre! ¿Cómo te atreves a llamarla «esa pobre Eunice»? ¿Qué derecho tienes?

Bárbara parecía asustada. Dijo:

–Bueno, perdona.

–¿No tenías que irte?

–Sí –dijo ella–. Vale. –Se levantó–. Solo quería decir...

–No me interesa lo que quisieras decir. Vete.

–Está bien, Liam. Me marcho. Dile a Kitty que me llame, por favor, ¿quieres?

–Vale –replicó él.

Ya estaba un poco avergonzado por ese arranque, pero se negó a disculparse. Se levantó y siguió a Bárbara hasta la puerta.

–Adiós –le dijo.

–Adiós, Liam.

No la acompañó al aparcamiento.

Pensó en Eunice: en lo coherente y en lo franca que se había mostrado. No había dicho «Encantada de conocerte» cuando él le había presentado a Bárbara. No se había quedado y se había puesto a charlar con ella. «Tengo que irme», había dicho, y se había ido. Mientras que él, pese a estar deseando correr tras ella, se había sentado cobardemente con Bárbara y había mantenido con ella una conversación que carecía de sentido. Le preocupaban tanto las apariencias, lo que Bárbara pensaba de él, que no había sido capaz de mostrar ni la más elemental bondad humana.

La verdad era que Eunice era mucho mejor persona que él.

Todo el mundo conocía el Saint Paul Arms. Era un edificio de apartamentos viejo y gris que había a un par de manzanas del campus de Hopkins, habitado por estudiantes de posgrado, profesores auxiliares y personal administrativo de la universidad. Desde su antiguo apartamento, Liam habría podido ir a pie y solo habría tardado unos minutos. Desde el apartamento nuevo tampoco se tardaba mucho en coche, pero esa tarde el trayecto se le hizo eterno. Todos los semáforos cambiaban a rojo justo antes de que llegara él; todos los coches que tenía delante trataban de torcer a la izquierda cuando venían coches en la dirección opuesta. Liam estaba irritado y frustrado. Tamborileaba con los dedos en el volante mientras esperaba a que un anciano peatón cruzara despacísimo por un paso de peatones.

En realidad, no hacía tanto rato que Eunice había salido a toda prisa por su puerta. Al principio, él tenía esperanzas de abordarla delante del edificio, de interceptarla antes de que entrara. Sin embargo, a medida que pasaban los minutos, Liam comprendió que esa perspectiva era poco realista. Muy bien: pues entraría en el apartamento de Eunice y expondría su caso. Si resultaba que el marido estaba allí, le daba igual. Eso no cambiaría nada.

En la radio del coche sonaba un *étude* de Chopin cuyas notas se sucedían infinitamente pero sin ir a ninguna parte. Liam apagó la radio.

Como delante del edificio de Eunice no había sitio para aparcar, Liam se metió por una calle secundaria y aparcó allí. Entonces volvió andando a Saint Paul y abrió la pesada puerta de madera del edificio Saint Paul Arms.

Maldita sea, un interfono. Una puerta interior de cristal cerrada con llave que le impedía el paso, y uno de esos condenados porteros automáticos en que tenías que localizar el código privado del inquilino e introducirlo. Buscó Dunstead, pero comprobó, consternado, que había olvidado el apellido del marido de Eunice; con todo, tuvo suerte, porque encontró Dunstead/Simmons. Ah, sí: el incómodo siseo que producían las dos eses. Marcó el código.

Primero oyó un tono de marcado, y luego la voz de Eunice, muy fuerte:

–¿Sí?

–Soy yo –dijo Liam.

Eunice no dijo nada.

–Soy Liam –insistió.
–¿Qué quieres?
–Quiero subir.
Se produjo un silencio, y Liam miró hacia abajo y contempló, ceñudo, la colección de menús de comida para llevar que cubría el suelo del vestíbulo. Al final se oyó un zumbido. Liam asió el picaporte de la puerta de cristal como si este estuviera a punto de desaparecer.
Según el panel del vestíbulo, Eunice vivía en el apartamento 4B. El ascensor no parecía muy seguro, y Liam decidió subir por la escalera. Era evidente que no era el único que había hecho esa elección, porque los peldaños de mármol estaban gastados por el centro, como viejas pastillas de jabón. A partir del segundo piso, el mármol dejaba paso a una gastada moqueta de color ciruela. Liam lamentó no haber cogido el ascensor, porque se estaba quedando sin aliento. No quería llegar resollando y jadeando.
Seguro que el marido hacía footing o algo así. Seguro que era más joven y que estaba más en forma que él.
En el cuarto piso había una puerta abierta, y Eunice estaba allí plantada esperando. Buena señal, pensó Liam. Pero cuando llegó junto a ella, vio que su expresión estaba labrada en piedra, y Eunice no se apartó para dejarlo entrar.
–¿Qué quieres? –repitió.
–¿Estás sola?
El ajuste infinitesimal del ángulo de la cabeza de Eunice significaba que sí, conjeturó Liam.
–Tenemos que hablar –dijo él.
–No te molestes; ya sé que solo soy una «amiga».
–Te ruego que me perdones –repuso él. Miró alrededor. El rellano estaba vacío, pero podía haber alguien escuchando detrás de la puerta, y, por lo visto, Eunice no tenía ninguna intención de hablar en voz baja–. ¿Puedo pasar? –preguntó.
Eunice vaciló un momento y entonces lo dejó pasar, pero a regañadientes, apartándose solo unos centímetros. Liam pasó furtivamente a su lado y se encontró en un pasillo largo y es-

trecho con el suelo de madera oscura, una alfombra trenzada ovalada y una mesa de alas abatibles con patas de garra cubierta de correo basura.

–Lo siento muchísimo –dijo Liam.

Ella levantó la barbilla. Liam se fijó en sus pestañas, puntiagudas y separadas, y dedujo que Eunice debía de haber estado llorando; sin embargo, su semblante denotaba serenidad.

–Dime que me perdonas, por favor –dijo Liam–. Me ha disgustado mucho que tuvieras que marcharte de esa forma.

–Pues será mejor que te acostumbres –replicó Eunice–. Tienes que elegir entre una cosa y otra, Liam. No puedes pedirme que me quede con mi marido y, luego, ofenderte porque te deje plantado.

–Tienes toda la razón –repuso él–. ¿Podemos sentarnos en algún sitio, por favor?

Eunice soltó un bufido de exasperación, pero se dio la vuelta y guió a Liam por el pasillo.

De no haber sabido dónde estaba, Liam habría jurado que se hallaba en el salón de una anciana. Estaba abarrotado de muebles: veladores, confidentes con tapizado de raso a rayas, sillas de patas arqueadas y asiento tapizado con bordado, alfombrillas desteñidas... Supuso que todo aquello debía de ser obra de su madre. O de ambas madres: quizá las dos mujeres se citaran allí, cargadas con los trastos sobrantes de sus respectivas casas, y lo dispusieran todo para sus fracasados hijos. Hasta los cuadros de las paredes parecían heredados: marinas y paisajes montañosos resquebrajados, y un retrato de cuerpo entero de una mujer con un vestido con falda acampanada de los años cincuenta, demasiado reciente para ofrecer algún interés.

Liam se sentó en uno de los confidentes, duro como un banco del parque y tan resbaladizo que tuvo que apuntalar bien los pies en el suelo para no caerse. Confiaba en que Eunice se sentara a su lado, pero ella se sentó en una silla. Y luego se quejaba de que en el apartamento de Liam no había sofá.

–Va a ir a vivir contigo, ¿verdad? –dijo Eunice.

–¿Qué?

–Bárbara. Va a ir a vivir contigo.

–¡Madre mía! ¡Menuda ocurrencia! No, no va a venir a vivir conmigo. ¡Por el amor de Dios, Eunice!

–¡Vi la maleta! Esa maleta de color azul claro.

–Era la maleta de Kitty –dijo Liam.

–Esa maleta era de una persona anciana; a mí no me engañas. Solo una persona anciana tendría una maleta de color azul claro. Era de Bárbara. Seguro que tiene todo un juego de maletas de ese color guardadas en la buhardilla.

A Liam le sorprendió que Eunice se refiriera a Bárbara con el término «anciana».

–Se va a instalar en tu apartamento y vais a continuar desde donde lo dejasteis –dijo Eunice–. Porque las parejas casadas son así; siguen implicadas eternamente aunque se hayan divorciado.

–No me escuchas, Eunice. Bárbara vino a traerme las cosas de playa de Kitty. Porque Kitty se va unos días a Ocean City. ¡Yo no puedo decirle en qué maleta tiene que meter las cosas de mi hija! Y además –añadió, asaltado de pronto por una idea–, ¿qué quieres decir con eso de que las parejas casadas son así? Permíteme recordarte que aquí la única que está casada eres tú.

Eunice se reclinó un poco en la silla.

–Bueno, tienes razón –admitió tras una pausa–. Pero no sé. No me siento una mujer casada. Tengo la impresión de que todo el mundo está casado menos yo.

Se quedaron ambos callados un momento.

–Siempre tengo la impresión de que soy la intrusa –añadió Eunice–. La «amiga» que está «ayudando con el currículum».

Representó las comillas con dos dedos de ambas manos.

–Ya te he pedido disculpas por eso –dijo Liam–. Lo que he hecho ha estado muy mal. Lo que ha pasado es que Bárbara me ha pillado desprevenido. Me preocupaba lo que pudiera pensar.

–Te preocupaba porque todavía la quieres.

–No, no...

–Entonces ¿por qué no me coges en brazos y me sacas de aquí? ¿Por qué no me dices: «¡Al cuerno con Bárbara! ¡Tú eres la mujer que amo, y la vida es demasiado corta para pasarla sin ti!»?

–Al cuerno con Bárbara –dijo Liam–. Tú eres la mujer que amo, y la vida es demasiado corta para pasarla sin ti.

Ella lo miró de hito en hito.

Entonces se oyó un tintineo de llaves en la puerta de entrada, y alguien dijo:

–¿Euny?

El hombre que apareció en el recibidor era larguirucho y blanco de piel; llevaba unos vaqueros y una camisa a cuadros de manga corta, y una bolsa de la compra en la mano. Su rubio cabello era muy fino y demasiado largo –le cubría las orejas y le daba un aire de huérfano–, y su bigote, rubio y delgado, también era demasiado largo, y al verlo no podías evitar imaginar que, cuando comía, algunos pelos debían de ensuciársele.

Eunice se levantó de un brinco, pero luego se quedó allí de pie, con torpeza.

–Norman, te presento a Liam –dijo–. Estábamos... trabajando en su currículum.

–Hola –le dijo Norman a Liam.

Liam se levantó y le estrechó la mano a Norman, y tuvo la impresión de apretar solo huesos.

–No quiero interrumpiros –dijo Norman–. Voy a empezar a preparar la cena. ¿Te quedas a cenar con nosotros, Liam?

–No, yo... –dijo Liam; y, al mismo tiempo, Eunice dijo:

–No, él...

–Tengo que marcharme. Pero muchas gracias –dijo Liam.

–Qué pena –dijo Norman–. ¡Esta noche hay *tagine*! –Y levantó su bolsa de la compra.

–Últimamente Norman tiene una fase Oriente Próximo –le explicó Eunice a Liam.

Tenía las mejillas coloradas, y no los miraba a los ojos a ninguno de los dos.

–¿Siempre cocinas tú? –le preguntó Liam a Norman.

–Sí, bueno, es que a Eunice no se le da muy bien la cocina. ¿Y a ti, Liam? ¿Te gusta cocinar?

–No mucho –respondió Liam. El hecho de que Norman lo llamara por su nombre le hizo sentirse como si lo estuvieran entrevistando. Dijo–: Mi enfoque es más bien de sopa de lata.

–Te entiendo muy bien. Antes yo hacía lo mismo. ¡Hubo una época en que vivíamos a base de sopa de lentejas Progresso! Si no me crees, pregúntaselo a Eunice. Pero en mi laboratorio trabaja gente de diferentes países, y siempre llevan sus platos típicos. Empecé a pedir las recetas. Lo que mejor se me da es la comida de Oriente Próximo. No es una «fase» –dijo lanzándole a Eunice una mirada desafiante, extrañamente infantil–. La gastronomía de Oriente Próximo es muy sofisticada.

Para demostrarlo, abrió la bolsa de la compra, metió la cabeza dentro y aspiró hondo.

–¡Azafrán! –dijo al sacar la cabeza–. ¡Zumaque! He estado buscando granadas, pero no debe de ser la temporada. Quizá utilice arándanos en su lugar.

–Es una idea –dijo Liam.

Liam fue despacio hacia el recibidor. Eso significaba pasar al lado de Norman, que, ajeno a las intenciones de Liam, le cerró el paso y preguntó:

–¿Sabes cuándo es la temporada de granadas, Liam?

–Pues ahora mismo…

–Me fascinan las granadas –confesó Norman. (Eunice puso los ojos en blanco)–. Si te fijas, es curioso que la gente se las coma. ¡En realidad, no son más que semillas! Algunos mediorientales que conozco mastican las semillas concienzudamente. Las oyes crujir. A mí, en cambio, me gusta morderlas solo parcialmente, para saborear la parte jugosa, pero sin llegar a morder la cáscara. Ese sabor amargo no me gusta. Y esos trocitos amargos que se te quedan entre los dientes. Cuando nadie me ve, escupo las semillas.

–Por el amor de Dios, Norman, deja que se vaya a cenar a su casa –dijo Eunice.

–Ah –dijo Norman–. Lo siento. –Se cambió la bolsa de la compra a la mano izquierda para poder estrecharle la mano a Liam–. Me alegro de conocerte, Liam –dijo.

–Lo mismo digo –dijo Liam.

Echó a andar hacia el pasillo, y notó que Eunice lo seguía de cerca, pero no giró la cabeza para mirarla ni quiera cuando Norman ya no podía verlos. Ya en la puerta, dijo, en voz alta y clara:

–¡Bueno, muchas gracias por ayudarme!

–Liam –susurró ella.

Liam asió el picaporte.

–Liam, ¿lo has dicho en serio?

–¡Ya hablaremos! –dijo él con entusiasmo.

En el fondo del apartamento se oía ruido de cacharros, y a Norman silbando de forma poco melodiosa.

–¡Hasta pronto! –dijo Liam.

Y salió al rellano y cerró la puerta tras él.

Enfiló North Charles, y conducía tan mal que fue un milagro que no sufriera un accidente. Le salían coches de todas partes; cuando los semáforos cambiaban a verde, tardaba mucho en arrancar; aceleraba de forma brusca e irregular. Pero no era porque tuviera nada en particular en la mente. No tenía nada en la mente. Trataba de mantener la mente vacía.

Su intención era llegar a su apartamento y... derrumbarse, simplemente. Quedarse largo rato mirando el vacío. Imaginaba su apartamento como un remanso de soledad. Pero cuando entró en el salón, encontró a Kitty arrodillada en la moqueta. Estaba vaciando la maleta de vinilo azul, y poniendo montones de ropa en un semicírculo alrededor de ella.

–Estoy convencida de que tenía más bañadores –dijo sin levantar la cabeza.

Liam cruzó la habitación sin contestar.

–¡Hola! –dijo Kitty.

–¿Cuántos necesitas? –le preguntó él.

Era una pregunta automática, como la frase que le tocara decir en una obra de teatro: la típica pregunta de varón que sabía que su hija esperaba de él.

–Bueno –dijo ella. Se sentó sobre los talones y empezó a contar ayudándose con los dedos–. Para empezar, el de tomar el sol. Es un biquini muy pequeño sin tiras, para que no me deje marcas. Y luego, el de recambio, que tiene la misma forma que el otro, por si el primero está mojado. Luego, el de señora mayor, ¡ja! Para cuando estemos con los tíos de Damian…

Liam se dejó caer en una butaca y dejó que su hija siguiera hablando hasta que volvió a decir:

–¡Hola!

Liam la miró.

–¿Has oído lo que acabo de decirte? No me quedo a cenar.

–Vale.

Liam no tenía hambre, pero cuando miró la hora vio que eran más de las seis. Se levantó con trabajo y fue al rincón de la cocina a prepararse cualquier cosa fácil. En la nevera encontró media cebolla, un cartón de leche casi vacío y un cazo que contenía los restos de la sopa de tomate que se había tomado por la mañana. («Hubo una época en que vivíamos de sopa de lentejas Progresso», le pareció oír decir a Norman.) No, no quería sopa. En el armario encontró una caja de Cheerios, ya abierta. Vertió unos pocos en un cuenco. Luego añadió leche, cogió una cuchara y se sentó a la mesa.

Kitty se estaba probando un albornoz de playa a rayas rosa y verde lima.

–¿No parezco una sandía? –le preguntó.

Liam no le contestó.

–¡Papi!

–No, qué va –dijo Liam.

Se metió una cucharada de Cheerios en la boca y empezó a masticar diligentemente. Si Kitty decía algo más, los crujidos no le dejarían oírla.

Se había olvidado de que no le gustaban los cereales fríos. Tenía algo que ver con el contraste entre los cereales, crujientes y secos, y la leche, fría y húmeda. No combinaban bien, por decirlo así. Permanecían demasiado separados dentro de su boca. Se metió otra cucharada en la boca y se puso a pensar en las granadas. Sabía lo que Norman quería decir con eso de tratar de comerse la parte jugosa sin morder las semillas. Las pocas veces que había comido granadas, él había hecho lo mismo, y la descripción de Norman le trajo el sabor amargo detrás del sabor dulzón, y la sensación de trocitos de semilla duros alojándose en sus muelas. Sí, exactamente; lo sabía exactamente.

Sabía tan exactamente cómo se sentía Norman que casi podía ser Norman.

–¿Te gusta más este? –preguntó Kitty.

Se había puesto otro albornoz de playa; era corto, de toalla azul, y no la protegería del sol tanto como el otro. Pero antes de que Liam pudiera expresar su opinión, se oyeron unos golpes en la puerta.

–¡Pasa! –gritó Kitty.

En lugar de entrar, la persona que estaba al otro lado de la puerta volvió a llamar.

Kitty dio un falso suspiro y fue a abrir la puerta. Liam se metió otra cucharada de cereales en la boca. «Ah –le oyó decir–. Hola.» Giró la cabeza y vio entrar a Eunice con una bolsa de nailon gris en los brazos. La bolsa era grande, pero no debía de estar muy llena, porque colgaba de sus brazos, vacía por el medio y solo ligeramente abultada por los extremos.

Liam dejó la cuchara en la mesa y se levantó.

–Hola, Eunice –dijo.

–Al cuerno con Bárbara –dijo ella con decisión–. Al cuerno con Norman. Al cuerno con todo el mundo.

–No, Eunice.

–¿Qué?

–No –repitió él–. No podemos. Vete.

–¿Qué?

Kitty los miraba a uno y a otro.

–Lo siento, pero lo digo en serio –reafirmó Liam.

Vio cómo ella empezaba a creérselo. La expresión de ánimo fue desapareciendo poco a poco de su cara, hasta que todas sus facciones se relajaron. Se quedó quieta, con ambos pies plantados en el suelo, las ruidosas sandalias apuntando hacia fuera, como un pato, y con una masa de nailon gris y mustio en los brazos.

Entonces Eunice se dio la vuelta y se marchó.

Liam se recostó en la silla.

Kitty iba a decir algo, pero al final se limitó a sacudir los hombros, como si hubiera tenido un escalofrío, y se apretó el cinturón del albornoz.

12

La mecedora de Liam, donde él se había imaginado pasando tranquilamente la vejez, no era tan cómoda. Los listones del respaldo se le clavaban en la espalda. Y la butaca más pequeña era demasiado pequeña; el asiento era demasiado corto para sus muslos. Pero la otra butaca, más grande, no estaba tan mal. Liam podría pasarse días sentados en la butaca más grande.

Y se los pasaba.

Miraba cómo el sol cambiaba el color de los pinos en su trayectoria por el cielo; volvía las hojas de negras a verdes, y lanzaba haces polvorientos entre las ramas. Todas las tardes había un momento en que la línea de sombra coincidía a la perfección con la línea del bordillo del aparcamiento de enfrente. Liam esperaba ese momento. Si pasaba sin que él lo hubiera visto, se sentía estafado.

Se decía que si Eunice y él hubieran seguido juntos, su relación pronto habría perdido el encanto. Él habría empezado a corregirle los errores gramaticales, y ella habría empezado a notar lo mayor y lo irritable que era Liam. Él le habría preguntado por qué tenía que pisar tan fuerte al andar, y ella habría contestado que antes no le importaba su forma de andar.

Y de todas formas, el mundo estaba lleno de personas cuyas vidas no tenían sentido. Había hombres que se pasaban toda la edad adulta recogiendo basura de las calles de las ciudades, o metiendo el mismo tornillo en el mismo agujero, una y otra vez. Había hombres en las cárceles, hombres en hospitales psiquiátricos, hombres confinados a una cama de hospital que solo podían mover un dedo meñique.

Pero aun así...

Recordaba un proyecto artístico sobre el que había leído en algún sitio; consistía en que tú escribías tus secretos más íntimos en una postal y la enviabas para que la leyeran en público. Pensó que su postal rezaría: «No me siento especialmente desgraciado, pero no encuentro ningún motivo especial para seguir viviendo».

Una mañana, estaba allí sentado y oyó unos golpes, y se levantó de un salto para abrir aunque sabía que no debía hacerlo. Sin embargo, cuando abrió la puerta enconrtró a una desconocida, una mujer con los labios pintados, con una mata de cabello pelirrojo y unos pendientes de latón del tamaño de un barco de cabotaje. Estaba allí plantada con una cadera echada hacia fuera, y sujetaba una lata de Coca-Cola light en una mano.

–Hola –lo saludó la mujer.

–Hola.

–Me llamo Bootsie Twill. ¿Puedo pasar?

–Pues...

–Eres Liam, ¿no?

–Sí, pero...

–Soy la madre de Lamont. El chico que arrestaron.

–Ah –dijo Liam.

Liam dio un paso hacia atrás, y la señora Twill entró en el apartamento. Dio un sorbo de la lata y miró alrededor.

–Tienes mucha más luz que yo –observó–. ¿Qué orientación tiene este apartamento?

–Hmm... ¿Norte?

–Quizá debería cambiar mis cortinas –reflexionó ella. Cruzó la habitación y se desplomó en la butaca que Liam acababa de dejar libre. Llevaba unos pantalones pirata con estampado geométrico rojo y amarillo, y cuando puso el tobillo derecho sobre la rodilla izquierda, los bajos se deslizaron hacia arriba descubriendo unas pantorrillas bronceadas y relucientes.

No, no era la ancianita viuda de *Jack y las habichuelas mágicas* que Liam se había imaginado cuando había oído hablar de la detención de su hijo.

–¿En qué puedo ayudarla, señora Twill? –preguntó, y se sentó en la mecedora.

–Bootsie –dijo ella. Dio otro sorbo de refresco–. Lamont está en libertad bajo fianza. Ha pedido un juicio ante jurado. Va a negar la acusación.

Liam se preguntó cómo podía ser. Pero ¿qué sabía él de esas cosas? Trató de parecer comprensivo.

–He pensado que podía pedirte que fueras testigo de descargo –dijo ella.

–¡Testigo de descargo!

–Eso mismo.

–Pero señora Twill…

–Bootsie.

–Bootsie. Su hijo me atacó, ¿no lo sabe? Me dejó inconsciente de un golpe en la cabeza y me mordió en la mano.

–Sí, pero… mira, no se llevó nada, ¿verdad? No te robó nada. Seguro que cuando vio lo que había hecho se arrepintió tanto que se marchó corriendo.

Liam se meció en la mecedora y se quedó mirando fijamente a la señora Twill. Se planteó la posibilidad de que aquello solo fuera una broma, una situación del estilo de las de *Objetivo indiscreto* montada por… Bundy, tal vez.

–¿No te parece? –insistió ella.

–No –dijo Liam con ecuanimidad–. Yo creo que hice ruido y que los vecinos lo oyeron, y que su hijo se asustó y huyó.

–Pero ¿por qué eres tan sentencioso?

Liam prefirió no contestar esa pregunta.

–Mira –continuó ella–. Comprendo que tengas motivos para estar enfadado con él, pero tú no conoces toda su historia. Estamos hablando de un muchacho bueno, amable, compasivo y de buen corazón. Pero es el producto de una familia rota. Su padre era un imbécil, y en el colegio le detectaron dislexia, lo cual le produjo una baja autoestima. Además, creo que podría ser bipolar, o como se llame. TDA. O sea, que lo único que pido es una segunda oportunidad para él, ¿me entiendes? Si tú le dijeras al jurado que mi hijo entró en tu apartamento pero que luego se arrepintió…

–Mire, señora Twill…

–Bootsie.

–Yo estaba inconsciente –dijo Liam–. Su hijo me golpeó y perdí el conocimiento, no sé si me ha oído. No tengo ni la más remota idea de qué pensamientos pudo tener él, porque yo estaba fuera de combate. Ni siquiera sé qué aspecto tiene. Ni siquiera recuerdo oírlo entrar. No recuerdo absolutamente nada.

–Ya, sí, pero quizá puedas recordarlo, ¿no? No sé. Si lo vieras, por ejemplo. Ya sé qué podemos hacer: puedo llevarte a que lo conozcas. O traerlo aquí y presentártelo, si así lo prefieres. ¡Claro! Lo que más te convenga; tú mandas, desde luego. Y así él podría explicarte que estaba abrumado por el remordimiento, lo cual sería interesante para ti; porque tú todavía no has oído su versión. Y entre tanto, lo mirarías y quizá pensarías: ¡Eh! ¡Ahora me acuerdo! Al verlo, lo recordarías todo, ¿no crees?

Liam no lo sabía. Era la clase de escena con que había fantaseado cuando estaba tan preocupado por su amnesia. Pero en determinado momento había dejado de preocuparse por eso; no sabría decir exactamente cuándo. Si ahora le devolvían el recuerdo del incidente, preguntaría: ¿Y ya está?

¿Dónde está el resto? ¿Dónde está todo lo otro que he olvidado: mi infancia y mi juventud, mi primer matrimonio, mi segundo matrimonio y la crianza de mis hijas?

Vaya, tenía amnesia desde hacía mucho tiempo.

–Y otra cosa –iba diciendo la señora Twill–. Si le vieras la cara, aunque no recordaras nada, comprenderías que mi hijo es un chico encantador. ¡Es solo un muchacho! Muy tímido y torpe, siempre se corta cuando se afeita. Eso te haría entender su carácter. Quizá hasta te ayudaría a superar esto. Porque imagino que debes de estar asustado. Me imagino que cada vez que cruje el suelo, se te acelera el corazón, ¿me equivoco?

Se equivocaba. Cada vez que crujía el suelo, Liam carraspeaba o agitaba el periódico; tapaba como podía ese ruido, como había tapado siempre los ruidos sospechosos, incluso antes del robo.

Tenía la impresión de que, hasta ese momento, solo había experimentado una relación muy superficial con su propia vida. Había esquivado los temas más difíciles, había evitado los conflictos, había eludido hábilmente la aventura.

Dejó que la señora Twill le diera su número de teléfono porque esa era la forma más fácil de librarse de ella, y luego la acompañó afuera.

Cuando se sentó otra vez en su butaca (que el huesudo trasero de la señora Twill había dejado desagradablemente caliente), se dio cuenta de que había perdido el hilo de sus pensamientos. Estaba nervioso y angustiado. Pensó que quizá le sentara bien dar un paseo. O quizá hacer la compra. Se estaba acabando el zumo de naranja. Ensayó mentalmente los preparativos: hacer la lista, coger sus bolsas reciclables...

Recordó a la señora Twill como la había visto cuando le había abierto la puerta: su postura desenvuelta, su chabacano pintalabios, su cara desconocida, inoportuna, tan distinta de la cara de Eunice.

«Oh, Liam», le pareció oír decir a Eunice. «O Liam», vio escrito con su redonda caligrafía de colegiala, porque Eunice tenía la costumbre de escribir oh sin la h, lo que confería a sus notitas decoradas con caras sonrientes un tono inesperadamente poético. (O «Ojalá el señor Cope no tuviera esa reunión de presupuesto mañana...».)

A veces, sin su visto bueno, lo sorprendían de pronto recuerdos específicos de Eunice. Su negativa a conducir por autopistas, por ejemplo, porque la asustaba la presión de los conductores que tenía detrás en las vías de acceso. Su tendencia a hablar de cualquier cosa que pasara por su cabeza, sin tener en cuenta quién hubiera delante, de modo que era perfectamente capaz de preguntarle al cartero qué podía regalarle a una amiga suya que estaba a punto de tener un bebé. Y cómo se mordía el labio inferior cuando se concentraba en algo: sus dos pequeños y perlados incisivos parecían los dientes de una anticuada muñeca de porcelana que había tenido una de sus hijas.

U otros recuerdos más duros, de después de que Liam se enterara de que Eunice estaba casada. «Pero ¿y nuestra vida?», le oía decir, y era casi una melodía, una lastimera cancioncilla que quedaba suspendida en el aire.

¿Por qué había conocido a tantas mujeres tristes?

Su madre, en primer lugar: abandonada por su marido, siempre con la salud delicada, sin otro consuelo que sus hijos, advirtiéndoles constantemente. «Si vosotros dos me abandonáis, no sé cómo voy a soportarlo», decía. Y ¿qué hizo Liam? La abandonó. Aceptó una beca parcial en una universidad del Medio Oeste, pese a que la Universidad de Maryland también le había ofrecido una beca, y completa. ¿Cómo había podido hacer una cosa así?, preguntaban todas las amigas de la iglesia de su madre. Gracias a Dios que tenía a Julia; las hijas siempre eran un consuelo; pero ¿no había podido Liam quedarse un poco más cerca, al menos? Teniendo en cuenta lo sola que estaba su madre, tan desafortunada y víctima de las circunstancias. Era una santa. (Como ella misma solía decir: «Siempre me preocupo de todos menos de mí, aunque todos me dicen que no debería hacerlo. Ya sé que deben de tener razón, pero supongo que yo soy así».)

Liam no se defendía. En realidad, no podía defenderse. Se recordaba, con buen criterio, que siempre había alguien que desaprobaba algo. No tenía sentido dejar que eso lo afectara.

Qué curioso: antes resultaba muy fácil catalogar a su madre, pero, ahora que lo pensaba, surgían complejidades por todas partes. Volvía a ver la mirada asustada en sus ojos cuando sufría su última enfermedad, y sus pequeñas y anquilosadas manos. Pensó que, en general, la vida era desgarradora, una palabra que él no empleaba a la ligera.

Sus novias también habían sido mujeres tristes, aunque él no las había escogido conscientemente por su tristeza. Tarde o temprano, por lo visto, todas las chicas con que salía acababan revelando alguna pena oculta: un padre alcohólico o una madre con alguna enfermedad mental, o, como mínimo, una infancia marginada.

Bueno, quién sabe. También podía ser que todo el mundo fuera así.

Pero Millie… Millie era su princesa. Era alta y delgada, con una melena de cabello lacio y rubio y un hermoso rostro de cutis blanco. Tenía los ojos hundidos y de un color asombrosamente claro, y unos párpados como de porcelana, y andaba como si flotara, con mucha elegancia.

Perdóname, Millie, pensó. Había olvidado cuánto te quería.

La vio por primera vez en el apartamento de un amigo. Ella tocaba el violoncelo con un cuarteto de cuerda muy torpe e improvisado que le hacía reír. Reía con el cabello echado hacia atrás, con el cuerpo suelto y relajado, las piernas abiertas para dar cabida al instrumento. Eso resultó engañoso. Millie no era una persona abierta. Ni siquiera era violoncelista, sino arpista. Más tarde, Liam se enteró de que, unos meses atrás, Millie había ido a recoger una falda a la tintorería, pero era la hora de comer y la tintorería estaba cerrada, así que entró en la tienda de instrumentos musicales que había al lado y se compró un violoncelo. Millie era así, antojadiza. Fantasiosa. Una especie de ninfa. Liam se había enamorado locamente de ella. La había perseguido con gran determinación hasta que ella accedió a casarse con él, menos de seis meses después de conocerse.

¿Había insistido él demasiado? ¿Había abrigado ella algún recelo? Entonces a él no se lo había parecido, pero ya no estaba tan seguro. Al principio de su matrimonio, Liam creía que ella estaba contenta. (Aunque siempre, ahora que lo pensaba, muy callada y un poco distante.) La verdad es que Millie no era una persona muy festiva. Para ella, el sexo era, en cierto modo, un suplicio, y deploraba la excesiva importancia que la gente –incluso Liam, en esa época– daba a la comida y a la bebida. De hecho, no tardó en hacerse vegetariana estricta, lo que hizo que se quedara aún más pálida, casi traslúcida.

Pero el cambio más importante lo sufrió durante el embarazo. Fue un embarazo no planeado, de acuerdo, pero tampoco significaba el fin del mundo. En eso estaban ambos de acuerdo. Cuando Millie empezó a dormir mucho y a desconectarse cada vez más de la vida cotidiana, pues bueno, era lógico, ¿no? Pero después de que naciera el bebé no volvió a la normalidad.

O quizá hubiera sido siempre así, y Liam no hubiera sabido percibirlo.

Era como ser arrastrado por los tobillos hacia un pantano. Millie ya se había sumergido, y Liam luchaba por no ceder al peso de ella.

Consultaron al psicólogo de la universidad, desde luego, pero Millie opinaba que Liam no sabía lo que decía, así que el asunto quedó zanjado. Y, durante un breve período, el médico de Millie conjeturó que quizá sufriera una apendicitis silenciosa, una infección leve y crónica que tal vez explicara su cansancio constante y su falta de energía. Sintieron ambos un gran alivio (también Millie, recordó ahora Liam, y eso lo entristeció). ¡Ah, bueno! ¡Solo era una dolencia física! ¡Algo que podía remediarse con cirugía!

Pero esa teoría quedó descartada, y poco a poco, Milly volvió a sumirse en una deprimente desesperanza, hasta el extremo de que apenas tenía fuerzas para terminar el día. Muchas veces, cuando Liam llegaba a casa por la noche, la encontraba en bata; el bebé estaba quejoso y con el cabello enmarañado; el apartamento olía a pañales sucios, y el fregadero estaba lleno de platos por lavar. ¡Por Dios, muérete ya!, había pensado Liam más de una vez. No lo pensaba en serio, por supuesto.

¿Podía ser que, en el fondo, Liam ya supiera que Millie iba a tomarse aquellas pastillas? ¿Y que no hubiera hecho nada para impedirlo?

No, no lo creía.

Pero tenía que admitir que la culpaba a ella de su infelicidad. Liam sentía una especie de superioridad; se preguntaba por qué ella no se recomponía, por el amor de Dios.

Una noche, la vecina del apartamento de al lado, una mujer mayor, salió al rellano cuando Liam llegó a casa.

–Señor Pennywell –dijo–, la niña no ha parado de llorar desde esta mañana. De vez en cuando se calla, pero luego empieza a llorar otra vez. Desde las ocho de la mañana, y se ha quedado ronca. He llamado dos veces a la puerta, pero no me han contestado, y su esposa tiene la puerta cerrada con llave.

–Gracias –dijo él, aunque no se sentía nada agradecido.

Vieja entrometida. ¡Él no podía hacerlo todo! Entró en el apartamento, y entonces pensó: ¿Desde las ocho de la mañana?

Liam se había marchado a su cubículo de la biblioteca poco después de las siete. Millie era un bulto acurrucado bajo la manta de punto del sofá del salón. Solía levantarse de la cama por la noche cuando no podía dormir y se ponía a ver películas antiguas en el televisor. Liam había apagado el televisor y se había marchado sin tratar de despertarla.

Las ocho de la mañana, pensó, y se quedó paralizado, sin respirar siquiera, escuchando el enorme, hueco, resonante silencio que se apreciaba entre los roncos sollozos del bebé.

La gente intentaba ser amable y decía: «Es lógico que estés enfadado». Pero Liam no les hacía caso.

«No estoy en absoluto enfadado –decía–. ¿Por qué pensáis que estoy enfadado?»

Se mostraba muy enérgico y eficiente. Dedicó las primeras semanas a buscar una guardería, haciendo malabarismos para conciliar el trabajo y el cuidado de su hija. Adoraba a su hija; o por lo menos le tenía mucho apego; o por lo menos le preocupaba enormemente su bienestar. Sin embargo, en su sueño favorito de esa época se veía a sí mismo sentado, solo, en una habitación vacía durante horas y horas, sin nadie que lo molestara, sin nadie que lo interrumpiera, sin que ningún ser humano lo necesitara.

Pero «¡Me va todo muy bien!», decía a sus amigos. «¡Estoy mejor que nunca!»

Veía el cambio que se producía en su expresión, que pasaba de solícita a sorprendida, y por último a cuidadosamente neutral.

«Me alegro», decían.

Decían: «Es genial que te estés apañando tan bien. ¡Mira hacia delante! Es la actitud más saludable».

Xanthe y él volvieron a Baltimore en otoño. Fue un reconocimiento de la derrota; Liam se estaba enterando de lo que costaba criar a un bebé. Alquiló un apartamento cerca de donde vivían su madre y su hermana, y empezó a dar clases en el colegio Fremont, una degradación, sin duda alguna. En su universidad, era profesor auxiliar, y estaba empezando su tesis doctoral. En el colegio Fremont enseñaba historia, que ni siquiera era su especialidad, y que solo estaba tangencialmente relacionada con los filósofos que él tanto amaba. Pero era un colegio con mucho prestigio y, como Liam no tenía título de maestro, podía considerarse afortunado porque lo hubieran contratado.

Puso a Xanthe en una guardería que parecía estar cerrada más días de los que estaba abierta; guardaba fiestas que él ni siquiera sabía que existían, con lo cual se pasaba la vida buscando canguros. Dependía mucho de su madre, pese a lo inadecuada que resultaba, y de unas cuantas mujeres de color mayores que ella que le proporcionaba una agencia. Xanthe soportaba esos apaños sin protestar, de hecho, sin reaccionar en absoluto. Era una niña imperturbable, de expresión solemne y atenta, y se notaba a la legua que era huérfana de madre. Desprendía un aura visible de orfandad. Su falta de una madre era tan patéticamente aparente que, al verla, las mujeres enloquecían. Le llevaban a Liam molletes y galletas y jamones cocidos gigantescos. Se plantaban en su puerta, con una sonrisa deslumbrante en la cara, y se ofrecían para ordenarle un poco el apartamento o le preguntaban si su hija tenía alguna preferencia con la comida. Xanthe apenas comía nada. Liam no entendía cómo podía estar tan gordinflona con lo poco que comía.

A esas mujeres siempre les sobraban entradas para el circo o para alguna película de Walt Disney. Conocían un espray que le ayudaría a desenredarle el cabello a la niña. Les chiflaba ir de picnic a Cow Hill.

Liam odiaba los picnics. Odiaba las dos manchas de humedad que siempre aparecían en el trasero de sus pantalones aunque llevara semanas sin llover. Atraía los mosquitos como un imán. Y le costaba mucho trabajo seguirles la corriente a aquellas mujeres. Estaban todas llenas de alegría y entusiasmo. Liam se sentaba junto a sus manteles a cuadros y, hundido y callado junto a su taciturna hija, se sentía un hombre amargado.

Bárbara, en cambio, no le había exigido nada. Liam la conoció cuando empezó a comer en la biblioteca del colegio para evitar a los otros profesores, entre los que había un par de aficionadas a los picnics. En la biblioteca estaba prohibido comer, por supuesto, pero su comida era muy discreta –un pedazo de queso, una pieza de fruta–, y Bárbara fingía no enterarse. En esa época, ella tenía treinta y pocos; era una mujer simpática y de rostro agradable, un par de años mayor que Liam, y no tenía nada que a él le llamara especialmente la atención. Normalmente, Bárbara lo dejaba en paz o, como mucho, mantenían una breve conversación sobre algún libro que él hubiera cogido al azar de un estante. Ella no se parecía en nada a las demás.

Durante el primer año y la mitad del segundo que Liam pasó allí, siguió con esa rutina, cómoda y poco exigente. Semestre de otoño, semestre de primavera, y otra vez semestre de otoño. Alumnos jóvenes, bastante agradables, la mayoría, y que de vez en cuando demostraban una chispa de interés por su clase. Comía en la biblioteca, y Bárbara se detenía un momento junto a su mesa para intercambiar unas pocas palabras o, a veces, sentarse un momento en la silla de al lado. A esas alturas ella ya conocía la historia de Liam, y él, la de ella. Bárbara vivía sola en el tercer piso de una casa antigua de Roland Avenue. Su padre estaba ingresado en una residencia para ancianos. Le gustaba mucho su trabajo.

Un día, mientras Bárbara le mostraba un libro nuevo sobre la ciudad-estado de Carthage, Liam la besó. Ella le devolvió el beso. Eran dos adultos sensatos; no le dieron más importancia de la que tenía. Él no sintió esa trémula euforia que había sentido en los primeros tiempos con Millie, pero tampoco quería sentirla. Agradecía el carácter alegre de Bárbara y le gustaba su independencia.

En fin, seguramente sí le dio más importancia de la que tenía. Y debió de ser un marido de pena. (Bueno, es evidente que lo fue, en vista de cómo acabó todo.) Cuando recordaba cómo bailaba Bárbara en las fiestas del colegio –entonando a pleno pulmón «Surf City» y «Dr. Octopus»–, se preguntaba cómo podía haber estado él tan ciego. ¡En el fondo, ella debía de esperar tanto de él...! Y él le había ofrecido muy poco.

Todo ese ahondar en el pasado era culpa de Eunice. De no ser por ella –por su pérdida–, Liam no estaría cavilando sobre esas cosas.

De la forma más imprevista, al final Eunice sí se había convertido en su recordadora.

Kitty volvió de Ocean City con la piel de color caramelo, excepto la del puente de la nariz, que estaba de color rosa y empezaba a despellejarse. Entró con la bolsa colgada del hombro y dejó la puerta abierta de par en par.

–¡Papi! –gritó–. ¡Hola!

Era un domingo por la mañana, y Liam estaba preparándose unos huevos revueltos para desayunar. Tardó un instante en registrar la presencia de su hija.

–¿Puedes acompañar a Damian? –le preguntó Kitty.

–¿Adónde?

–A casa de su madre, dentro de un rato. Si no, tendrá que marcharse ahora mismo con sus tíos.

–Supongo que sí.

Kitty dejó su bolsa encima de una butaca, giró sobre los talones y volvió a la puerta.

–¡Dice que sí! –chilló.

¡Cuánto ruido, de repente! Liam estaba un poco aturdido.

Cuando volvió Kitty, traía a Damian con ella. Damian llevaba una mochila y estaba igual de blanco que el día que se marchó.

–Al menos hay alguien que escucha las advertencias –le dijo Liam.

–¿Cómo? –dijo Damian.

–Las advertencias de los dermatólogos.

Damian lo miró sin comprender.

–Ha tomado el sol tanto como yo –intervino Kitty–, pero a él no le afecta.

–¿En serio? –se extrañó Liam. Eso le pareció un poco sospechoso, como si Damian fuera una especie de vampiro, pero apartó esa idea de su pensamiento–. ¿Alguien quiere desayunar? –preguntó.

–¿Desayunar? –dijo Kitty–. Pero si son casi las once.

–Hoy me he levantado tarde.

–Ya lo veo.

–Al fin y al cabo, es domingo.

–Y pareces un vagabundo. ¿Te estás dejando barba o algo?

–¡Es domingo! –repitió él, y se frotó la barbilla.

–Yo sí quiero desayunar –se pronunció Damian.

–Has desayunado hace horas –le dijo Kitty.

–Por eso. Tengo hambre.

–Ahora no, Damian. Tenemos que hablar.

Liam se sorprendió (¿no habían tenido tiempo para hablar en la playa?), pero entonces comprendió que era con él con quien Kitty quería hablar. Su hija se le plantó delante y dijo:

–He estado pensando, papi.

Liam se preparó.

–Creo que el curso que viene debería quedarme aquí –dijo Kitty.

–¿Qué? ¿Quedarte aquí conmigo?

–Exacto.

La propuesta de Kitty le produjo una confusa mezcla de reacciones. ¿Y su intimidad, y su vida tranquila y solitaria? Pero, por otra parte, era consciente de una extraña sensación de alivio. Dejó la espátula.

–Aquí no hay suficiente espacio –dijo–. Solo tengo el despacho.

–¡No utilizas el despacho para nada!

–Porque hasta ahora no he podido, si no te importa.

–¿Qué quieres hacer en ese despacho?

A Liam no se le ocurrió ninguna respuesta. Dijo:

–Mira, ya hablaremos de esto más tarde. Tenemos mucho tiempo para discutirlo.

–No, no tenemos mucho tiempo. El verano se está acabando.

–Ah, ¿sí?

–Las clases empiezan dentro de dos semanas.

–¿Tan pronto?

El jueves anterior, le había llamado una mujer de un sitio llamado Bet Ha-Midrash y le había dicho que se había enterado de que quizá le interesara un empleo allí.

–Un empleo –había dicho Liam.

La mujer lo había pillado desprevenido.

–Un empleo de *zayda* en nuestra clase de niños de tres años.

–Ah –dijo él–. Vale…

–¿Puede enviarnos una solicitud?

–Vale…

No sabía por qué, pero había dado por hecho que todavía tenía semanas para hacerlo, y de hecho no había vuelto a pensar en ello.

–Estamos en agosto –dijo, incrédulo.

–A finales de agosto –puntualizó Kitty.

–Siempre pasa lo mismo, ¿verdad? –le comentó Liam a Damian–. El verano pasa volando.

Y, si no sabías toda la historia, podías pensar que Eunice solo había sido un amor de verano.

Damian se había sentado a la mesa y estaba mordisqueando una tostada, la tostada de Liam, por cierto. Quizá no se hubiera dado cuenta de que Liam se había dirigido a él. Kitty dijo:

–A mí el verano no me ha pasado volando. Estaba enterrada con vida en el consultorio de un dentista.

–Bueno, tendré que meditarlo bien –dijo Liam para ganar tiempo. Puso los huevos en un plato–. Y dependerá de lo que diga tu madre, por descontado.

–Ella dirá que no –dijo Kitty.

–Pues, en ese caso, no puedes, ¿no te parece?

–Pero si hablaras con ella...

–Ya te he dicho que lo haré.

–¿Cuándo?

–No sé. La llamaré esta tarde.

–¡No, por teléfono no! Por teléfono ella lo tendrá demasiado fácil para decirte que no. Tendríamos que ir a verla.

Liam la miró con recelo.

–Quiero que se convenza de que lo decimos en serio –explicó Kitty–. Tendríamos que ir tú y yo ahora mismo a su casa y plantearle todas nuestras razones.

–Y ¿cuáles son nuestras razones?

–Que no nos molestamos el uno al otro, para empezar.

–Si lo que quieres decir con eso es que yo soy menos estricto –dijo Liam–, entonces tu madre dirá que debes quedarte con ella. Y tendrá mucha razón.

¡Uy! Liam había hecho que Kitty adoptara su pose de doncella suplicante. Su hija se dejó caer en el suelo, con las manos entrelazadas delante del pecho. Damian dejó de masticar y se quedó mirándola con fijeza.

–Por favor, por favor, por favor –dijo ella–. ¿Te he dado algún problema este verano? ¿He llegado un solo minuto tarde por las noches? Te lo suplico, papi. Apiádate de mí. Estaba en la playa y lo único que pensaba era: Va a empezar el curso y tendré que volver a casa con mamá. ¡No hay derecho! Tendría que poder vivir contigo un tiempo. Nunca he vivido contigo, desde que tengo uso de razón. En toda mi vida, lo único que he tenido es esta parte del verano: julio y parte de agosto. Xanthe y Louise tuvieron mucho más tiempo que yo. Y piensa que solo será un año. Después iré a la universidad. ¡Nunca volverás a tener la oportunidad de convivir conmigo!

Liam se rió.

Le dio la impresión de que hacía una eternidad que no se reía.

–Bueno –dijo–. A ver qué dice tu madre.

Kitty se levantó y se alisó la ropa.

–¿Tenemos mermelada? –preguntó Damian.

El que Kitty no dejara que Damian los acompañara a ver a Bárbara era una prueba de lo en serio que se tomaba todo aquello.

–Lo único que harías sería complicar las cosas –le dijo–. Te dejaremos en casa de tu madre de camino.

–¡Muchas gracias! –replicó Damian, pero Kitty no le hizo caso, sino que se dirigió a su padre.

–Supongo que pensarás afeitarte –le dijo.

–Bueno, no estaría mal. Cuando haya acabado de desayunar.

–Y ¿qué me dices de la ropa que llevas?

–¿Qué le pasa?

–No pensarás salir a la calle vestido así, ¿verdad?

Liam se miró la ropa: una camiseta perfectamente decente y unos pantalones a los que siempre llamaba sus pantalones de jardinero, aunque él no practicaba la jardinería.

–¿Qué le pasa a mi ropa? –preguntó–. Como si tuviera que aparecer en público.

–Mamá pensará que no pareces... de fiar.

–Vale, me cambiaré. Pero deja que me acabe el desayuno, ¿vale?

Entonces Kitty se retiró, pero Liam la veía acechando en los límites de su visión, retorciéndose las manos y haciendo aspavientos y cogiendo cosas para volverlas a dejar. Damian, entre tanto, había adoptado una posición horizontal en una butaca, con la sección de deportes del *Sun*. De vez en cuando le leía un resultado de béisbol a Kitty, pero no parecía que ella lo escuchara.

Mientras Liam se afeitaba, se le ocurrió preguntarse por qué le había dicho que sí a Kitty. ¡Él no quería que su hija se instalara permanentemente con él! En primer lugar, estaba harto de todos esos champús y suavizantes que olían a frutas y que ocupaban el borde de su bañera. Y la moqueta del despacho no se veía desde que Kitty se había instalado allí.

Pero cuando salió del cuarto de baño, correctamente vestido, vio que Kitty había lavado y secado los platos del desayuno y que había limpiado la cocina. Ese detalle lo enterneció, pese a que sabía que no era probable que se repitiera.

El día estaba nublado, pero era lo bastante agradable para que la gente saliera y se dedicara a sus pasatiempos dominicales: pasear en bicicleta por el carril reservado de North Charles, correr, caminar, salir en masa de diversas iglesias. En la calle donde vivía la madre de Damian, dos adolescentes se lanzaban una pelota de fútbol, y Damian salió del asiento trasero con apenas un «Gracias» y fue a reunirse con ellos. «¡Ya te contaré cómo ha ido!», le gritó Kitty.

Damian levantó un brazo, pero no se dio la vuelta. Era el brazo roto, tenía el yeso gris y cubierto de inscripciones. Era evidente que el brazo no le molestaba, porque cuando uno de los chicos le lanzó la pelota, él la atrapó con facilidad.

–El martes le van a cortar el yeso para que no le cubra el codo –le dijo Kitty a Liam–, y entonces ya podrá conducir. Ya no tendrás que acompañarme a todas partes. ¿Ves como todo ayuda a que me quede a vivir contigo?

–No te hagas demasiadas ilusiones –le advirtió Liam–. No estoy seguro de que tu madre dé su aprobación.

–¡Ay! ¿Por qué eres siempre tan negativo? ¿Por qué siempre esperas lo peor?

Liam no contestó esa pregunta.

En el barrio de Bárbara –que antaño había sido el barrio de Liam, verde y pulcro y sombreado por viejos árboles–, el estanque central estaba rodeado de niños que les echaban migas de pan a los patos. En la hierba había gente paseando y niños en triciclo, y aquí y allá, mantas para que se sentaran los bebés. Liam conducía despacio, por si acaso. Frenó para dejar cruzar a un grupo de gente: dos parejas con una niña pequeña y un niño más alto que debía de ser su hermano. «Era la misma tortuga que vimos el otro día. Sé que era la misma», iba diciendo la niña, y Liam se preguntó si sería la misma tortuga que veían sus hijas y él. Louise siempre quería llevársela a casa; se inclinaba tanto sobre el borde del estanque, estirando un brazo hacia el agua, que Liam sentía la necesidad de agarrarla por los tirantes del pantalón de peto por si se caía. Y en una ocasión, Xanthe llegó a caerse, una tarde de invierno que las niñas fueron a patinar sobre hielo. El estanque era muy poco profundo y no entrañaba ningún peligro, pero el agua estaba tremendamente fría. Xanthe llegó a casa llorando, recordaba Liam, y Lousie también, por empatía.

Torció por la calle de Bárbara y aparcó delante de su antigua casa, de estilo colonial, de tablas de madera blancas, modesta, ni la mitad de grande o imponente que las casas de los alrededores. Cuando Bárbara y Madigan se casaron, se plantearon la posibilidad de comprar una casa en Guilford, pero ella no quiso marcharse del barrio. Liam, en el fondo, se había alegrado. Se habría sentido aún más rechazado, más desbancado, si Bárbara se hubiera ido a vivir a otro sitio que él no pudiera imaginar cuando pensara en ella.

Liam iba a apearse del coche cuando Kitty exclamó:

–¡Miércoles!

–¿Qué pasa?

–Está Xanthe.

Liam miró alrededor.

–¿Seguro? ¿Cómo lo sabes?

–Mira: su coche.

–¿Ese es el coche de Xanthe?

Era uno de esos coches nuevos, de bordes afilados, de color azul claro. Liam tenía entendido que Xanthe conducía un Jetta rojo. Pero Kitty confirmó:

–Sí.

–¿Qué ha pasado con el Jetta?

–Lo ha vendido.

–No lo sabía –dijo Liam. Trató de recordar cuándo había visto a Xanthe por última vez.

–Lo que faltaba –dijo Kitty cuando enfilaron el camino de la casa.

–¿Por qué?

–Está enfadada conmigo, no sé por qué. Seguro que se pone de parte de mamá solo para fastidiarme.

–Conmigo también está enfadada –comentó Liam.

–Genial.

Si Xanthe también estaba enfadada con Kitty, debía de ser verdad que el motivo era Damian. Alguien iba a tener que informarla de que habían detenido al tipo que había entrado a robar en su apartamento. Liam fue a comentárselo a Kitty, pero se calló. Seguramente, Kitty no tenía ni idea de las sospechas de Xanthe.

Ya habían llegado a la puerta de la casa cuando Kitty dijo:

–Espera, creo que las oigo en la parte de atrás.

Y entonces Liam también oyó voces provenientes de la parte trasera de la casa. Dieron la vuelta y tomaron el sendero que llevaba hasta el patio trasero. Cuando salieron de debajo del magnolio, encontraron a Bárbara y a Xanthe comiendo, sentadas a la mesa de hierro forjado del patio. Jonás estaba cerca de ellas, acuclillado en las losas, dibujando pequeños círculos asimétricos con un trozo de tiza. El niño fue quien los vio primero.

–Hola, Kitty. Hola, papi –dijo, y se levantó.

–Hola, Jonás.

Liam no se había dado cuenta hasta entonces de que Jonás lo llamaba papi.

–¡Mirad quién ha venido! –dijo Bárbara. Pero Xanthe, tras lanzarles una rápida mirada, puso una cara inexpresiva y siguió untando un panecillo con mantequilla.

–No te pusiste crema protectora, ¿verdad? –le dijo Bárbara a Kitty–. ¡Mira que te lo llegué a decir! ¿Para qué tienes la cabeza? Estás achicharrada.

–Ay, gracias por preguntármelo, querida madre –dijo Kitty–. Lo he pasado estupendamente.

Sin inmutarse, Bárbara se volvió hacia Liam.

–Me han dejado a Jonás este fin de semana –dijo–, porque Louise y Dougall se han ido al Retiro de Renovación Matrimonial de su iglesia.

A Liam se le ocurrieron varias preguntas que hacer sobre eso –¿por qué consideraban que su matrimonio necesitaba una renovación? ¿Debía preocuparse?–, pero antes de que pudiera formularlas, Bárbara se levantó y dijo:

–Voy a traer más platos. Sentaos.

–Para mí no hace falta, gracias. Acabo de desayunar –dijo Liam.

Pero Bárbara ya iba hacia la puerta de atrás, y Kitty se puso a hacer violentos movimientos para indicar a su padre que la siguiera.

–¡Ve con ella! –dijo moviendo los labios.

Liam, obediente, salió detrás de Bárbara. (En el fondo, era un alivio alejarse de la gélida atmósfera que rodeaba a Xanthe.) Liam aguantó la puerta mosquitera, y Bárbara dijo: «Ay, gracias».

Cuando ya estaban dentro de la casa, Bárbara dijo:

–Esa niña no tiene ni pizca de sentido común. ¡Ya verás cuando tenga melanoma! Entonces se acordará.

–Mujer, nosotros crecimos sin crema protectora.

–Entonces era diferente –replicó ella sin lógica.

A Liam le encantaba la cocina de Bárbara. Que él supiera, nunca se habían hecho obras. En algún momento habían puesto un lavavajillas junto al fregadero, pero, por lo demás, la cocina estaba decorada como en los años treinta. El suelo de linóleo, gastado, tenía rastros de un estampado estilo Mondrian; la nevera tenía los cantos redondeados, y habían pintado los armarios tantas veces que las puertas ya no cerraban del todo. Hasta las plantas del alféizar parecían anticuadas: un filodendro que ascendía hacia la barra de la cortina y volvía a descender, y un cactus espinoso y raquítico en un tiesto de cerámica con forma de burro. Liam habría podido sentarse en una de las sillas de madera rojas y habría podido quedarse allí para siempre, tranquilo y sintiéndose como en su casa.

Pero entonces llegó Kitty para recordarle su misión. Soltó la puerta mosquitera, que dio un portazo, y miró con aire de complicidad a su padre; fue hasta el fregadero, disimulando, y abrió el grifo sin ningún motivo aparente.

–Por cierto –dijo Liam. Le hablaba a la espalda de Bárbara, que buscaba algo en el armario de la vajilla. Llevaba unos pantalones de lino blancos que le hacían parecer más seria y más autoritaria de lo normal–. He estado pensando...

No estaba claro si Bárbara lo había oído por encima del ruido del agua del grifo. Puso dos platos en la encimera y abrió el cajón de la cubertería.

–He estado pensando que Kitty podría quedarse a vivir conmigo este curso –dijo Liam.

El asumir toda la responsabilidad de la proposición –«he estado pensando»– era un gesto de cortesía, pero Kitty estropeó el efecto cerrando el grifo con decisión y dándose la vuelta para decir:

–¡Por favor, mamá!

Bárbara se volvió hacia Liam.

–¿Cómo dices? –preguntó.

–Podría quedarse en mi apartamento –dijo Liam–. Solo el curso que viene. Luego se irá a la universidad.

–A ver, Liam, ¿me estás diciendo que estás dispuesto a supervisar sus deberes, a llevarla a ella y a sus amigos a los partidos de lacrosse y a recogerla de las clases de natación? ¿Vas a entrevistarte con su asesor universitario y vas a asegurarte de que se ponga las vacunas antialérgicas?

Aquello parecía un compromiso mayor de lo que él había imaginado, francamente. Le lanzó una mirada de vacilación a Kitty. Su hija dio un paso adelante, pero en lugar de ponerse a hacer el numerito de la doncella suplicante, como él esperaba, lo señaló con una mano, volviendo la palma hacia arriba, y dijo:

–Alguien tiene que vigilarlo. ¡Míralo!

Liam parpadeó.

Bárbara lo examinó más detenidamente y dijo:

–Sí, ¿qué te pasa?

–¿Cómo que qué me pasa?

–Estás... más delgado.

Liam tuvo la impresión de que Bárbara había estado a punto de decir otra cosa, algo menos cortés.

–Estoy bien –dijo.

Liam miró a Kitty con el ceño fruncido. No pensaba pronunciar ni una sola palabra más en su favor.

Kitty le devolvió una mirada insulsa.

–Kitty, ¿quieres llevar estas cosas al patio, por favor? –dijo Bárbara.

–Pero...

–Toma –ordenó Bárbara, y le dio los platos a Kitty, con un montón de cubiertos encima.

Kitty los aceptó, pero cuando salió por la puerta mosquitera, miró con ojos suplicantes a su padre.

Liam se negó a darle la más mínima señal de ánimo.

–No lo digo por mí –aclaró Liam en cuanto Bárbara y él se quedaron solos–. Tu hija te toma el pelo.

–Sí, ya... Liam, no quiero ser entrometida, pero no estoy segura de que en tu vida haya sitio para una adolescente.

–Tienes razón, quizá no lo haya –dijo Liam. Al cuerno.

–Si Kitty estuviera en tu apartamento, no podría quedarse otra persona a pasar la noche contigo. No sé si lo has pensado.

–¿A pasar la noche conmigo?

–Si hubiera sabido que tenías una relación, no habría dejado que Kitty fuera a pasar el verano contigo.

–No tengo ninguna relación –repuso él.

–Ah, ¿no?

–No.

–Pues el otro día me pareció…

–Ya no –dijo él.

–Entiendo –dijo Bárbara. Y añadió–: Lo siento.

Había algo en su tono de voz –tan delicado, tan diplomático– que implicaba que Bárbara daba por hecho que la ruptura no había sido decisión de Liam. Adoptó una expresión de compasión y aflicción, como si Liam acabara de anunciarle la pérdida de un ser querido.

–Pero respecto a Kitty –dijo Liam–, mira, quizá tengas razón. Seguramente, a largo plazo sería un padre terrible.

Bárbara soltó una carcajada.

–¿Qué pasa? –preguntó él.

–No, nada.

–¿Qué es eso tan gracioso?

–No –respondió Bárbara–, que nunca discutes las malas opiniones que los demás tienen de ti. Te pueden hacer el comentario más negativo (que eres negado, que eres insensible), y tú dices: «Sí, bueno, quizá tengas razón». En tu lugar, yo me quedaría hecha polvo.

–Ah, ¿sí? –dijo Liam. Estaba intrigado–. Sí, bueno, quizá tengas… O mejor dicho… ¿Te quedarías hecha polvo aunque estuvieras completamente de acuerdo?

–¡Sobre todo si estuviera completamente de acuerdo! –dijo ella–. ¿Insinúas que estás de acuerdo? ¿Crees que eres una mala persona?

–No, mala no –dijo Liam–. Pero seamos sinceros: no me he cubierto precisamente de gloria. No sé, da la impresión de que no le cojo el tranquillo a las cosas. Es como si nunca hubiera estado del todo presente en mi propia vida.

Bárbara se quedó callada y volvió a mirarlo con esa expresión excesivamente amable.

Liam dijo:

–¿Te acuerdas de aquel programa de televisión que presentaba Dean Martin? Allá por los setenta, creo; a Millie le gustaba verlo. No me acuerdo de cómo se llamaba.

–¿*El show de Dean Martin?* –sugirió Bárbara.

–Sí, puede ser. Siempre bromeaba sobre su afición a la bebida, ¿recuerdas? Siempre hablaba de sus borracheras. Y una noche, uno de los invitados estaba rememorando una fiesta en la que habían coincidido, y Dean Martin le preguntó: «¿Me lo pasé bien?».

Bárbara esbozó una sonrisa; ya no parecía tan divertida.

–Si se lo había pasado bien –dijo Liam–. ¡Ja!

–¿Qué quieres decir, Liam?

–Yo podría hacerte la misma pregunta –dijo él.

–¿Podrías preguntarme qué quiero decir?

–No, podría preguntarte si me lo había pasado bien.

Bárbara arrugó la frente.

–Es igual. Déjalo –dijo Liam.

Desistir le produjo alivio. Sintió alivio al apartarse de Bárbara y ver acercarse a Kitty. Con total naturalidad, muy decidida, Kitty abrió la puerta mosquitera y dijo:

–¿Ya os habéis puesto de acuerdo?

–Estábamos hablando de Dean Martin –le dijo Bárbara con aspereza.

–¿De quién? Pero ¿y yo?

–Bueno –dijo Bárbara. Caviló un momento, y entonces, de repente, dijo–: Supongo que podríamos probarlo.

–¡Gracias!

–Pero con condiciones, ¿vale?

–Sí, claro.

–Si me entero de que has incumplido las normas, señorita, o de que le has ocasionado algún problema a tu padre...

–Ya lo sé, ya lo sé –dijo Kitty; salió de la cocina y se dirigió a la escalera, presuntamente para hacer las maletas.

Bárbara miró a Liam.

–Eso de las normas lo digo en serio.

Liam asintió. Pero en el fondo tenía la impresión de que Bárbara había tomado una decisión sin tenerlo realmente en cuenta a él. ¿En qué lío se había metido?

Como si le leyera el pensamiento, Bárbara le sonrió y le dio una palmadita en la muñeca.

–Ven a comer algo –dijo.

A Liam se le olvidó recordarle que no tenía hambre. Salió con ella de la cocina y fueron al patio.

Allí, Jonás había dejado la tiza y estaba sentado en el borde de la silla, al lado de Xanthe.

–¡Hemos visto un animal! –gritó–. ¡Tienes un animal en el patio, abuelita! Era un zorro o un oso hormiguero.

–Uy, espero que sea un oso hormiguero –dijo Bárbara–. Hace años que no veo ninguno.

–Tenía la nariz larga o la cola larga, una de dos. ¿Dónde está Kitty? Tengo que contárselo a Kitty.

–Viene enseguida, corazón. Está haciendo las maletas.

Liam acercó una silla y se sentó al lado de Jonás. Estaba justo enfrente de Xanthe, pero Xanthe eludía su mirada.

–¿Las maletas? ¿Cómo es eso? –le preguntó a Bárbara.

–Se va a vivir con tu padre.

–¿Qué?

–Pasará el curso escolar con él. Si se comporta, claro.

Entonces Xanthe miró a Liam con la boca abierta. Se volvió hacia Bárbara y dijo:

–¿Que va a vivir con él?

–Sí –contestó Bárbara, pero ahora parecía dudosa.

–No puedo creerlo –le dijo Xanthe a Liam.

–¿Cómo dices? –preguntó Liam.

–Primero le dejas pasar todo el verano contigo. Dices. «Vale, Kitty, lo que tú quieras. Por supuesto, Kitty. Lo que a ti te apetezca, Kitty.» La princesita Kitty puede pasarse todo el día holgazaneando con el gorrón de su novio.

–Sí. ¿Y qué?

–¡Y a mí nunca me dejaste vivir contigo! –gritó Xanthe–. ¡Y yo solo era una cría! ¡Y tú eras lo único que tenía! Yo era mucho más pequeña que Kitty cuando Bárbara y tú os separasteis. ¡Me dejaste con una mujer que ni siquiera era familia mía y te largaste para siempre!

Liam estaba perplejo.

Dijo:

–¿Por eso estabas tan enfadada conmigo?

–¡Xanthe, yo sí siento que soy familia tuya! Siempre he sentido que eras mi verdadera hija, ya lo sabes.

–No estoy hablando de ti, Bárbara –dijo Xanthe con un tono más suave–. No tengo nada que reprocharte. Pero a él... –Y volvió a mirar a Liam.

–Creía que te estaba haciendo un favor –argumentó Liam.

–Sí, ya.

–Allí tenías a tus dos hermanas pequeñas, y por fin parecías feliz. Y Bárbara era tan cariñosa, tan tierna y tan dulce...

–Hombre, gracias, Liam –dijo Bárbara.

Liam se quedó parado y la miró. Bárbara parecía casi avergonzada. Pero Liam necesitaba concentrarse en Xanthe, así que la miró otra vez. Dijo:

–Epicteto dice...

–¡No, por favor! ¡Otra vez, no! –explotó Xanthe–. ¡Maldito Epicteto!

Se levantó de un brinco y empezó a amontonar sus platos.

Liam esperó un momento, y entonces volvió a intentarlo. Con su voz más tranquila y apaciguadora, dijo:

–Epicteto dice que todo tiene dos asas, una por la que se puede sujetar y otra por la que no. Si tu hermano peca contra ti, dice, tú no te lo tomas por el lado del daño que te hizo, sino por el hecho de que es tu hermano. Por el asa por la que sí se puede sujetar.

Xanthe dio un bufido de desesperación y colocó con mucho ruido el platillo del pan encima del plato de la comida.

–Intento decir que lo siento, Xanthe –dijo Liam–. No lo sabía. No me di cuenta, de verdad. ¿No puedes perdonarme?

Xanthe recogió los cubiertos.

Desesperado, Liam retiró la silla y se arrodilló en el patio. Notaba la superficie irregular de las losas a través de la tela de los pantalones; notaba el dolor de la tristeza llenándole la garganta. Xanthe se quedó quieta, mirándolo de hito en hito; todavía tenía los platos en las manos.

–Por favor –dijo Liam juntando las manos delante del pecho–. No soporto saber que cometí un error tan grave. No lo soporto. Te lo suplico, Xanthe.

–¿Papi? –dijo Jonás.

Xanthe dejó los platos en la mesa y cogió a Liam por un brazo.

–Por el amor de Dios, papá, levántate –le dijo–. ¿Qué haces? ¡Te estás poniendo en ridículo!

Lo levantó tirándole del brazo, y luego se agachó para sacudirle las rodillas.

–Por favor, Liam –dijo Bárbara con dulzura. Le desenganchó una hoja de los pantalones. Liam se vio rodeado de palmaditas y murmullos.

–¿Qué se te ocurrirá a continuación? –le preguntó Xanthe, pero mientras hablaba lo ayudaba a sentarse.

Liam se dejó caer en la silla y se sintió agotado, como un crío que acaba de tener una rabieta. Miró de soslayo a Jonás e hizo un esfuerzo por sonreír.

–Bueno –dijo–. ¿Comemos un poco?

Jonás, con los ojos como platos, le acercó a Liam un cuenco de ensalada de patata.

–Gracias –dijo Liam.

Se sirvió una cucharada en el plato.

Las dos mujeres volvieron a sus asientos, pero entonces se quedaron mirando a Liam.

–¿Qué pasa? –les preguntó él.

Ellas no contestaron.

Liam se sirvió un huevo duro con salsa picante. Cogió un sándwich de ensalada de atún, con forma de triángulo.

Y pensó que, al final, había acabado comiendo con un par de mujeres de esas a las que les chiflan los picnics.

13

En la pared de la ventana del aula de Tres Años había una larga mesa de madera conocida como la Mesa de las Texturas. Todas las mañanas, nada más entrar, los niños se dirigían a la Mesa de las Texturas para ver qué actividad les habían preparado. A veces encontraban palanganas llenas de agua y tazas y jarras para verterla. A veces encontraban arena. Muchas veces había latas de arcilla para modelar, o cubos con judías secas y pasta, o formas de plástico, o pinturas para pintar con los dedos. La pintura de dedos era lo que menos le gustaba a Liam. Él tenía que supervisar la Mesa de las Texturas mientras la señorita Sarah despegaba a los recién llegados de sus madres, y los días de pintura de dedos pasaba todo el tiempo tratando de impedir que los niños dejaran diminutas huellas de manos, rojas y azules, en los vestidos de las niñas, y en los asientos de las sillas en miniatura, y en el cabello de los otros niños. Liam era de la opinión de que habría que abolir la pintura de dedos.

Sin embargo, la señorita Sarah creía que la pintura de dedos expandía el alma. La señorita Sarah tenía muchas teorías de esa clase. (Demasiadas, según Liam.) Aparentaba unos doce años, y llevaba vaqueros para ir al trabajo; y en su cara, redondeada y cubierta de pecas, solía haber una mancha de tinta, tiza o rotulador. Le explicó a Liam que la pintura de dedos era especialmente beneficiosa para los niños que eran excesivamente maniáticos –demasiado «neuras», fue lo que dijo ella. Las más neuras eran niñas. Le tiraban de la manga a Liam con lágrimas en los ojos, con cara de indignación, y decían: «¡*Zayda*, mira lo que me ha hecho Joshua!».

Entonces Liam tenía que asegurarles que la pintura se iba con el lavado, y a continuación se llevaba a Joshua (o a Nathan, o a Ben) guiándolo por los hombros hasta el otro extremo de la mesa. «Toma, juega con el tractor –le decía–. Pasa el tractor por este charco de pintura morada y podrás dejar huellas moradas.»

Liam nunca sabía anticipadamente qué habría en la Mesa de las Texturas, porque su horario era de ocho a tres y la mesa del día siguiente no se preparaba hasta última hora de la tarde, después de que el personal de limpieza hubiera terminado su trabajo. Así que cada mañana, cuando llegaba, se acercaba a la mesa con cierta curiosidad. Al fin y al cabo, podía haber allí alguna verdadera sorpresa, algo que nunca hubieran encontrado antes, una donación de algún padre o de alguna empresa del barrio. Un día había un trozo enorme de plástico de burbujas de aire. Los niños habían aprovechado las posibilidades de inmediato. Se habían puesto a hacer explotar las burbujas con sus deditos –pum-pum-pum– por toda la mesa. Hasta Liam hizo explotar unas cuantas, y comprobó que aquello tenía un efecto que te dejaba muy satisfecho. Entonces Joshua y su mejor amigo, Danny, idearon un plan para enrollar las hojas de plástico y retorcerlas como si fueran paños de cocina, haciendo explotar montones de burbujas a la vez; y a continuación pasaron a poner los rollos de plástico en el suelo y saltar sobre ellos con ambos pies. «¡Nos duelen los oídos! –chillaban las niñas tapándose las orejas con las manos–. ¡Diles que paren, *zayda*!»

Liam estaba perplejo por la confianza ciega que los niños tenían en él. Desde el primer día de clase, le decían: «Tengo pis, *zayda*», o «*Zayda*, ¿me arreglas la coleta?». No cabía duda de que, a esa edad, los niños confiarían prácticamente en cualquiera, pero la señorita Sarah le dijo a Liam que también ayudaba el hecho de que él no empleara con ellos un tono de voz exagerado. «Tú les hablas con un tono de voz normal –le explicó–. A los niños no les gusta que los adultos se esfuercen demasiado.»

Aunque resultaba evidente que ella encontraba que Liam se quedaba un poco corto.

Por Halloween, en la Mesa de las Texturas había calabazas con la parte superior cortada, y los niños metieron los brazos dentro, hasta el codo, y sacaron puñados de semillas y de fibras. Luego les dibujaron caras a las calabazas con rotuladores negros, porque los cuchillos, como es lógico, estaban prohibidos.

Por Acción de Gracias encontraron calabazas secas de todas las formas y colores y tamaños, algunas lisas y otras rugosas y con bultos. (Pero pronto comprobaron que con las calabazas secas no podía hacerse gran cosa.)

El día de Hanuká, hicieron menorás con una arcilla especial que se podía cocer en un horno normal. Consistían en tiras con forma irregular con nueve agujeros para poner las velas, nada muy elaborado. Liam grabó el nombre de los niños en la base de sus obras, y luego, durante el recreo, llevó las menorás a la cocina en una caja de cartón, y la señorita LaSheena, la cocinera, y él los introdujeron uno por uno en el horno precalentado. Aquellos pequeños y torpes objetos –deformes y con la superficie irregular, y con los agujeros hechos con unos dedos meñiques muy pequeños– parecían desprender parte del fervor y la energía de los niños. Liam le dio la vuelta a uno pintado de color morado y verde, especialmente llamativo, con cinco agujeros más de la cuenta. «Joshua», leyó. Debería haberlo imaginado.

A Liam le sorprendió comprobar que los niños pequeños mantenían una firme estructura social. Interpretaban papeles constantes en su trato con los demás; tenían un concepto muy estricto de la justicia; formaban alianzas y comisiones *ad hoc* y pequeños grupos de vigilancia. Las comidas eran parodias de las cenas formales de los adultos, aunque con diferentes temas de conversación. Danny soltó una larga perorata sobre el parecido de los espaguetis con las lombrices, y algunas niñas dijeron «¡Puaj!» y apartaron su plato; pero entonces Hannah –después de carraspear para darse importancia– pronunció un discurso sobre una hormiga cubierta de chocolate que se había comido una vez, mientras el pequeño Jake, muy tímido, observaba a sus compañeros con admiración y sin intervenir.

A la hora de la siesta, extendían sus sacos de dormir formando hileras –sacos de dormir de Hello Kitty, Batman, la Guerra de las Galaxias– y se quedaban fritos al instante, como si las pasiones de la mañana los hubieran dejado agotados. La tarea de Liam consistía en vigilarlos mientras la señorita Sarah se tomaba un descanso en la sala de profesores. Liam se sentaba al escritorio de la maestra y vigilaba los pequeños cuerpos tumbados en el suelo y escuchaba el silencio, un silencio que tenía esa resonancia que se produce después de que haya habido mucho ruido. Casi le parecía oír el ruido de momentos antes, «¡No hay derecho!», o «¿Me dejas probar?», y la señorita Sarah leyendo a A. A. Milne en voz alta: «James, James, Morrison, Morrison, Weatherby George Dupree…».

Y el tintineo del pendiente de Eunice al caer en su plato.

Liam era consciente de que había perdido su última oportunidad de amar y ser amado. Tenía casi sesenta y un años, y miraba alrededor y contemplaba su vida actual –el aula con carteles de Big Bird colgados, su anónimo apartamento, su limitado círculo de amistades– y sabía que así era como iba a ser hasta el final.

«El rey John no era un hombre bueno, tenía sus manías, y a veces nadie hablaba con él durante días y días y días.»

Todos los años, por Navidad, se daba por hecho que Liam tenía que comprarle un regalo a Jonás. Ese año se decidió por un rompecabezas en que aparecían una jirafa y su cría. Liam creía que Jonás tenía especial cariño por las jirafas. Los adultos de la familia ya no se hacían regalos; o quizá sí se los hacían, pero no hablaban de eso con Liam, y a él no le importaba.

Louise y Dougall fueron a verlo con Jonás el día de Nochebuena por la tarde, y Liam le preparó al niño leche con cacao con las nubes preferidas de Jonás: las más pequeñas, no las grandes e hinchadas.

Jonás parecía muy alto comparado con los niños de tres años a los que Liam veía a diario. (Ya tenía casi cinco años.) Llevaba una chaqueta de Spiderman que se negó a quitarse. Louise dijo que era un regalo de Navidad adelantado.

–Tratamos de extender el diluvio –explicó–. Sus otros abuelos siempre se pasan.

–Ah, pues en ese caso, quizá Jonás podría abrir también mi regalo antes de tiempo –propuso Liam.

–¿Puedo? –preguntó Jonás, y Louise contestó:

–¿Por qué no?

Louise estaba sentada en una butaca, mientras que Dougall, un tipo regordete, blando y rubio con cara de niño, estaba apretujado en la mecedora. Liam siempre sentía el impulso de evitar mirar a Dougall por compasión, porque Dougall parecía muy incómodo con su propio cuerpo.

A Jonás le gustó mucho su regalo. O al menos eso fue lo que dijo. Dijo:

–Las jirafas son mis animales favoritos, después de los elefantes.

–Oh –dijo Liam–. No sabía lo de los elefantes.

–Va, dale el regalo a tu abuelo –le dijo Louise a Jonás.

–¿Hay un regalo para mí? –preguntó Liam.

–Jonás ya es bastante mayor para aprender que hay que dar para recibir –dijo Louise.

–Lo he hecho yo –le dijo Jonás a Liam. Lo estaba sacando del bolsillo de su chaqueta. Un pequeño rectángulo plano envuelto con papel de seda rojo–. ¿Quieres que te lo abra? –preguntó.

–Sí, me harás un gran favor –respondió Liam.

Jonás estaba tan impaciente que lanzó trozos de papel de seda por todas partes. Al final sacó un punto de libro decorado con hojas prensadas.

–¿Ves? –dijo colocándolo sobre una rodilla de Liam–. Primero pegas las hojas en el papel y luego la maestra le pega esta cosa transparente encima con ese chisme de metal caliente y brillante.

–Se llama plancha –intervino Louise recogiéndose el cabello–. Qué vergüenza.

–Lo usaré ahora mismo –le dijo Liam a Jonás.

–¿Te gusta?

–No solo me gusta, sino que lo necesito.

Jonás parecía complacido.

–Ya te lo dije –le dijo a su madre.

–Jonás se empeñó en que tenía que regalártelo a ti –le explicó Louise a Liam–. Creo que en principio tenía que ser un regalo para los padres.

–Pues mala suerte –dijo Liam con tono jovial–. Ahora es mío.

Jonás sonrió.

–¿Dónde está Kitty? –le preguntó Dougall a Liam. (Era lo primero que decía después de «Hola».)

–En casa de Damian, creo.

–¿Cómo que «crees»? –preguntó Louise.

–Bueno, no lo creo. Lo sé. Pero llegará en cualquier momento. Me dijo que quería estar aquí cuando vinierais.

Le había prometido que le ayudaría a entretenerlos, recordó Liam con cierta frustración. (A veces le resultaba un poco difícil darle conversación a Dougall.)

–Esa niña hace lo que le da la gana –dijo Louise.

–No, no. Qué va. En general es muy responsable. Esto solo es la excepción que confirma la regla.

–Mira, nunca he entendido esa frase –confesó Louise con aire pensativo–. ¿Cómo puede una excepción confirmar una regla?

–Sí, ya sé a qué te refieres. Como «Sus errores lo honran más que sus aciertos».

–¿Cómo?

–Es otra frase que parece contradictoria.

–Cuando yo tenía... –empezó a decir Louise.

–O «arbitrario» –continuó Liam–. ¿Os habéis fijado en que la palabra «arbitrario» tiene dos significados casi opuestos?

Entretener a sus visitas empezaba a resultarle más fácil de lo que esperaba.

–Cuando yo tenía la edad de Kitty –perseveró Louise–, no me dejaban salir el día de Nochebuena. Mamá decía que era una fiesta familiar y que teníamos que estar todos juntos.

–¿En serio? –se extrañó Liam–. Tu madre nunca le dio mucha importancia a la Navidad.

–Ya lo creo que sí. Le daba muchísima importancia.

–Pues ¿qué me dices de esa vez que regaló el árbol? –preguntó Liam.

–¿Qué hizo qué?

–¿No te acuerdas? Myrtle Ames, la vecina de enfrente, se presentó en casa la mañana del día de Navidad, muy nerviosa porque de pronto su hijo había decidido ir a visitarla y ella no tenía árbol. Tu madre le dijo: «Llévate el nuestro; nosotros ya lo hemos usado». Yo estaba en el patio recogiendo leña y de pronto vi a tu madre y a Myrtle llevándose nuestro árbol de Navidad.

–Pues no, no me acuerdo.

–Todavía tenía colgados los adornos –dijo Liam–. Todavía tenía el ángel en lo alto, y el espumillón, y las luces. El cordón eléctrico iba arrastrando por el asfalto. Las dos iban en bata, encorvadas, correteando por la calle como si huyeran de algo.

Liam se echó a reír. Reía de sorpresa tanto como de diversión, porque él tampoco se había acordado de ese episodio hasta ese momento, y sin embargo lo recordaba con todo detalle. ¿De dónde había salido?, se preguntó. Y ¿por qué en su momento lo había olvidado? El problema de descartar recuerdos desagradables era que, evidentemente, los buenos desaparecían con ellos. Se enjugó los ojos y dijo:

–Dios mío, hacía años que no pensaba en eso.

Louise todavía parecía dudosa. Seguramente se habría puesto a discutir, pero entonces entró Kitty y cambiaron de tema.

A Liam no le preocupaba pasar el día de Navidad a solas. Tenía un libro nuevo sobre Sócrates que estaba deseando empezar, y el día anterior había comprado un pollo asado en el Giant. Sin embargo, cuando dejó a Kitty en casa de Bárbara a media mañana, su hija tuvo un aparente arrebato de mala conciencia.

–¿Seguro que no te importa estar solo? –le preguntó después de apearse del coche. Se inclinó a través de la ventanilla y añadió–: ¿Quieres que me quede a hacerte compañía?

–No, no te preocupes –dijo él, y era sincero.

Saludó con la mano a Xanthe, que había salido a la puerta de la casa, y ella le devolvió el saludo, y Liam se marchó.

¡Ojalá las calles estuvieran siempre tan vacías como ese día! Liam condujo cómodamente por Charles Street, y pudo pasar todos los cruces sin detenerse. Hacía un día gris y templado; y estaba a punto de llover, y eso hacía que las luces de Navidad de las casas destacaran incluso de día. A Liam le gustaban las luces navideñas. Le gustaban sobre todo las de los árboles desnudos, los árboles de hoja caduca a los que podías verles todas las ramas. Aunque nunca se le habría ocurrido tomarse tantas molestias.

En su complejo residencial, el aparcamiento estaba desierto. Todos los vecinos debían de estar visitando a sus parientes. Liam aparcó y entró en el edificio. En el vestíbulo de hormigón hacía bastante más frío que fuera. Cuando abrió la puerta de su apartamento, el débil olor a cacao del día anterior hizo que el apartamento pareciera el de otra persona, alguien más doméstico y más acogedor.

Antes de sentarse con su libro, metió el pollo en el horno, a un fuego bajo; se quitó las zapatillas de deporte y se puso unas pantuflas. Entonces encendió la lámpara que había junto a su butaca favorita. Se sentó, abrió el libro y puso el punto de libro de Jonás en la mesilla, a su lado. Se recostó en los cojines y dio un suspiro de satisfacción. Lo único que le faltaba era una chimenea, pensó.

Pero no importaba. No necesitaba una chimenea.

Sócrates decía… ¿Qué decía? Algo así como que, cuanto menos se desea, más cerca se está de los dioses. Y Liam, verdaderamente, no deseaba nada. Tenía un sitio decente donde vivir, un empleo que no estaba mal. Un libro que leer. Un pollo en el horno. Era solvente, aunque no rico, y gozaba de buena salud. Una salud excelente, de hecho: ni dolor de espalda, ni artritis, ni prótesis de cadera, ni prótesis de rodilla. El corte de la cabeza se le había curado y cuando se lo palpaba ya solo notaba una fina línea con relieve, apenas del grosor de un hilo. Le había crecido el cabello hasta ocultar por completo la cicatriz. Y la cicatriz de la palma de la mano ya solo era una especie de incisión.

Casi podía convencerse de que nunca lo habían herido.